頭側過去，半串亮晶晶的紅果就這麼攏到嘴邊。
咬下來一個，甜的喲！ 小白給的糖葫蘆兒怎麼就這麼好吃呢？

兩個血氣方剛的年輕人抱在一起，
暗暗較勁兒中又帶著對彼此的賞識。
顧海不捨得讓白洛因摔，又不甘心自己摔，
白洛因在顧海的眼眸深處看到了一種寬慰，
他的心情竟然慢慢地開始癒合……

顧海將白洛因擋在臉邊的手拿開，仔細瞧了瞧，眼神裡掩飾不住的心疼。

尤其也很欣賞白洛因。白洛因身上有一種獨特的吸引力，
這種吸引力隨著日子的延續愈發濃郁，他就像是曇花，
花叢中最沉默的一位，可總有人為了他的一次綻放，
甘願苦苦等待三千年。

顧海的眼神就像是從北極撿回來的兩把冰刀，
結果在白洛因這個陽光普照的角落裡，這把冰刀竟然奇蹟般地融化了。

上癮

ADDICTION

vol 2

柴雞蛋 著

I.

睡袍已經散落在床上，被子早就不知道被蹬踹到了哪裡。顧海如同一隻叢林裡跑出來的公獅子，嗷嗷叫喚著撲向心儀的獵物，他的呼吸早就不知道急促成了什麼樣，身下的那活兒熱得像烙鐵，一跳一跳地展現著它蓬勃的生命力。

顧海的手從白洛因的小腹處慢慢下滑。

白洛因一把攥住顧海的手，聲音厲狠不留半點兒餘地。

「不行！」

他無法忍受自己的這個地方被另一隻手觸碰，尤其還是一個男人的手。假如就此打住，兩個人各自貓在被窩裡搞事兒，白洛因還能勉強接受。但是真要讓這個人給自己釋放，白洛因無法想像，也不敢去想像。

顧海喘著粗氣，「為什麼不行？我想摸，我特別想弄你。」

「到此為止吧。」白洛因攥著顧海的胳膊已經爆出了青筋。

顧海赤裸的身體貼緊白洛因的身體，滾燙的臉頰貼在白洛因的臉頰，抱得緊緊的，讓他充分感受到自己身下激昂之物的熱情和爆發力。感覺白洛因抵抗的力度沒有鬆弛，顧海輕輕咬住白洛因的肩膀，一下一下用牙齒咯著，彷彿在傳遞著什麼情緒。

「顧海，我沒法……」

「別說話。」顧海的呼吸隨著白洛因的心跳律動著，他開始從白洛因的額頭往下親吻，眼瞼、鼻尖、下巴、喉結……

感覺到白洛因手臂力量的鬆弛，顧海的手順著白洛因的腿根摸了上去。

堅硬的觸感讓顧海的心頭為之一震。

白洛因瞬間屏住了呼吸，陌生的手掌讓他全身上下的寒毛全都豎了起來，無數感官神經開始無限制地膨脹，他扭曲著臉去拉扯顧海的手，卻被顧海一個吻吞掉了大半力氣。

顧海的手開始熟練地擼動，變著花樣地討好這根寶貝，他舒不舒服，直接關係著他主人今後的態度。

幾個月前，他還是一個連帥哥都懶得多看一眼的人，沒想到幾個月後的今天，他會愛不釋手地握著一個男人的寶貝，看著它在手中變大而激動不已。

烙鐵一般的熱度，上面的褶皺一點一點被愛撫平整，白洛因的脖頸開始較勁兒，呼吸越見凌亂。顧海的手在頭上摩擦了一陣，白洛因的身體猛地抖動，殘破的呼吸在被子裡顯得越發淫靡。

顧海突然俯下身，胸口壓著白洛因的胸口，身下的碩大之物和白洛因的撞在一起，摩擦出雄性烈火。顧海把兩個人的那活兒攥在一起，熱度瞬間將兩人炙烤融化，顧海粗重的喘息聲如同悶雷，在白洛因的耳旁炸響。

所有的擔憂、顧慮此刻統統不見了，剩下的只有欲望、享受、感動、沉迷……

「你把手拿開。」白洛因從牙縫裡擠出這幾個字。

我不！顧海梗著脖子，老子等了這麼多天，意淫了那麼多次，就等著看你浪起來是什麼模樣，你還敢蒙起被子自己偷偷爽？

顧海不僅沒拿開，反而加快了手下的頻率，然後俯下身，去白洛因的胸口啃咬。

白洛因禁欲時間久了，哪受得了這種刺激，咬著牙挺著，話說就要挺不住了。手擣[1]著顧海的頭髮，身體猛地一抖，一股白濁噴射到了顧海的手上。顧海沒停下手裡的動作，繼續高頻率刺激，白洛因悶吼著射了好幾股，終於癱軟下來。

顧海瞧見白洛因高潮時的淫蕩表情，激動得跟什麼似的。自己快速地擼動了幾把，很快就到了爆發點，罵了幾句髒話就射出來了。

完事過後，顧海笑著趴在白洛因身邊，看著他汗涔涔的臉，誇讚道：「小因子，剛才你太性感了，太迷人了，太浪了……」

白洛因一拳打在顧海的顴骨上，把顧海打得後撤了十幾公分，差點兒掉到地上。

即便這樣，顧海還蹭了回來，抱著白洛因死死不撒手。

白洛因的呼吸漸漸平緩下來，「往事」不堪回首。

偏偏顧海還不依不饒的，一個勁兒在旁邊問。

「因子，剛才舒服不？

「因子，我摸你哪你最爽啊？

「因子，你射的時候叫的那兩聲真好聽。」

白洛因最反感這種搞完事兒之後還臭貧[2]的人，偏偏顧海就好這一口。他覺得逼迫白洛因這種人分享一下剛才的心得，會是很美妙和刺激的事情。

「因子……」

「你再臭貧，信不信我把你從窗口扔出去？」白洛因喝止了顧海的話。

顧海微微勾起唇角，「我不是想和你說這個。」

「那你要說什麼？」

顧海湊了過來。

白洛因用胳膊推了顧海一下，「就在這說。」

「在這說沒氣氛。」顧海把白洛因的胳膊收到自己的懷裡，自己的胳膊環了過去。一把將白洛因摟住，聲音很溫柔也很誠摯。

「我會好好疼你的。」

寂靜的夜晚，白洛因聽著耳旁的話，心尖在微微顫抖。

「我會好好疼你的，把你十幾年缺失的愛全都補回來。」

這一晚，白洛因枕著這句話，睡得很踏實。

第二天一早，白洛因剛把書包放下，副班長就撓著頭走了過來。

「白洛因，有點兒事和你說，你出來一下。」

白洛因走了出去，顧海也跟了出去。

1：音ㄏㄠ，有拔起、揪出之意。

2：耍嘴皮子、胡說八道。

副班長一看見顧海就肝兒顫，拿眼神示意白洛因，您能不能先把這位請進去？不然下面的話我不敢說了啊！

白洛因本來也不想讓顧海聽，尤其看到副班長這沉重的面色，心裡更沒底了，他不想讓顧海瞧見自己被打擊後的狼狽模樣。

「你先進去吧。」

顧海擰著一張臉，「我就想在這聽。」我倒想聽聽，這沒譜的人還能說出什麼沒譜的話來。

白洛因歎了口氣，看向副班長，「要不你就直說吧，反正我也做好心理準備了。」

副班長深吸了一口氣，樂呵呵地說：「其實吧，昨天是我沒搞清楚狀況。你這五項裡面，只有一項顯示陽性，證明你的體內已經有了抗體。咱們班有抗體的只有你、毛亮和郝娟，剩下我們這些人都是沒有抗體的，還得繼續打預防針。」

白洛因：「……」

顧海開口問：「你的意思是，他們三人的結果最好？」

「對，可以這麼說。」副班長踮起腳尖拍了拍白洛因的肩膀，「你得感謝我吧，給了你這麼大一個驚喜。」

白洛因磨著牙，目光凌厲地掃著副班長邀功的臉。

「我真得好好感謝你！」說罷，眼神示意顧海，自己先進去了。

沒一會兒，副班長鬼哭狼嚎的聲音就在外面響起了，他這小脆身板兒，哪抵得住顧海的硬拳啊。

顧海就那麼示意性地捶了幾下，副班長就順著牆壁溜下去，雙手心朝外，一副饒了我的表情。

顧海也氣不忿[3]，「你說你幹嘛不晚點兒告訴他？」

「呃？……」副班長傻頭傻腦地看著顧海。

顧海心頭怒吼：「你丫壞了我多大的好事啊？本來可以順水推舟，再安撫他幾天，到時候他就徹底跌入我的懷抱，任我為所欲為了，結果你這麼一攪和，我的春天又斷送了。」

想雖這麼想，可顧海瞧見白洛因的臉由陰轉晴，心裡還是挺高興的，畢竟他也不捨得讓心肝兒天天這麼糾結著。感情這種東西可以慢慢培養，他難受的時候能接受你，高興的時候自然就不遠了。

「我說什麼來著？」顧海推著自行車，一臉得瑟[4]樣兒，「我早就和你說沒事，你還窮折騰了一宿。你說你昨天要是高興點兒，咱倆那啥的時候，得多爽是不是？」

聽前半句的時候，白洛因還是樂呵呵的，後半句就變臉兒了。

「事兒過去了就過去了，你別老放在嘴邊說成不成？」

「你丫翻臉不認人了，是不？」顧海心裡憤憤然的，老子昨天把你伺候得那麼爽，今兒你丫沒事兒了，腰板兒也直了，小胸脯也挺起來了，立馬不拿正眼瞅我了！

白洛因擰著眉，語氣裡帶著幾分不自在。

「誰翻臉不認人了？我就煩你老是把這事掛在嘴邊，多光彩的事兒啊？」

「我就說我就說！」犯渾是顧海的一大特色，「昨兒有個人不知道多爽，把我後背撓了好幾條大

3：心中不服氣。

4：得意忘形。

印子，頭髮薅下來一大把，叫得那叫一個浪啊……嘖嘖……要不要我給你學學？」

白洛因大步上前，拽住了正欲逃竄的顧海，一頓狂踢猛踹。

笑聲灑了一路。

自習課上，班裡亂糟糟的，互相講題的講題，逗貧[5]的逗貧，還有幾個在後面偷偷運球的，教室像菜市場一樣熱鬧。

尤其轉到後面，小聲朝白洛因說：「週五和我一起回家吧！」

「和你一起回家？回天津？」

尤其點頭，「是啊，我總和我媽提你，她特想見見你。」

一提見家長，白洛因就有點兒提不起精神來，他覺得自己不是那種會討家長歡心的人。一般三四十歲的中年人都喜歡活潑開朗的，一說話先笑的，特會來事兒的。他在這方面特別不擅長，他基本去了同學的家裡，就是冷著臉往那一坐，不知道的還以為討債的呢！

「還是得了吧！趕明兒你媽不在家的時候，我再考慮去你們那兒玩兩天。」

「別介啊[6]！」尤其的俊臉上浮現幾絲急迫，「就是我媽想見你，我才讓你去的。」

白洛因真是一聽「媽」這個字就腦瓜仁兒疼。

「我媽做飯特好吃。」

一聽「飯」這個字眼，白洛因又有點兒心活兒了。

顧海又開始在白洛因的後背上彈琴。

「什麼事？」白洛因側過頭。

顧大醋包言道：「週六和我一起去看家具吧！」

「看家具？看家具幹什麼？」白洛因一副納悶的表情。

顧海挑挑眉，「我那新房還沒裝修完，很多家具都空著呢，你沒看到啊？」

「那你自己去看唄，叫我幹什麼？」

那房以後不得咱倆一起住啊？……顧海沒敢說這句話，他怕說出來，白洛因更不跟他一起去了。

「你的眼光兒好，我樂意讓你跟著我。」

顧海霸道的眼神使勁兒剜著白洛因的心窩，裡面叫囂和暗示的意味很明顯，你敢去他們家，我絕對讓他不好過！

事實上白洛因也想拒絕尤其的，可通過這麼一道手，尤其心裡就不是滋味了。

「我上個禮拜回家就和我媽說好了，她都預備好食材了。」

白洛因挺過意不去的，「這樣吧，我買一份禮物，你幫我給阿姨帶回去！你和她說，我寒假有空再去你們家玩。」

尤其沒說話。

5：聊天、閒扯的意思。

6：不要這樣子。

下課，楊猛從抽屜裡掏出一袋小浣熊乾脆麵，咔嘣咔嘣嚼得正帶勁兒，突然就聽見後門口一聲悶雷的嘶吼，嚇得他手一哆嗦，掉了一身速食麵渣兒。

「楊猛，叫的就是你，趕緊給我出來！」

班裡又跟炸了窩似的，每次尤其來找楊猛，事後總會招惹一群美女的盤問。你和尤其很熟麼？他平時喜歡吃什麼啊？他和你在一起的時候，他也這麼冷這麼酷麼？……

楊猛特想嘶吼一聲，尼瑪我和他根本不熟！

這一次尤其沒像往常一樣，特有氣質地站在後門口，等著班上某個女生把楊猛請出來，擺在他面前，然後拽到一個角落裡說話。而是毫不顧忌形象地在後門口大吼了一聲，等楊猛出來，急赤白臉[7]一通罵。

「你丫的整天窩在教室裡幹什麼？大老爺們兒不能出去遛達遛達啊？你瞅瞅你這副德性！還穿一個帶領兒的褂子！你吃飽了撐的啊？你再瞅瞅你嘴角，還尼瑪沾了點兒速食麵渣子，你丫不知道速食麵是油炸食品麼？你不知道油炸食品是不健康的麼？我告訴你，我從你的眼神裡面，就看到了你內心的骯髒，你丫齷齪，你丫忒不是東西了！瞅我幹什麼？瞅我你就把自己漂白了麼？你就是垃圾桶旁邊散著臭味兒的趿拉板兒[8]，就是整天吆五喝六的大傻冒兒！別以為我不知道你幹得那些缺德事兒，我心裡明鏡兒似的，臭不要臉你……」

楊猛傻了，他在屋裡老老實實坐著，他招誰惹誰了？

尤其的臉像是被灰色的漆料刷過一樣。

楊猛的手在尤其的眼睛前邊晃了晃，「嘿，哥們兒，我帶你去醫務室開點兒藥吧，老這麼拖著也不是個事兒啊！」

尤其猛地按住楊猛的肩膀，把他拽到了實驗樓的一個小黑過道兒裡，旁邊都是檔案室，烏七八黑地貼著歷屆校長生前的照片。

一股濃濃的謀殺氣息籠罩在楊猛的周圍。

「你要幹啥？」楊猛聲音顫抖。

尤其扼住楊猛的衣領，一副威脅的口氣，「週六去我們家吃飯！你沒有拒絕的理由！」尤其厲聲大喝，用手指使勁兒戳著楊猛的腦門。

楊猛一陣愕然，這小子是受了多大的刺激啊?!

「答不答應？」尤其又問。

「你敢不答應！」尤其又戳了楊猛的腦門一下。

整個過程，楊猛沒說一句話，尤其連珠炮似的轟炸了好幾次。他的身後是第一任校長的照片，清末秀才，此刻正直勾勾地瞪著眼前的兩個人：我創辦學校，就是為了讓你倆來這討論這些事來了麼？

尤其終於把心裡憋屈的那點兒火全都發完了，他已經壓抑了兩個多月了，今天終於找到發洩的對

7：形容神情非常焦慮。
8：拖鞋。

象了。你不是冷落我麼？你不是沒空搭理我麼？成！那我就天天來騷擾你的朋友，天天來找茬[9]，直到他受不了了去找你，然後借他之手打擊報復顧海！

尤其為自己這個愚蠢又窩囊的想法沾沾自喜著。

楊猛瞧見尤其不說話了，忍不住開口問道：「那個……因子又沒來學校？」

「來了！」尤其豎豎衣領，表情恢復正常，「他就在教室裡坐著呢！」

「那你來騷擾我幹什麼？」

「什麼叫騷擾啊？」尤其一邊往外走一邊說：「我發現你這個人思想有問題。」

從實驗樓走出來，終於見到陽光了。

「你思想沒問題，你思想沒問題你把秋衣穿反了！還有臉埋汰[10]我呢！我穿帶領兒的褂子怎麼了？我又沒把領兒穿到後邊！」

呃……尤其猛地低下頭，這才看到前胸露出的線頭子，尷尬了幾秒鐘，又擺出一副滿不在乎的表情，「這叫個性。」

楊猛嘴都撇到德勝門外了，「照你這麼活著，三十不到就得累死了。」

尤其：「……」

楊猛一邊往教室走，一邊暗自咒罵道：「真操蛋，平白無故讓人家給呲呲[11]了一頓。」

週末，家具城。

顧海在一套沙發前站定，手托著下巴看了好一陣，朝白洛因問：「這款怎麼樣？」

白洛因微斂雙目，「湊合吧，我覺得有點兒大。」

「大麼？我覺得正合適啊！」

白洛因坐到上面感受了一下，「你看我這種個頭坐在上面都有這麼寬的富餘，完全可以當床了。你那客廳雖然夠大，可裡面的裝修風格是比較內斂簡約的，你放這麼一個大沙發，顯得有點兒豪放了。」

「沙發大可以在上面隨便滾啊！」

白洛因一臉黑線，「誰買沙發不是用來坐的啊？你要想滾，何必不買一張大點兒的床呢？」

顧海無視售貨小姐關注的目光，曖昧地朝白洛因一笑。

「床是床的滋味，沙發是沙發的滋味。」

白洛因沉默了幾秒鐘，假裝沒聽見一樣地朝另一個展廳走。

「我覺得你應該多買幾張床。」白洛因建議。

顧海表示不解，「要那麼多床幹嘛？」

「你朋友多，偶爾來個家庭聚會，可以直接留他們過夜啊！」

顧海隨口回道，「我從來都不留人在家過夜，尤其是男的。」

9：找碴，故意挑人毛病。

10：用尖酸的話挖苦人。

11：斥責。

白洛因頗有內涵的目光掃向顧海的臉。

顧海馬上意識到自己說錯了，「你是個例外，誰讓你是我媳婦兒呢……」

「你說啥？」白洛因立刻炸毛了，差點兒在商場裡就施行家暴，「顧海，你媽最大的敗筆就是給你生出來一張嘴！」

顧海發現，白洛因的耳根子都紅了。

心裡美滋滋的，挨罵也沒皮沒臉地樂，心想這不是早晚的事兒麼？媳婦兒你害羞個啥?!

「這個書桌怎麼樣？」顧海又問。

白洛因搖搖頭，「我不喜歡，太花俏了，南邊那個呢？」

「太單薄了吧？」顧海皺眉。

「那你就買這個吧。」白洛因說，「反正也是你的房，你最好按照自個的喜好來。」

顧海心忖：那可不成，我裝修這個房子就是為了把你招進來，這裡面的每樣家具，每件擺設都得讓你稱心如意，你要是不喜歡，我還買它幹什麼？

「就要南邊的那個吧。」

「好的。」

2.

晚上放學，突然下起了雨，雖然雨不大，可這個季節的雨點打在身上是很涼的。

白洛因從車棚推車出來，朝顧海說：「你打個車回你那吧。」

顧海沒說話，把白洛因的書包拿過來背到了自己身上，意思已經很明顯了。

自行車推出校門，顧海用手擦了擦臉上的雨水，朝白洛因說：「你帶著我吧。」

很難得的，顧海第一次要求白洛因帶著自己，以往無論晴天還是颳風，他都義無反顧地帶著白洛因，生怕累著他。

白洛因倒也挺樂意，弟弟頭一次示弱，他也得擺出哥哥的樣子來。

一路上的小風夾雜著雨點，透心涼。

顧海把自己的外套脫了，把白洛因裹得嚴嚴實實的。

白洛因這才知道顧海為什麼要求自己帶著他。

「你不用給我裹著了，我不冷，你穿上吧。」白洛因的整張臉都是濕漉漉的。

顧海沒聽白洛因的，又把身後的書包擋在了白洛因的頭頂。然後，用溫熱的手一點一點擦乾白洛因臉上的雨水，溫柔而寵暱的動作暖了兩個人的心。白洛因的臉頰一陣陣溫熱，顧海的大手在上面一遍又一遍地擦過，他第一次沒有在公眾場合制止顧海這種親密的動作。

兩個人默默無言，心卻是通著的。

風是從後面來的，打濕了顧海薄薄的一層T恤，顧海早就在心裡默默記住了，這個季節若是颳風，上學一定是頂風，放學一定是順風。

顧海在新蓋的浴室裡面洗澡，旁邊放著的衣服全都濕透了。

白洛因從臥室裡找了一件厚一點兒的外套，敲了敲浴室的門。

「進來吧。」顧海在裡面說。

白洛因進去之後也沒看顧海，直接把衣服搭在了旁邊的掛鉤上，淡淡說道：「外面挺冷的，你剛洗完澡，多穿點兒吧。」

顧海心裡這個暖的喲，都快化成一灘水流到排水管裡面了。

「你幫我看看這個開關哪出了問題，總是放不出涼水來。」

白洛因背朝著顧海，「少來啊！」然後，推門走了出去。

舒適的溫水澆著顧海寬闊的後背，顧海不由得感慨，聰明的媳婦兒就是不好對付啊，想騙都騙不過來！

顧海洗了澡之後輪到白洛因洗，溫暖的浴室裡面暖氣騰騰，在一個月以前，他還沒法想像這個季節在家裡面洗澡。那會兒天暖了就在屋子裡用盆裡的熱水擦擦，大多時候要去不遠的澡堂子，裡面什麼人都有，因為便宜，所以人多，洗一次澡還要計時的。

不得不說，自從和顧海成為朋友，白洛因以及家人的生活品質有了很大的改善。

「我可以用大把的愛砸你，我就不信砸不動你！」

「我會好好疼你的，把你十幾年缺失的愛全都補回來。」

當白洛因拿起顧海那件濕透了的衣服時，腦子裡突然冒出這麼兩句話，聽的時候，只是一個淡淡的眼神回應，其實心裡特別動容。他知道顧海從不說假大空的話，正因為如此，才難以拒絕，不捨得拒絕。

誰會介意這個世界上多一個愛自己的人呢？

白洛因只是擔心，自己會越來越依賴。外面的雨停了，顧海每一個屋都去串串，瞧見白奶奶正在屋子裡砸核桃，笨拙的手操著一把小錘，很少能一次砸開，每次都是還沒砸開，核桃就跑了，白奶奶就哼哧哼哧地去撿核桃。

「奶奶，我幫您砸吧。」顧海說著，拿起兩個核桃攥在手裡，借助核桃硬碰硬的力道，喀嚓一聲直接攥碎了。看得白奶奶眼都直了，這孩子勁兒也太大了吧，手比小錘還好使。

顧海用手攥了十幾個核桃，白奶奶就在旁邊細緻地剝好放到盤子裡。

白洛因洗完澡走進白奶奶的房間，正好看到顧海在那攥核桃。

「那兒不是有小錘麼？你逞什麼能啊？」白洛因擰著眉，「萬一扎著手呢？」

顧海揚唇一笑，偷偷摸摸問白洛因，「我要是把手扎了，你會心疼麼？」

白洛因斜了顧海一眼，「那你就繼續用手攥吧！」

「你對我真狠。」顧海一副怨夫相。

白洛因沒搭理他，回臥室拿了一本書過來，塞到了顧海的懷裡。

「趕緊複習複習歷史吧，都三個月沒接觸文科了，過幾天同考，考不過別給我丟人啊！」

顧海美滋滋地湊到白洛因身邊，特臭美地問了句，「我考不過，怎麼還給你丟人啊？」

「背書！」白洛因怒斥一句。

「文化大革命，指一九六六年五月至一九七六年十月在中國由毛澤東錯誤發動和領導，被林彪和江青兩個反革命集團利用，給中華民族帶來嚴重災難的政治運動……」

白奶奶正在吃核桃，聽到這話突然就停住了。

「不可能！」

「嗯？」顧海納悶地看向白奶奶。

白奶奶瞪著滴溜溜的圓眼睛看著顧海，一臉的堅定，「毛嘟嘟不會犯錯！」

「為什麼不會犯錯啊？」顧海故意逗白奶奶。

白奶奶很認真地告訴顧海，「毛嘟嘟是最紅最紅的紅太陽。」

顧海被白奶奶逗得哈哈大笑，白洛因在一旁也笑了。

晚上，已經十點多鐘了，顧海和白洛因坐在床上，中間隔著一張電腦桌，顧海胳膊肘支在上面，瞳孔裡聚著光，盯著對面的白洛因。

「鴉片戰爭有什麼影響？」

顧海想了想，「影響嘛，好像有四條，不對，三條。」

白洛因眼神瞬間變得凌厲。

「三條，確實是三條。一條是社會性質發生了變化，第二條是社會矛盾發生了變化，第三條……第三條是什麼來著？」

「啪！」一個鋼尺打在了顧海的手上。

顧海猛地縮回手，齜牙咧嘴誇張地叫喚，「你還真打啊？」

白洛因冷著臉，「就這條我問了你多少遍了？你咋還不會啊？」

你丫剛洗完澡，白白淨淨地坐在我對面，頂著一張小俊臉兒，你讓我咋背書？

白洛因發愁了，這人皮糙肉厚的，打了半天也不管用啊！眼瞅著就要統考了，以顧海現在這種水準，他要是能考過了，門口那撿破爛的老頭都能上清華了。

得想個轍了。

「這樣吧，你先背一個小時。」

「還背一個小時？……」顧海愁了，一腦袋扎到枕頭裡，「你看看都幾點了啊？平時這個點兒，我早就鑽被窩了。今兒我還淋了點兒雨，腦袋本來就有點兒疼……」

「你可以不背！我現在就給你檢查，一道題答不上來，睡覺的時候你就往外挪一公分，兩道題答不上來，你就往外挪兩公分，要是都答錯了，你就去我爸屋睡吧。」

這招想的，絕了！

顧海又從床上坐了起來，目露興奮之色，「我要是都答上來了，你能讓我騎著你睡麼？」

白洛因將手裡的書使勁兒扣在了顧海的臉上。

半個小時過後，顧海就把書交給了白洛因。

「檢查吧！」

白洛因一個問題一個問題地問，專挑難背的問，結果顧海對答如流，白洛因越問越來氣，這小子果然裝孫子呢！明明能背下來，非得逼著才肯幹事。

任務圓滿完成，顧海終於等到了黑燈瞎火的這一刻。

兩個人蜷在一張被子裡，現在天越來越冷了，這一片兒不提供集體供暖，只能各家各戶自己安暖氣或者燒爐子，為了節省煤，不凍到一定份上都不會點火的。

顧海弓著身體，臉頰貼在白洛因的後背上，手指在床單上爬行。

「因子，我今天都背下來了，你應該給我點兒獎勵吧？」

「你丫多大了？」白洛因冷著臉，「我也全背下來了，誰給我獎勵啊？這本來就是你該幹的事，你還以為自己多光榮呢？」

「我給你獎勵啊！」顧海的手朝白洛因的胸口摸過去，「你要不要？」

白洛因猛地掐住顧海的胳膊，「我不要，拿走！」

顧海似怒非怒地看著白洛因，愛恨交織的眼神。

白洛因刻意避開顧海這個眼神，問道：「說真的，你將來想過要去做什麼？」

「我想經商。」

白洛因頗感意外，「你經商？你爸會同意麼？我覺得你爸還是想讓你走他這條路吧？」

「他愛怎麼想怎麼想，反正我是不會從了他的。」

「胳膊擰不過大腿。」白洛因發了句很現實的感慨。

顧海想起這事就煩，乾脆不想了，問白洛因，「那你呢？你想去做什麼？」

「其實，我也想經商。」

「別介！」顧海一把攥牢了白洛因的手，「你丫這麼精，我要真和你成了競爭對手，我不得賠死啊！」

白洛因笑了笑，沒說話。

「我的錢都快花光了。」

顧海突然冒出來這麼一句，白洛因也沒覺得意外。

「照你這種花法，給你多少錢你都得禿嚕12沒了。」

「我哪糟踐了？」顧海叫屈，「那房子總要裝修吧？裝修就得花錢，我的日常生活不需要花錢啊？我現在沒有一點兒經濟來源，光是往外掏錢了，那點兒存款都花沒了。」

白洛因瞅了顧海一眼，「你爸不給你錢麼？」

「他給，我沒要。」

「你為什麼不要啊？」白洛因納悶，「他是你爸，你花他的錢不是應該的麼？」

「這事也賴我，我當初離家的時候就和我爸表過態，以後不要他的一分錢。現在我倆關係雖然緩和了一點兒，可我當初的話已經放出去了，我也確實兩個月沒和他要一分錢，這樣生活慣了，又不好意思伸手要錢了。」

「你和你爸還至於這麼客套啊？」

顧海沒說話。

白洛因側過身看著顧海，「你是不是心裡還挺記恨你爸的？」

顧海眼神冷了下來，「我記他一輩子。」

「你有沒有想過也許只是一個誤會，或許你媽離世就是一個意外呢？我不是為某個人開脫，我只是勸你把事情調查清楚好一點兒。這麼不明不白的一段仇，真的挺折騰人的，你媽走了，你就剩下這麼一個親人了。」

顧海安靜了半晌，側過身拉著白洛因的手，淡淡說道：「咱不說這個了，說說怎麼解決我的經濟困難。」

「你……手裡還有多少錢？」白洛因問。

顧海掐著手指頭算了一下，「大概明兒早上的早點錢都夠嗆了。」

白洛因噗哧一聲樂了。

「你丫怎麼把錢花得這麼乾淨？」

顧海的手擺弄著白洛因的頭髮，慢條斯理地說：「我以前花錢大手大腳慣了，你沒聽說過一句話麼？由儉入奢易，由奢入儉難。」

「這樣吧，你就在我家過吧，啥時候有臉和你爸要錢了，你再回去！」

「那我沒臉要了。」顧海賊笑著把臉貼向床單。

白洛因的大手猛地朝顧海的後腦勺給了兩下子，特無奈地看著顧海在被窩裡偷著樂。

「行了，就這樣吧。」白洛因準備睡覺了。

顧海這才把臉從被窩裡拔出來，手搭上白洛因的肩膀，緊跟著半個身子也湊了過去。

「別介！我哪能老在你家白吃白喝啊，再說了，我手頭沒錢，幹什麼都不方便，你幫我想個轍吧，怎麼能賺點兒錢？」

白洛因的身體轉了過來，顧海俯視著白洛因這張俊臉，心思又不知道飆到哪去了。

「有什麼不好意思的？你不是在我家白吃白喝了將近兩個月麼？再多幾個月又能怎麼樣呢？何況我爸現在的好工作、好待遇都是你給創造的，他正愁怎麼報答你呢！你給他解決了這麼大一個經濟難題，別說在我家住幾個月了，就是住幾年，他也樂意養著你啊！」

顧海苦著一張臉，頭貼向白洛因的胸口，「我能在你家白吃白喝，我不能張口和叔要錢吧？萬一我有個什麼事要去做，手裡沒點兒零花錢怎麼成呢？」

「你可以和他要錢啊！你不好意思要我幫你要。」

顧海的頭在白洛因的胸口上一陣磨蹭，其實哀求是第二位，他的本意就是蹭蹭白洛因的胸口。

白洛因被顧海的糙皮老臉蹭得頭皮發麻，趕緊用手控制住了他的腦袋。

「成，我給你想轍，你不就是想掙錢麼？」

顧海笑著抬起頭，魅惑的眼神對著白洛因，裡面透著幾分無賴。

「你幫鄒嬸，幫我爸都這麼容易，你怎麼不能幫幫自個呢？照理來說，你要是想掙錢，應該比誰都容易吧？」

「那些途徑你就別想了。」顧海把玩著白洛因的手指，「那等於伸手要錢，我要憑自己的本事賺點兒錢。」

白洛因說了句特實在的話，「你要是想憑自己的本事，你就賺不到錢了。」

這句話可算傷了我們顧海的自尊心了，顧海聽後一甩白洛因的手，後腦勺立刻對上來了。我賺不到錢？我顧海要是真想幹事，我現在就能退學，白手起家，五年之內絕對給你幹出點兒樣子來！

「你真的這麼想賺錢啊？」白洛因輕輕踢了顧海一腳。

顧海倔著個身板，不吭聲。

「我倒是有個主意，來錢特快。」

顧海依舊硬撐著自己的脊樑骨。

「你不聽算了。」

翻身的聲音響起，顧海一把摟住白洛因，舌尖勾了勾他的耳垂，「快說，不說掐你大腿根兒。」

週末，顧海的新房。

「么雞！」李爍出子兒。

「碰！」白洛因把麻將子兒拿到自己這邊。

周似虎驚了，「你又碰啊？」

白洛因笑了笑，沒說什麼。

顧海看了看自己的牌，手指在幾個麻將子兒上來回轉悠，最後挑出一張。

「三筒。」

「槓。」白洛因又拿到了自己眼前兒。

李爍發狠地撓了撓自己頭皮，暗罵道：「怎麼沒完沒了的碰、吃、槓的？姥姥的，我再出一張，我看你還吃不吃……」

「七條！」

白洛因直接推倒牌，「胡了！」

李爍和周似虎一陣驚詫，又胡了？從坐著開始玩到現在，白洛因已經是七連勝了，每局都贏，從無失手。

「不信這個邪了。」李爍嘴角叼著一根菸，擰著眉洗牌。

這一次周似虎的牌明顯不錯，剛一擺開眉眼間就溢滿了喜悅，他給李爍一個眼神，哥哥這次要贏牌了，你丫最好配合一點兒。

顧海打得很沉默，不是技術不過關，也不是牌臭，主要是人家心甘情願當白洛因的貢獻者。白洛因那邊需要什麼，他這邊就悉數奉上。

「五條。」白洛因扔出去。

「吃！」

「碰！」

周似虎笑著朝李爍晃了晃麻將子兒，「得了，哥哥搶了先，對不住了。」

李爍黑了周似虎一眼。

這一局麻將打了好幾圈，都沒人吱聲，周似虎瞧見自己的牌，離胡牌還有一步之遙，缺個六萬或者九萬，周似虎在麻將桌下面給李爍比畫。

李爍瞅了瞅自己的麻將子兒，還別說，真有一個九萬。

那就等吧，等轉到哥哥這，就讓你胡一次。

白洛因估摸著那張牌也快到了，用手抓起那個子兒，放在手心裡使勁地摸了一把，然後嘴角揚起一個冷惑的笑容，迷煞了旁邊那位。

「胡了。」白洛因推倒牌，「自摸一條龍。」

李爍和周似虎齊齊趴到桌子上，一臉的愁苦相兒，這牌沒法玩了。這是來搓麻將，還是來搶劫啊？要不要這麼厲害啊？

四個人從中午一直玩到晚上，白洛因將大把大把的鈔票捲入了自己的口袋。

吃飯的時候，李爍忍不住問白洛因，「你玩麻將怎麼這麼強啊？」

周似虎也問，「你確定你沒抽老千麼？」

「他根本不用抽老千。」顧海笑，「我猜他肯定能記住牌。」

果然知因子者大海也。

李爍又是一陣驚詫，「記牌？怎麼記牌？你不會是碼牌的時候特意按自己的想法碼好的吧？你能記住自己面前這麼多牌麼？再說了，這牌也不是你一個人抓啊？四個人輪流抓，你知道自己能抓到哪一個啊？」

顧海特自豪地顯擺13他的媳婦兒，「我告訴你們，他不僅能記住他眼前的這兩溜牌，就是你們碼的牌，他也幾乎都能記住，所以咱們摸牌的時候看運氣，人家摸牌的時候心裡早就有數了，我說他有過目不忘的本事，你們信麼？」

李爍和周似虎兩個人一臉欽佩的目光看著白洛因，這就是傳說中的大神麼？

白洛因笑笑，「甭聽他扯，這事還得看運氣，今兒正趕我點兒順。」

「你的點兒也太順了吧？」李爍喝了一口酒，「以後再也不敢和你一塊玩牌了。」

顧海和白洛因相視一笑，奸詐邪惡全在其中。

李爍和周似虎走後，兩個壞小子貓在臥室數錢。顧海輸的，折合白洛因贏的，其實全都是周似虎和李爍的那點兒錢。

「一共一萬二。」顧海揚唇一笑，「你果然是我的好媳婦兒。」

白洛因本來是笑著的，聽見這話又炸毛了，「你丫再說這個詞兒，信不信我直接把你閹了？」

「閹了我？」顧海邪肆一笑，「那你得找個大點兒的盆，不然閹不下。」

白洛因頂著一張羞憤交加的臉離開了顧海的眼線。

3.

「第二套全國中學生廣播體操〈青春的活力〉……預備起！一二三四、五六七八，二二三四，五六熱身運動，一二三四、五六七八，二二三四、五六七八……」

一群高中生在操場上蹦蹦跳跳的，站在看臺上放眼望去，清一色的黑腦瓜兒和藍色的校服，動作高度不一致。如果有轉身的動作，經常出現兩人轉了相反的方向，互相看個大紅臉，然後其中一個偷偷把方向改過來。

「全體班級解散！」

白洛因站在原地，和不遠處的顧海相視一笑，兩人一起往教室的方向走。

「我突然想吃雪糕了。」白洛因開口。

顧海縮了縮脖子，「這都什麼季節了？話說都要下雪了，你還要吃雪糕……」

「不知道為什麼，突然特別想吃涼的。」

「不許吃。」顧海臉兒硬硬的。

白洛因暗想，你憑啥管我？我是和你商量來了麼？我只是和你嘟囔兩句，瞧把你能耐的，我就吃。想罷，轉身往校園超市的方向走。

顧海追了上去，「你到底要幹嘛？」

「買雪糕啊！」白洛因一副自行其是的表情。

顧海臉繃著，怒瞪了白洛因好一陣，沉聲說道：「站這等著！」

然後，自己跟著人潮擠進了超市，剛下操的這個點兒，超市的人爆滿。要是買一袋乾脆麵，到了付錢的時候，絕對已經變成速食麵渣兒了。顧海就在前呼後擁中挪到了冰櫃前，放在以前，別說來這擠了，就是給別人買東西他都覺得掉價兒。

白洛因站得好好的，突然被一股大力撞了一下，險些摔倒，回頭一瞧，楊猛突然掛在了自己身上，一副驚慌失措的表情。

「因子，救救我吧！」楊猛哭號。

白洛因把胳膊抄到後邊，拍了拍楊猛的後背，「你先下來！」

「不下來，你不救我我就不下來。」

白洛因已經瞅見顧海付款的身影了。

「你丫有話下來說成不成？」

楊猛委屈地把頭墊在白洛因的後背上，「我怕我一下來，你就跑了！」

「我跑哪去啊，我跑？」

楊猛放心了，這才從白洛因的後背上跳了下來。

「說吧。」白洛因整理整理衣服。

楊猛左瞅瞅右看看，一副做賊的表情，「就你們班那個尤其，他是不是有病啊？這程子[14]他逮著

14：這陣子。

機會就纏著我，纏著我吧，還不說好聽的，每次都找茬損我一頓。你說我要跟他急吧，又有點兒說不過去，畢竟你倆關係挺好的！可我要不跟他急，他丫的就蹬鼻子上臉15，只要下課鈴聲一響，他準在我們班後門口堵我。」

「尤其纏著你？」白洛因特納悶。

楊猛摟著白洛因的一條胳膊，一副被嚇怕了的表情，「我告訴你，就連這種下操點兒他都不放過我，只要他一逮著我，準不撒手了。你瞅見沒？你瞅見沒？他就在那盯著我呢，賊著我呢，這小子……」

猛的一掌拍在楊猛的後肩上，楊猛一條腿瞬間彎曲，半個肩膀都塌下去了。

光顧著防尤其了，忘了身後還有一個不好惹的呢。

楊猛疼得直掐白洛因的胳膊。

顧海黑著臉把楊猛攥著白洛因的那隻手拽下來，差點兒拽楊猛一個跟頭。

然後把霜淇淋遞給白洛因。

白洛因要用那隻手去拿，顧海偏偏要放在這隻手上，意味很明顯，這隻手拿著東西，我看你丫的怎麼抱?!

結果，楊猛瞅著白洛因撕開霜淇淋的外包裝，濃濃的奶香味夾雜著巧克力的脆皮，忍不住搓了搓手，「好長時間沒吃霜淇淋了，還別說，真有點兒想這東西了。」

白洛因笑著咬了一口，冰得牙根兒都疼。

楊猛小饞貓兒一樣的盯著白洛因手裡的霜淇淋，迫不及待地問：「味道咋樣？」

顧海一把推開楊猛，搶過白洛因手裡的霜淇淋，皮笑肉不笑地看著楊猛，「我來幫你嚐嚐。」

說罷，咬下兩大口，這兩大口下去，霜淇淋少了一半。

「還成，挺好吃。」

這回一半都沒了，我看你還怎麼好意思要。

誰想，顧海這次就趕上一個二皮臉16的了，楊猛等白洛因吃了一口之後，秀氣的小手伸了過去，笑嘻嘻地說：「要不你也給我嘗一口得了。」

顧海：「……」

白洛因又吃了一口，遞給了楊猛，「喏，都給你了。」

楊猛美滋滋地吃著剩下的霜淇淋，而且故意吃得很慢，一邊吃一邊拿眼瞟顧海。

顧海這個氣啊！我好不容易排隊擠來的霜淇淋，讓你丫的撿了個大便宜。這還不算什麼，關鍵是那霜淇淋上面有白洛因的唾液啊，你丫就這麼給我吃了！你丫就這麼給我吃了！

楊猛吃完了霜淇淋，小跑到垃圾桶旁邊扔包裝紙。

顧海沉著臉看向白洛因，「誰讓你給他吃的？」

「他吃兩口又怎麼了？你不是也吃了麼？」

「我跟他能一樣麼？」顧海臉都黑了。

15：意為得寸進尺。

16：指臉皮厚，不知羞恥的人。

白洛因擰著眉，「顧海，你丫的別沒勁啊！」

你那些朋友我都個個笑臉相迎，怎麼到我這，你就這麼刻薄？這些話白洛因沒說出來，因為楊猛扔完東西，一溜小跑又回來了。

三個人一起走到樓梯口，楊猛在二樓，白洛因和顧海在三樓。

結果，楊猛到了二樓沒停下，繼續往上走。

顧海冷著臉提醒，「哥們兒，你走過了。」

「沒，我知道這是三樓，我想和因子待一會兒。」

顧海擰著眉走回了班上。

白洛因和楊猛就站在後門口對著的那個窗戶旁聊天。

「尤其老是損你？他損你幹什麼？你和他有啥過節麼？」

「有啥過節啊?!」楊猛身板小嗓門大，一說起尤其滿肚子怨氣，「我跟他平時都說不上話，總共就打過兩次招呼，誰知道他丫的抽什麼瘋！我現在放學都得緊著跑，要不然他把我堵在校門口不讓我走。你說他要是打我兩頓我也認了，他偏不，他就連珠炮似的罵人，罵我的啊……沒法形容了……」

正說著，尤其來了。

楊猛一把攥住白洛因的胳膊，一副小貓見了老虎的表情，壓低聲音不停地嘟囔，「你瞅著啊，你瞅著啊，他丫又來了，他丫又要罵我……」

結果，尤其只是朝白洛因笑笑，都沒搭理楊猛。

白洛因斜了楊猛一眼，「他哪罵你了？我咋沒聽見？」

楊猛塌下肩膀，一副無法理解的表情，「今兒他咋了，咋不罵了呢？」

白洛因拍拍楊猛的腦袋，哄小孩兒一樣，「得了，回班上吧，該上課了。」
「不行，我得聽見鈴兒響我再回去，我怕他又衝出來汪汪兩聲。」
白洛因：「……」
終於聽見鈴兒響，楊猛撒丫子顛兒17了，白洛因走進教室。
「這節課我們做題，把卷子都拿出來，我給你們勾幾道，下課之前交上來。」
白洛因瞅見旁邊人都把卷子準備出來了，就自己的書桌上是空的。
敲敲尤其的後背，「我怎麼沒卷子啊？」
「欸？」尤其納悶，「我剛才明明傳到後邊了。」
白洛因側過身子朝後瞟了一眼，果然後邊這位有兩張卷子。
「給我。」白洛因朝後伸手。
顧海不僅沒把卷子遞過去，還硬著臉來了句，「沒有。」
「你這明明有兩張。」白洛因怒視著顧海。
顧海一副冷嘲熱諷的表情，「誰讓你剛才發卷子的時候不在的？你還用做卷子麼？聊天去吧！使勁兒聊，聊它一節課的，連題都不用做了。」
白洛因猛地在顧海的後桌角捶了一下，抽出一張卷子拿到了前面。

17：開溜跑掉之意。

這一節課，顧海剛把心裡憋著的那口氣順開，結果下課鈴一響，後門一開，那張秀色可餐的小臉又出現在後門口。這廝一點兒都不知道避嫌，還用手煽情地召喚著，「因子，出來呀，出來呀！」

白洛因一站起身，後面某個人猛地踢了一下他的凳子，凳子腿卡到了白洛因的腿，而且狠狠撞了那麼一下。白洛因吸了一口氣，強忍著怒氣把凳子踢開，看都沒看顧海一眼，逕自地走出了教室。

「你怎麼又來了？」

楊猛噘著嘴，「我怕他又去後門口堵我，我還沒下課就跑過來了。」

「那你來找我，他就不罵你了麼？」白洛因問。

楊猛狠狠點著頭，「他就怕你，我跟你在一塊，他立刻就老實了。你看看，我一來找你，他都不出教室了。」

白洛因無奈，「那你就一直來我這避難啊？」

楊猛特懂尤其的心，「對，他只要一纏著我，我就纏著你。」

白洛因挺發愁地摳摳腦門，「你就不能找個別的地兒躲？」

「不能！」楊猛搖頭搖得特堅定，「躲哪兒都不如躲你這，關鍵是這學校總共這麼大地方，我躲哪兒他都能給我找出來。而且我上課不能躲吧？我只要去上課，下課點兒他絕對在我們班後門口堵著，我出都出不去。」

這事有點兒難辦，白洛因磨了磨牙，問題出在尤其身上啊！

自習課上，白洛因拍了拍尤其的後背，小聲朝他問：「你和楊猛怎麼回事啊？」

「楊猛？」尤其裝傻，「誰是楊猛？」

「就我那髮小18啊！上次你不是和他一起去的我們家麼？」

「哦哦哦……」尤其一副恍然大悟的樣子，「他怎麼了？」

「他說你總是纏著他。」

「我纏著他？」尤其聳聳肩，笑得特無奈，「我跟他又不熟，我纏著他幹嘛啊？」說完，抽出兩張紙巾擤鼻涕。

白洛因繼續，「他說你下課總是堵在他們班門口。」

尤其更訝然了，「我堵在他們班門口？不是他堵在咱們班門口麼？你可是看見了，這兩節課我出去過麼？不是他一直往咱們班這跑麼?!」

白洛因：「……」

「前面兩位同學，安靜點兒成不成？」

渾厚有力的一句提醒從後面傳過來，聲音很大很刻意，全班同學都聽見了，以至於班裡瞬間安靜下來，沒人再敢吱聲了，全都用眼睛偷偷瞟著白洛因和尤其。這下話沒法繼續說了，白洛因拍了拍尤其的後背，示意他轉過身去。

整整五個課間，楊猛一個都沒落下，連開後門的都認識楊猛了，一開後門準是這一句，「你咋又

18：指從小一起長大的朋友。

來了？」

白洛因下課聽楊猛說的是一套話，上課聽尤其說的又是另一套話，聽誰說的都不像是假的。一個特會裝可憐，一個特會裝無辜，白洛因被夾在中間很難受，偏偏後面還有一個添亂的，不幫忙解決問題還總是找茬。

終於挨到放學了，顧海第一個打開後門，看到的又是楊猛這張臉。

楊猛後撤了幾步，他一看到顧海就犯怵，他覺得顧海這人特不好接近，白洛因本性也比較冷，真不知道這兩人是怎麼湊到一起的。

「我要跟你一起走！」

楊猛個兒矮，搆不到白洛因的肩膀，還非要逞能，跳起來也要摟著白洛因。

到了校門口，白洛因停下來看著楊猛，「這回可以了吧？他是住校生，不允許出校門，你就放心回家吧！」

「誰說的？」楊猛脖子一橫，「上次去你們家，他就跟蹤了我一道兒。不行，我得跟你一起走！」

白洛因身後就是顧海，顧海推著車，沉著一張黑鍋底兒的臉等著他。

「上次不是特殊情況麼？他跑出來要冒著被宿管發現扣分的風險，還得自己花錢住旅館，就為了罵你兩句，犯不上吧？」

「那我也要跟你一塊走。」楊猛徹底擰上了，「咱倆自打上幼稚園就一塊走，一直晃到現在多少年了？要不是因為你們班以前那個班主任老是拖堂，我能和你分道揚鑣麼？想起這事我還心酸呢，你說我一個人孤零零的，我走這麼長一條道，我容易麼我？」

「得得得……」白洛因拍了拍楊猛情動的肩膀，「一塊走一塊走。」

後面那位的臉更陰沉了。

白洛因瞧了顧海一眼，「咱仨一塊走吧。」

顧海猛地一踹腳蹬子，騎上自行車就走了，壓根沒搭理白洛因這一套。

「不是……」楊猛又想不通了，「他咋了？我咋每回瞅見他，他都不給我好臉兒啊？」

白洛因臉也沉下來了，「沒事，甭搭理他！」

「上次他犯橫，你跟我說的就是這句話！我說因子啊，你怎麼淨招這種人啊？」

白洛因沒說話。

楊猛走這一道兒，哪是在走路啊！完全是在跳探戈，三步一回頭。

白洛因實在瞧不下去了，「楊猛，你到底怎麼回事啊？我問過尤其了，他說他壓根沒找過你，他跟你一點兒都不熟，他說是你栽贓陷害，存心挑撥我倆關係！」

「我草草草草！」楊猛振臂高呼，「孫子！真尼瑪孫子！」

白洛因瞧出個梗概來了，這楊猛和尤其兩人都有問題，尤其肯定去騷擾過楊猛了，這事毋庸置疑，但是肯定沒有楊猛說得這麼誇張。尤其可能是覺得楊猛這人好玩兒，想逗逗他而已，結果楊猛這人不禁逗，別人說啥就是啥，所以才鬧了這麼一齣兒。

「呵呵……到家了，進去吧。」白洛因拍了楊猛的後腦勺一下。

楊猛還鬼鬼祟祟地東張西望，站在胡同口瞅了好幾眼，直到確定四周真的沒人，才放心地走了進去。

白洛因把楊猛送回去，繞了一個胡同，就是他們家了。

顧海就站在家門口，自行車在旁邊橫著，腳底下一堆菸屁股。

白洛因瞅了顧海一眼，沒好氣地說：「進去吧！」

結果，白洛因都走到屋裡了，顧海還沒個影兒。白洛因踹了門檻一下，心裡怒氣騰騰的，給你丫臉了是不是？有本事你在外面站一宿！

「兒子，回來了？大海呢？」白漢旗問。

白洛因沒說話，放下書包就鑽進自己的臥室，哐噹一下把門關上了。

十分鐘過去了，外面還沒有一點兒動靜，白洛因不知道顧海是一直在外面站著，還是已經走了。

沒一會兒，鄒嬸的聲音在外面響起。

「大海啊，怎麼不進屋啊？這孩子怎麼了？和誰嘔氣呢這是？哎呦喂，怎麼還抽菸啊！快進去吧，外邊多冷啊！……」

白漢旗聽到聲音走了出去，沒一會兒，直衝到白洛因的臥室，砰砰砰敲門。

「兒子，出來！」挺嚴厲的聲音。

白洛因拉著臉開了門。

白漢旗氣急敗壞的，「你咋這麼不懂事啊？你把大海關外頭幹什麼？人家哪兒又招你了？我就說你這孩子太獨，從小到大就認準你那一套理兒，人家大海多好一個孩子啊，你還讓他怎麼對你啊？你爸我就是沒這麼一個兄弟，我要真有這麼一個好兄弟，我……」

「誰把他關外邊了？」白洛因被罵得怒火中燒，「是他自己不進來的！」

「你要不擠兌19人家，人家能不進來麼？」

「誰擠兌他了？」白洛因都吼起來了。

白漢旗急喘兩口氣，「你甭說那個了，趕緊出去把他叫進來！」
「我不去！」白洛因一屁股坐在椅子上。
白漢旗也吼出來了，「你不去我去！」
「您甭去！」
白洛因想站起身拽住白漢旗，已經晚了，白漢旗已經大步流星走出去了。
白洛因在後面跟著，心裡恨得咬牙切齒的，顧海你夠狠，你用這招是吧？你丫理虧你還要攪三分，凍死你丫得了。
「大海啊！聽叔的話，進去吧，甭和因子一般見識，他從小就渾！」
白洛因猛地踹門走了出去。
「爸，您甭勸他，您就讓他在外面站著！」
「我看你應該在外面站著！」白漢旗倒豎雙眉。
顧海勸了白漢旗一句，「叔，您甭管我了，您先進去吧，我在外面待會兒，涼快！」
「涼快」這兩個字，顧海咬得特別重。
白洛因死死盯著顧海，「你不進去是吧？」
顧海回了句，「不是你讓我在外面待著麼？」

白洛因使勁拽住白漢旗，一步一步往裡面拖，顧海就這麼瞪著白洛因，一句話不說，但是心裡邊已經喊了無數聲了。你就這麼狠心把我扔在外面？你就不能哄哄我？老爺們兒偶爾也會脆弱，也得給點兒溫存不？……

「掉冰碴子了！」

白漢旗歎了口氣，眼睛一直往門口望。

白洛因瞅了瞅地面，冰碴子把鞋都蓋了一層霜。他一直沒進屋，在院子裡忙乎這，忙乎那，其實一直在感受外面的溫度，怕萬一真的冷了上來，他在屋裡不知道。

白漢旗說完這句話，白洛因終於抬起腳回了屋。

過了十分鐘的樣子，白洛因陰著臉衝出了大門口。

顧海還在那站著呢，站得倍兒精神，和軍人站崗一樣。

白洛因呼哧呼哧吐了幾口冷氣，怒道：「進來吧！」

顧海起初沒反應，後來翹起一邊的嘴角樂了，樂得壞透了，樂得嘴邊的冰碴子都化了。

白洛因進了屋，順手遞給顧海一個熱水袋。

顧海把手放在熱水袋裡面搗了搗，故意湊到白洛因跟前，挑著眉問道：「真熱呼啊！啥時候插上電的？我怎麼都沒瞧見啊?!」

「你用不用，不用拿來！」白洛因伸手去拽。

顧海去阻攔白洛因的時候，感覺到他的手比自己的還涼。

「你的手怎麼也這麼涼？」顧海臉上的笑容有些走樣兒。

白洛因抽出自己的手，沒好氣地說：「你丫在外面站著，我爸一直給我臉色看，我好意思在屋裡待著麼？」

顧海心裡既感動又有些過意不去，他用熱水袋把自己的手捂暖了，又把白洛因的手拽過來給他暖著，白洛因有些抗拒，顧海就是不撒手，一雙大手包裹著另一雙大手，偶爾還用嘴哈著氣，雖然有些彆扭，卻也說不出的溫暖。

晚上睡覺前，白洛因在屋子裡泡腳，顧海一直沒進來。白洛因把腳洗完了，走到外邊一看，顧海正在廚房裡，不知道忙乎什麼呢。

「叔，熬到這會兒差不多了吧？」

「嗯，成了，端下來吧。」

顧海盛了一碗薑湯，小心翼翼地端著往外走，看到白洛因站在院子裡，忍不住埋怨了一句，「你怎麼出來了？快進去！外邊多冷啊！」

白洛因看著大碗公裡的薑湯，動了動嘴唇，卻沒說出什麼。

「嘗嘗，味道怎麼樣？」顧海問。

白洛因喝了兩大口，「有點兒辣。」

「越辣越能驅寒，再喝兩口。」

「你不喝啊？」白洛因看了顧海一眼。

顧海寵暱地笑著，「我等你喝完了再喝。」

兩個人都喝了一大碗薑湯，正準備睡覺，顧海突然看到白洛因的腳腕上一片瘀青。他呼吸一滯，不由分說地拉過白洛因的這條腿，問：「怎麼弄的？」

「你說怎麼弄的？白天某個人犯驢，給我踢的。」

顧海一陣懊惱，他記得自己沒使這麼大勁兒啊！怎麼給踢成這樣了？手指頭輕輕地摩挲著，心裡一陣陣翻騰，白洛因自己弄疼了是一碼事，他把白洛因給弄疼了又是另一碼事。下午那囂張的氣焰全都覆滅了，空剩下自責和心疼。

「疼麼？」顧海問。

白洛因伺機報復，「廢話，你自己磕一下試試。」

顧海突然俯下身，嘴唇貼上了那塊被磕壞的地方。

白洛因身體猛地一僵，趕緊去拉顧海。

「你別鬧，我爸就在外邊呢！」

「我不管，我心疼，我就要親，要不我心裡過不去。」

「才多大點兒事啊？」白洛因羞憤交加的，「我逗你玩呢！根本就不疼，我平時經常磕著碰著的，不礙事的，你趕緊起來！」

顧海不僅沒起來，還變本加厲地在那個地方親吻。起初只是用雙唇蹭蹭，後來連舌頭都一併用上了。

白洛因的臉都變色了，猛地給了顧海一腳。

「你丫別上臉了啊！早幹嘛去了？」

顧海笑著把住白洛因的那條腿，又無賴又心疼地說：「我知道這事是我不對，我不該那麼對你哥們兒。可是因子，我真的控制不住自己的情緒，我心裡特沒安全感。假如你能給我一個確定的答案，我不會這麼折騰的！」

我給你確定的答案，我就沒有安全感了，白洛因在心裡回了顧海一句。

面上，還得裝傻。

「你想要什麼安全感啊？你天天在這白吃白喝還不夠啊？你還要多心安理得啊？」

顧海用大手狠拽了一下被角，把自己和白洛因統統裹在了被子裡，然後緊緊摟著身旁的人，摟得嚴絲合縫，嘴唇貼在了他的耳邊。

「你知道我想要什麼。」

4.

被窩裡的呼吸越見稠密，兩人胸膛抵著胸膛，可以充分感受到對方的心跳。

白洛因的臉燒得慌，濃黑的夜成了他最好的掩飾物，眼瞅著顧海的臉越湊越近，白洛因後挪了一下腦袋，卻沒能躲過顧海的追趕。

顧海含住白洛因的下唇，舌尖在上面緩慢地滑動著，像是在磨著白洛因的耐心。感受到他身體的鬆弛，顧海慢慢地將薄唇拉扯，然後「啵」的一聲，兩個人的嘴唇分離，煽情的味道殘留在嘴角。

越來越習慣和這個人接吻。

起初只是不排斥，不噁心，現在會覺得很舒服。

顧海濃情的目光追隨著白洛因的眼神，他在把自己的渴望一點點地滲透給白洛因，他需要白洛因的回應，不光是身體上的，還有精神上的。可他又害怕這種回應，他怕白洛因一個動情的眼神，都能讓他沉醉在愛情的深淵裡。

顧海的舌頭一遍遍地掃過白洛因的牙關，他在等待白洛因張口的那一刻。

不同以往的強勢，這一次顧海很溫柔。

就像顧海許下的承諾，我會好好疼你的，無論何時何地，我都會充分考慮到你的感受。我會尊重你，把你當一個男人看待，我會靜靜地等你接受我的那一刻。儘管我會控制不住，會偶爾做一些越軌的舉動，可我的心一直把你放在一個高位上，任何人都無法企及，假如有一天我得到了你，那是我最大的榮耀。

白洛因微微啟口，有一些崩潰，也有一些釋然。

顧海的舌頭長驅直入，幾乎抵到了白洛因的舌根，又橫掃過白洛因口中的每個角落。白洛因接吻並不在行，顧海也很少做這種慢工細活兒。所以兩個人吻了片刻，便有種缺氧的感覺。可這種缺氧的感覺又進一步刺激了腦神經，顧海用兩片薄唇狠狠吸附住白洛因的舌尖，一遍又一遍地咂摸[20]著滋味，直到一溜津液順著白洛因的嘴角流下。

顧海暫時離開白洛因的唇，讓他緩一陣，可看到白洛因嘴角的津液，煽情淫靡得讓他喉嚨發緊，他又迫不及待封住了白洛因的唇。

這一次，白洛因主動把舌頭伸到了顧海的口中。

顧海愣了，摟著白洛因的胳膊猛地收緊。

白洛因的舌頭在顧海的口中僵持了一陣，也許他自己也沒料到他為什麼會主動回應，顧海歡樂地用舌尖逗了逗白洛因的舌尖，意思是你來啊，我看看你怎麼樣。

白洛因用手扣住顧海的後腦勺，舌尖一下抵到了顧海的喉嚨，顧海儼然沒想到白洛因會這麼猛，眼睛瞬間睜開一條小縫，他看到的是一張英俊又動情的面頰，一張可以讓他熱血澎湃又柔情四溢的面頰，白洛因的舌頭肆意在顧海的口中屈伸翻捲，如同驚濤駭浪，一下將顧海的心收攏在了他的唇齒之間。

20：仔細辨別滋味。

心跳如同兩匹狂奔的野馬，在一望無垠的草原上肆意馳騁著。

顧海身下的雄壯之物已經開始抬頭，他用兩隻手固定住白洛因的腦袋，唇齒開始在他的臉上爬行。親親額頭，咬咬鼻尖，舔舔鬍碴……然後爬到白洛因的脖頸上，牙齒碾磨著那精細的皮肉紋路，用力吸一口。

「因子，睡了麼？」白漢旗的聲音突然在外面響起。

白洛因身體猛地一僵，剛要開口，卻被顧海用手捂住了嘴。

然後，顧海開始在白洛因光滑緊緻的胸膛上舐咬，一條腿伺機伸到白洛因的兩腿之間，用膝蓋骨摩擦白洛因腿間之物。

很焦灼、很恐懼，卻又很刺激的一種感覺。

敲門聲還在繼續，帶著一點兒試探的意味，很輕卻又很密集，像是催情的鼓點。

白洛因額頭已經冒汗，身上的每一寸肌膚都被顧海啃咬著，吸吮著，在這種「內外交困」的狀態下，他竟然無恥地勃起了，呼吸把顧海的手心燒得灼熱。

終於，腳步聲逐漸遠離。

白洛因的嘴得到釋放，低聲咒罵了一句，「你丫的不要命了？」

顧海下流地用自己的碩大之物磨蹭著白洛因的腿根兒，略帶幾分哼吟的口氣說：「你不也挺爽的麼？」

白洛因心頭一怒，猛地攥住了顧海的那根。還未來得及狠掐一下，就感覺到他在手裡清晰地脹大。像是一個小怪獸，尺寸驚人，形狀誘人，跳躍著蓬勃的生命力。

「動一動。」顧海幾分哀求幾分玩味地看著白洛因。

白洛因明顯不習慣握著男人的這根，想抽出來，卻被顧海攥住了。然後，把著他的手從根部一直往上擼動，清晰地感受著褶皺與手心的摩擦力，還有觸到頭部時，那濕潤滑膩的觸感。

顧海悶哼了一聲，下巴抵在白洛因的胸口，眼神魅惑性感。

「寶貝兒，再來兩下，都是男人，有什麼不好意思的？」

白洛因心裡咆哮，就因為都是男人，才他娘的彆扭呢！

顧海的手色情地伸到白洛因的兩腿之間，逮住這個毫不遜色的小怪物。小拇指還在根部毛髮間摩挲了片刻，弄得白洛因一個大紅臉。然後開始由緩慢到快速的擼動著，偶爾用手指在頂端的溝壑上搔撓幾下，惹得白洛因腿間一陣抖動。

也許是情動到了忘乎所以的時刻，白洛因放在顧海腿間的手也開始動了起來。

這無疑把顧海惹火了，顧海毫無羞恥之意地用嘴指揮著白洛因，呼吸都有些瘋狂了。

「下面一點兒，頻率稍微快一點兒，對……好舒服……」

不得不說，顧海的技術真的沒話說了，變著花樣的刺激，他甚至比白洛因還了解怎麼取悅自己。

白洛因越來越把控不住了，雄性荷爾蒙的催發讓他忘記了自己的固守和原則，原始的本能衝動讓他除了快感，別無所求。

顧海瘋狂地在白洛因的身上啃咬，一聲一聲地叫著因子。

白洛因聽到顧海的呼喚聲，心理防備好像瞬間坍塌了，他一把摟住了顧海。

悶吼聲一前一後響起，跟著是兩個人身體帶電一般的震顫，一直延續了將近一分鐘之久，然後就是各自釋緩的呼吸聲。

汗水已經將被窩濕透了。

兩個人的內褲一個被壓在屁股底下了，一個被勾在了腳上。

顧海用手給白洛因擦擦汗，柔聲問道：「舒服麼？」

白洛因沒回答，他儼然還沒緩過神來。

第二次了，已經是第二次了，白洛因向自己的心裡發出警報信號，你到底是怎麼了？為什麼一點兒自控能力都沒有了？

「我的屁股底下都濕了。」顧海調笑著看向白洛因，「我摸摸你的屁股底下有沒有濕。」

「滾！」白洛因一聲低吼。

顧海盯著白洛因的臉忘情地瞅了好一陣，然後低聲說：「因子，我說句話，你別生氣啊！」

白洛因意識到顧海不會說什麼好聽的，於是乾脆打斷，「你甭說了，我不想聽。」

顧海赤條條地摟住白洛因，「假如我非要說呢？」

白洛因用手摀住顧海的嘴。

顧海的手卻伸到了白洛因的後背上，緩緩下移，摸到了兩瓣中間的那個位置。

白洛因猛地攥住了顧海的手。

目光猙獰！

顧海微微瞇起眼，聲音中夾雜著一點兒油膩。

「真的，特想……」

「沒這一天！」白洛因猛地將顧海的手甩到前面，「假如你想用這個來給自己安全感，我告訴你，你這輩子都別想有安全感。」

多大的一個打擊，顧海下面那廝小海子都蔫21了。

「因子，你誤會了。」顧海停頓了一下，趕緊挽回局面，「我真不是因為這個才想和你在一起的，我也是個正常的老爺們兒。我要是真為了這個，何必不找個女的呢？我完全是因為太喜歡你了，所以衍生出了身體的渴望，其實你在我心裡特乾淨，我真捨不得碰你。」

「顧海，咱倆都是男的，我能和你做的，也就到這份上了。」

顧海拉住白洛因的手，「你能和我做到哪份上我都無所謂，我只是想知道，我在你心裡是怎樣一個位置。」

「兩男的討論這個，不覺得太矯情了麼？」白洛因斜了顧海一眼。

顧海徹底不管不顧了，「矯情我也得問，你到底喜不喜歡我啊？」

白洛因轉過身去，沉默以對。

顧海又湊了過去，「一點點動心呢？」

「睡覺。」白洛因愛答不理的。

顧海猛地在白洛因光溜溜的屁股上給了一下子。

「承認一句你會少兩斤肉啊？」

白洛因怒不可遏，回頭朝顧海的顴骨上給了一拳。

「你丫知道了還問什麼問？」

21：委靡不振的樣子，音ㄋㄧㄢ。

顧海躺倒在旁邊的枕頭上，幸福得眼冒金星。

早上，白洛因起床，從被窩裡摸出一條內褲就套在身上，等穿上褲子之後才感覺有點兒不對勁，抬眼一看，某個人堂而皇之地穿著他的內褲站在鏡子前刮鬍子。

「咱倆內褲穿錯了。」白洛因幽幽地提醒。

顧海低頭瞅了一眼，把臉轉向白洛因，嘴邊都是泡沫，笑起來很性感。

「我說怎麼穿著這麼緊呢！」

「少臭美啊！」白洛因斜了顧海一眼，「咱倆內褲明明是一個型號的。」

「喲……」顧海壞笑著，「你偷偷摸摸看過我內褲的型號？」

白洛因給氣得不善，伸出腳用力頂了一下顧海結實的臀部，顧海防備不當，臉貼上了鏡子，蹭了一大片的泡沫在上面。

「換過來！」白洛因怒斥著顧海。

顧海轉過身，一副爽快的表情，「成啊，換過來，你脫吧。」

白洛因愣住了。

「脫啊，你不脫怎麼換？」顧海去拽白洛因的褲子。

白洛因後撤了好幾步，顧海窮追不捨，兩人鬧著鬧著又鬧到了床上。一個凶光畢露，一個拳腳相加，笑聲混淆著罵聲，給這睏倦的大清早增添了不少活力。

「因子！因子！」

楊猛充滿磁性的聲音在院兒裡響起，白洛因透過窗戶往外瞅了一眼，用力推了顧海一把，「趕緊把衣服穿上，楊猛來了。」

「他怎麼又來了？」顧海皺起眉頭。

白洛因提醒了顧海一句，「告訴你，別再和他過不去啊！」

「成，我知道了。」顧海答得不情不願的。

楊猛掀開白洛因房間的門簾，瞅見顧海正在那穿衣服，白洛因正在穿鞋，床上是亂成一團的被子，床下還散落著兩雙襪子。屋子裡飄著一股濃濃的雄性荷爾蒙的味道，兩位型男不緊不慢地做著自己的事情，場景很和諧也很不和諧。

一起到鄒嬸的小吃店吃早餐，楊猛瞠目結舌地看著這倆爺們兒吃了他五倍的分量不止。

路上，顧海一個人在前面慢悠悠地騎著車，白洛因和楊猛在後面走著。

「你倆一直住一起啊？」楊猛壓低聲音問。

白洛因大方承認，「住了快兩月了。」

楊猛挺驚訝，「你不是不喜歡和別人一起睡麼？」

顧海在前面聽得頗有成就感，騎車的速度也越來越慢。

白洛因瞥了顧海一眼，淡淡說道：「他沒地兒去，我能咋辦？湊合一塊住唄！」

顧海雙腳支地，兇惡的眉毛發狠地豎起，眼神在白洛因的臉上畫了幾條道兒，威脅的意味很明顯，小樣兒的，信不信我當他面兒叫你媳婦兒?!

路走了半程，白洛因差不多把他和顧海的情況都和楊猛說明了，楊猛聽得一陣陣心驚。

「啥？你說他，就是你後爹的兒子？那個……少將的兒子？」

白洛因點點頭。

顧海在前面默不作聲地聽著，沒插嘴，也沒阻攔，反正這種事也不丟人，白洛因願意說就讓他說去唄，他也遲早要和李爍、虎子把情況說清楚的。

楊猛聽得稀里糊塗的，最後忍不住打斷白洛因。

「是你媽和他爸結婚，還是他媽和你爸結婚啊？」

白洛因拍了楊猛的後腦勺一下，「你說呢？當然是我媽和他爸了。」

「那他怎麼跑你們家住來了？這不符合邏輯啊！」楊猛眨巴眨巴眼。

白洛因一陣頭疼，這事的確不好說清楚。

「他和他爸不合，我和我媽不合，然後就這樣了……」

楊猛似懂非懂地點點頭，然後搓搓手，一臉豔羨的表情。

「還真挺戲劇性的！幸虧我當初找的那幾個人臨陣脫逃了，要不然真讓他們去婚禮現場鬧一通，壞了這門親事，你去哪落這麼一個好弟兄啊！」

這件事白洛因還是有些不能釋懷。

「對了，當初我沒細問，那幾個人到底怎麼回事啊？怎麼拿了錢還撂挑子22了？」

楊猛挺不好意思的，「這事也趕巧了，那天也不知道從哪跑來兩個記者，扛著攝影機一頓狂拍。那四人一瞅見記者就慌了，怕上報紙啊！就去搶攝影機，誰想那倆記者那麼慫23啊！他們剛追過去，那兩人扔下攝影機就顛兒了。也賴我大舅不會找人，找了四財迷，抱著攝影機就顛了，聽說還賣了不少錢呢……」

顧海急剎車。

楊猛就走在顧海的身後，看到顧海停車嚇了一跳。
「你說什麼？你找人去鬧婚禮現場了？」
楊猛悻悻地瞅了白洛因一眼，「是他讓我找的人。」
「然後碰到了誰？」
「倆記者。」楊猛伸出兩個手指頭。
顧海臉都綠了，「接著呢？」
楊猛全招，「接著……搶了記者的攝影機，這事就沒辦成。」
折騰了顧海三個月之久的奇案就這麼破了，敢情罪惡的源頭在這！他苦苦追查了兩個多月的兇手，居然就是令他魂牽夢繞，心心念念的好媳婦兒！
顧海欲哭無淚。
白洛因看了顧海的反應，心裡咯噔一下，禁不住問：「那倆記者，不會是你找的吧？」
顧海僵硬著嘴沒回應，但是白洛因從他的反應中已經看出了大概。
「你不會也是找他倆去破壞現場的吧？」
顧海的臉色更難看了。

22：指挑夫放下扁擔，藉此比喻不負責任、甩手不幹的情形。
23：窩囊、軟弱。

就連一旁的楊猛都看出來了，忍不住捶胸頓足，「我的天啊！該不會兩隊人馬是一夥的，結果碰頭反倒互相殘殺了？」

白洛因和顧海彼此看了一眼，那尷尬勁兒就甭提了。

楊猛反而當起了和事佬，拍拍這個的肩膀，拍拍那個的肩膀，勸道：「你倆應該高興，這就是緣分。你們想想，假如當初他們倆的婚沒結成，你也不會離家出走，跑到這麼一個學校念書，也就遇不到因子了。你呢，也就不會碰上這麼一個落難同胞，樂意把他留在家裡，掏心掏肺地對他好，你倆的感情就不可能這麼堅固了。你們說，我說的有沒有道理？」

楊猛一副牛哄哄24的樣子。

顧海和白洛因甚有默契地掃了楊猛一眼。

「你不說我們也知道。」

楊猛：「……」

每天晚上放學回家，白洛因一定會先朝狗籠子看一眼，阿郎的精神狀態怎麼樣啊！狗食還夠不夠啊！盤子裡的水該不該換啊……白洛因對待阿郎很細心也很有耐心，每天上學之前和放學之後都得和阿郎親熱互動一下，不然阿郎一整天都顯得沒有精神。

「該出去遛遛狗了。」白洛因朝顧海說。

顧海把籠子打開，將阿郎放了出來。阿郎一出來就撲到了白洛因的身上，縱情地撒嬌呢喃，白洛因就這麼任牠擺弄，看得顧海在一旁都眼紅了。

24：得意的樣子。

兩人走出小院兒，一直奔東，那邊有一條河，老頭老太太經常去河邊遛彎兒。路上，阿郎見到陌生人就咬，過路的全都離得遠遠的。

沿著河岸走，一群家雀兒撲棱棱地飛過頭頂。

天真的很冷了，河邊已經結了薄薄的一層冰，從河面上吹過來的風刮得臉生疼。白洛因拽著狗鏈子的手凍得有些青紫，顧海側過身，把白洛因的拉鍊給他往上提了提。

白洛因的目光在河對岸滯留。

鄒嬸穿著一件紅色的羊絨大衣，手插在衣兜裡，不時地咧嘴微笑，樸實的面容被夕陽的餘暉渲染得紅潤柔和，好像一下回到了二十幾歲的年齡，再也看不到攏攤那時的憔悴和勞碌了。旁邊站著的那個男人，褪去了一身的滄桑，穿著體面的衣服，帶著溫和的笑容，舉手投足間再也看不到曾經的粗莽和迷茫了。

他們儼然沒注意到這邊有兩個人正在看著他們，互望彼此的眼神間流露出毫不遮掩的愛意。

白洛因心裡有種複雜的滋味，有高興，也有惆悵。

「挑個日子把事兒辦了吧。」所有的氣氛都被顧海這一句話給破壞掉了。

白洛因斜了顧海一眼，「你以為結婚那麼簡單呢？」

「我不是替他倆著急麼？」

白洛因納悶了，「你急什麼？」

「他倆過上二人世界，你不就成了電燈泡了麼？到時候咱們倆電燈泡湊到一起，回咱們的新房過咱們的小日子，多好！」

白洛因沉默了半晌，拍拍阿郎的頭，「兒子，咬他去！」

5.

週六一大早，顧海穿好衣服，蹲在床邊擰了擰白洛因的臉。

「我得出去一趟。」

白洛因剛醒，聲音裡帶著昏昏欲睡的混濁和慵懶。

「幹什麼去？」

「我哥今天回國，我去接機。」

白洛因揉了揉眼睛，「你哥？你親哥？怎麼沒聽你提過？」

「不是親哥，是堂哥，他定居在國外，我們見面機會不多。這次他也是公事回國，就是來家裡看看，過幾天就走。」

白洛因坐起身，「嗯，那你趁早走吧。」

顧海盯著白洛因看了一會兒，「你今天都去幹什麼？」

「沒打算，可能寫寫作業，也可能去嬸兒那看看有什麼需要幫忙的。」

「別到處亂跑啊！」顧海和哄小孩似的。

白洛因不耐煩地皺了皺眉，「甭管我了，你趕緊去忙自己的事吧。」

顧海輕輕拍了拍白洛因的臉頰，起身朝外面走去。

顧海一走，白洛因也睡不著了，換好衣服出了門。

「嬸兒。」

鄒嬸正在店裡收拾東西，瞧見白洛因過來，眉眼間溢出柔和的笑意。

「因子來了？」

白洛因點點頭，溜達到了廚房，幾個大廚按部就班地忙乎著自己的事兒。現在鄒嬸的小吃店已經不光賣早餐了，午餐晚餐都有，相當於一個小飯館兒了。

因為價錢實惠，乾淨衛生，味道又好，這個小吃店天天爆滿，有些人沒位置，只能打包提到外面去吃。

白洛因每次過來，都是鄒嬸親自下廚給他做。

「嬸兒，別忙了，我隨便吃點兒就成。」

鄒嬸搖搖頭，「不麻煩。」

正說著，外面有個顧客大聲喊：「再給我來碗牛肉麵。」

鄒嬸的目光變了變，臉上似乎浮現幾絲苦楚，卻又不想在白洛因面前表現出來，她給旁邊的大廚使了個顏色，示意他再弄一碗麵出來。

大廚都不樂意了，「這人白吃幾天了啊？」

白洛因聽後愣了，盯著鄒嬸問：「嬸兒，這有人吃霸王餐啊？」

「你甭管。」鄒嬸攥住白洛因的胳膊。

「沒事兒，他一個人也吃不了多少，來，找個地兒坐著，嬸兒這就給你做。」

白洛因哪還有心吃早點啊，一把按住鄒嬸忙乎的手，正色問道：「嬸兒，到底咋回事？」

鄒嬸動了動嘴唇，沒說什麼。

白洛因大步走到餐廳，正巧剛才那個男人還在角落裡叫囂著，「麻利兒[25]的成不成啊？還要讓我等多久啊？」

旁邊的人都在收銀臺付了款之後領號等餐，只有他的桌子上空空的，還總是對服務生指手畫腳，一臉欺負人的浪蕩樣兒。白洛因特意看了他一眼，這人身上沒有匪氣，看起來窮困潦倒的，瘦得胸前的肋骨都能瞧見。因為那張臉過於滄桑，白洛因看不出他的真實年齡，卻能感覺到那種真慫假刁的胡同串子[26]味兒。

服務生端了一碗拉麵走過來，此人翻起眼皮瞪了服務生一眼。

「怎麼這麼磨嘰[27]？我喊了幾遍了！」

服務生沒好氣地把拉麵放下，愁著一張臉走了。

誰不煩他啊？這裡的服務生個個都被他刁難過，大廚整天白給他忙乎，還總是抱怨東西不好吃。人家顧客都得排隊等號，就他一個人大搖大擺地往那一坐，而且自己占了一張大桌子。誰過來拼桌他就轟誰，一身的酸臭味兒。

白洛因拉過一條椅子，坐在了此人的對面。

「誰讓你坐這的？」男人吸溜著麵條，拿眼瞪白洛因。

白洛因冷冷回了句，「我讓我坐這的。」

25：做事俐落迅速。

26：整天無所事事在胡同閒晃，指遊手好閒的人。

27：指做事拖拉，說話不乾脆。

男人一拍桌子，鄒嬸先衝出來了，「孟建志，你別不知好歹。」

被叫作孟建志的男人一口將麵條啐到碗裡，指著鄒嬸的鼻子罵，「妳個賤老娘們兒還敢跟我嚷嚷？臭婊子！我白吃白喝怎麼了？我就該吃妳的，要不是妳，我他媽能有今天麼我！妳就該養著我，妳就該供著我，妳還和我犯橫，妳個臭老娘們兒……」

白洛因一把揪住孟建志的衣領，猛地一腳踹到了桌子底下。

「你罵誰呢？」

孟建志沒還手，反而蜷在桌子底下瞎叫喚，「哎呦喂，哎呦喂，打人嘍！」

顧客全都跑出去了，店門被關上，玻璃上貼了一張張的人臉。

「孟建志！你給我滾！」鄒嬸突然哭了。

白洛因感覺這其中必定有事。

孟建志抱住一個桌子腿兒，一臉裝出來的苦相兒，「我不行了，我被打壞了，你們得賠錢，不賠錢我不走。」

白洛因看出來了，這人就是一個鬱鬱不得志，專門欺負老實人的軟骨頭。這種人最大的特點就是喜歡胡攪蠻纏，把自己的窮苦全都報復到別人的頭上，簡單一句話，就是他不好過也甭想讓別人好過。

也許是白洛因帶了個頭兒，也許是店裡的人實在看不下去了，幾個男服務生直接上前對孟建志一通亂踹，孟建志誇張的嚎叫聲刺激著旁人的耳膜。

鄒嬸實在看不下去了，上前阻攔眾人，「別打了，都別打了。」

幾個人停手，鄒嬸已經淚流滿面，「把他弄出去吧。」

男人一聽這話立刻停止嚎叫聲，怒罵道：「鄒秀雲，妳個賤貨，妳敢把我往外面轟！妳真不是東西，妳這個女人心太黑了妳，咱兒子可瞅著呢……」
「你還知道你有兒子？」鄒嬸慟哭出聲，「你給我滾！」
幾個人一起把孟建志扔出去了。
白洛因將鄒嬸領到二樓，鄒嬸一直在掉眼淚。
「因子，讓你瞧笑話了，早飯都沒吃成。你等著，嬸兒接著給你做去。」
「不用了。」白洛因攔住鄒嬸，「我不餓了。」
鄒嬸坐在椅子上發呆，眼角已經浮現幾絲細紋。
白洛因已經瞧出大概了，這個孟建志一定就是白漢旗口中的在外做大事的男人，之前一直沒露面是怕鄒嬸他們娘倆拖累了他，現在突然出現，肯定是從哪打探到了消息，知道鄒嬸有了這麼一個小店，想來這沾沾油光。
這種男人最可恨了。
「嬸兒，我爸知道這事麼？」
鄒嬸一聽到白漢旗，臉色立刻變了變，她拉住白洛因的手，小聲叮囑道：「這事可別和你爸說啊，就他那個脾氣，肯定得把孟建志弄殘了。」
「聽您這話，您還挺心疼他的？」
「我不是心疼他。」鄒嬸愁著一張臉，「我是怕他訛28上你爸，你瞧瞧他現在這副德性！哪有個

28：欺騙、恐嚇。音：ㄜˊ。

人樣兒啊？他整天去飯館裡嗆火，為的是啥，為的不就是哪天把咱們惹急了，給他兩下子，下半輩子就指望咱們養活了嘛！」

「您也不能就讓他這麼鬧吧？您落魄的時候，他對您不管不顧的，現在您剛過上幾天好日子，他死皮賴臉黏過來了。嬸兒，對付這種人不能手軟，他就欠收拾。」

「因子。」鄒嬸拉住白洛因的手，「嬸兒知道你是好意，可他畢竟是孩子他爸啊！這是我自己種下的孽，就由我來收拾殘局吧！因子，聽嬸兒的話，這事你別和你爸說，我自己能把他對付了。」

白洛因聽了這話，心裡也挺糾結的。

「嬸兒，我問您一件事，您和他離婚了麼？」

鄒嬸低垂著雙目看著鋥亮的桌面，微微歎了口氣，「其實，我和他根本沒結婚，我們老家那邊兒特別窮，加上觀念落後，很少有人去領證。兩家人坐在桌上吃一頓飯，這事就算成了。本來想補辦一個結婚證的，結果他出去打工，和別的女人跑了，三年都沒回家，這事就不了了之了。那段日子太難熬了，我婆婆成天罵我，說她兒子不回家全賴我。我一氣之下帶著兒子來了北京，這一待就是五年，五年他都沒聯繫我，我以為我和這人就算徹底完了，誰想他……哎，不說了，越說越寒心。」

白洛因還沒開口，就聽見白漢旗在下面喊了聲。

「兒子，兒子在上邊不？」

鄒嬸趕緊擦擦眼淚，忙不迭地整理衣服，小聲朝白洛因提醒：「別和你爸說啊，記住了。」

白洛因勉為其難地點點頭。

白漢旗走到樓上，喘了幾口粗氣，朝白洛因說：「大海剛才給我來了電話，說中午過來接你，一起過去吃個飯。」

白洛因顯得沒有興致，「我不想去。」

「我都應了人家了。」白漢旗摸摸白洛因的頭，「去吧，人家好心好意的。」

白洛因沒說話，逕自地下了樓。

白漢旗盯著鄒嬸瞅了好長一段時間，問：「我怎麼瞧見有個人横在小店外邊了。」

鄒嬸遮遮掩掩的，「可能是要飯的。」

「要飯的怎麼要到咱們門口了？妳等著，我出去把他轟走。」

「別！」鄒嬸突然拽住了白漢旗的衣服，感覺到他詫異的目光，又把慌張的表情收住了，「一個要飯的而已，甭理他了，他過幾天就走。」

「妳啊，就是太好心眼了。」白漢旗佯怒的看著鄒嬸。

鄒嬸勉強擠出一個笑容，跟著白漢旗下了樓。

白洛因剛坐進車裡，顧海就問：「上午出去幹什麼了？」

「哦，就去了鄒嬸那。」白洛因淡淡的。

顧海能夠敏銳地覺察出白洛因的情緒，出門前還好好的，怎麼回來就蔫頭耷腦了？是誰委屈了我媳婦兒？顧海想著就把手伸了過去，撥弄了一下白洛因眼前的幾縷頭髮，柔聲問道：「怎麼了？」

「沒事，開車吧。」

顧海啟動車子，順帶給白洛因遞過去一個盒子。

「這是什麼？」白洛因問。

顧海費勁地在胡同裡倒車，也沒回答白洛因的話，白洛因自己看了包裝盒，是一款手機。

「給我買手機幹什麼？」白洛因又給顧海扔了回去，「沒用，你給別人吧。」

「怎麼沒用？上午我找你都找不到。」

白洛因仰靠在座椅上，眼睛閉著，聲音裡透著一股疲倦。

「你又有錢了是吧？」

「沒錢。」

白洛因把眼睜開了，「沒錢你還買？」

「我的大財神爺不是回來了麼？」顧海指的是他堂哥。

白洛因鄙視性的看了顧海一眼，「你就整天混吃混喝吧！」

顧海唇角咧開一抹意味不明的笑容，「他給我錢，那是應該的。」

五星級酒店的豪華包廂裡，有個男人沉默地坐在窗前。

黑色西裝搭配素雅的領帶，稜角分明的側臉被燈光勾勒出清晰的輪廓，眉宇間透著隱隱的陰冷之氣，臉上彷彿罩了一層冰霜。即便聽到了門響，他的臉上也未有一絲表情變化。

「哥，這就是白洛因。」

男人連眼皮都沒抬，若有若無地嗯了一聲。

「這是我哥，顧洋。」

白洛因在心裡面回了顧海一句，你們一家人都是在水裡生的麼？

三個人坐好之後，服務生就開始上菜了，都是清一色的西餐。白洛因本來也沒有什麼胃口，動都沒動盤子裡的東西，沉默地想著鄒嬸的事情。

顧海朝白洛因問了句，「不合胃口麼？」

白洛因這才拿起刀叉，「沒。」

一旁的顧洋突然開口了，聲音裡透著冷硬的質感。

「海洛因。」

白洛因這才抬起頭正視顧洋的這張臉，瞬間有些恍惚，和顧海長得太像了，只不過氣質完全相反。這兩個人一個像火，一個像冰，而且從穿著打扮來看，兩個人不在一個年齡層次。

顧海聽了顧洋的話，停下來想了想，似乎才注意到這個細節。

「確實，我們兩個人的名字合起來是毒品。」

命中註定，我們沾染了彼此，這一輩子都別想戒掉。

這一頓飯吃得很沉默，顧海似乎只是想把白洛因介紹給顧洋，並沒有要拉攏兩個人關係的意思。畢竟，顧洋和白洛因的脾氣太相似，很難合得來，假如沒有顧海，就他們兩個人在這裡吃飯，能活活把對方給凍死。

顧洋時不時看一眼顧海，每次看顧海的時候，他的目光都飄在白洛因的身上。

整個吃飯的過程，顧洋沒有看白洛因一眼，也沒有和白洛因說一句話，可白洛因卻覺得他的目光一直在自己的身上，冷銳而刻薄，隱隱透著一股壓迫力。

回去的路上，白洛因一直沉默著。

顧海看出白洛因的情緒很不好，比來之前更差了，不知道是不是顧洋的原因。

「我哥就那個德性，其實他對你印象挺好的。」

白洛因沒說話。

顧海瞧見白洛因還是繃著一張小俊臉，忍不住伸手過去揉了一把，哄道：「他惹你不高興了？回去我幫你罵ㄚ的。」

白洛因靠在座椅上，眼睛又閉上了，心亂如麻。

車子在路上平穩地行駛，突然，顧海一個急剎車，白洛因的身體搖晃了一下，眼睛猛地睜開了。

「怎麼了？」

顧海指著不遠處兩個身影，說：「我怎麼覺得那個婦女像鄒嬸啊！」

一聽鄒嬸的名字，白洛因的臉色立刻變了，他透過車窗朝外望，不遠處有三個晃動的人影，一男一女還有一個孩子。孩子起初在男人的懷裡，後來又被婦女給搶走了，緊接著男人踹了婦女一個跟頭，把孩子抱走了，婦女趔趄29著站起身，繼續追孩子。

白洛因猛地打開車門衝了出去，顧海跟在後面。

「孟建志，你不是人，你把孩子還我。」

白洛因趕到的時候，鄒嬸正在和孟建志撕扯著，孩子號啕大哭。鄒嬸的臉上混雜著眼淚和塵土，嘴角還有血痕。

「這是我兒子，我憑什麼給妳？」孟建志死死拖拽著掙扎的孩子。

顧海面色鐵青，一把將孩子搶過來，猛地一腳踹在了孟建志的面門上。

孟建志被踹飛了兩米多遠，倒在地上就起不來了。

鄒嬸趕緊把兒子摟在懷裡，眼睛看著不遠處的孟建志，哽咽著說不出話來。

顧海大步上前，又拽起孟建志的衣領，猛地一拳掃在他的心口窩，孟建志頓時吐了兩口血水。

「因子！」鄒嬸大喊，「把大海攔住，別讓他打了。」

白洛因去拽顧海，勸道：「夠了，他是鄒嬸的前夫。」

「我看出來了。」顧海冷著臉，「就因為他是孩子他爸，我才想揍他。」

孟建志從地上爬起來，跌跌撞撞地撲到顧海的腳底，死死抱住顧海的腿，一抱就不撒手了。任憑顧海怎麼踢踹，他就是不鬆手，身體在地上滾得像泥猴一樣，衣服都搓出了兩個大口子。

「你還想訛我？那你算是訛對人了，三分鐘之內，我絕對給你一個說法。」

說罷，顧海拿起手機。

鄒嬸抱著孩子衝過來，嘶聲朝孟建志喊：「你快走啊！你惹不起人家的！你要是還想留一條命，你就給我滾！」

孟建志還是沒鬆手。

白洛因用眼神示意顧海再等一等。

「你快滾啊！」鄒嬸又喊了一聲，孩子也跟著哇哇大哭。

孟建志心有不甘地從地上爬起來，目光兇惡地看了顧海一眼，恨恨地罵道：「你丫給我等著，你們全給我等著！」

說完，一瘸一拐地朝東邊走了。

29：站不穩的樣子，音ㄌㄧㄝˋ ㄐㄩ。

到了車上，鄒嬸驚魂未定地摟著自己的兒子，一次又一次地把臉貼向兒子的心口窩，感受兒子的存在，生怕下一秒鐘兒子就被人搶走了。

顧海透過後視鏡看著，突然就想起了自己離世的母親。

他也曾被人疼過、寵過、被人如此珍視過，也曾有過母子二人相依為命的日子。他能感受到一個孩子對於鄒嬸的重要性，就好像他的母親曾經對他的重要性一樣。

這件事終究沒能瞞過白漢旗。

顧海直接開車把鄒嬸和孩子送到了白洛因的家。

這個男人的出現，讓鄒嬸和兒子沒法再單獨住在自己的房子裡，稍微有個閃失，可能孩子就不見了。現在能依靠的人只有白漢旗了，鄒嬸迫於無奈和白漢旗講出了實情，白漢旗二話不說，關上大門就不讓鄒嬸走了。

「大海，這兩天先讓因子去你那住幾天，你也知道，家裡就這幾個屋，他們娘倆兒一來……」白漢旗挺不好意思的。

鄒嬸紅腫著眼睛在一旁插口，「我和孩子住在廂房就成。」

「哪能讓你們住廂房呢？」白漢旗擰著眉毛，「我和孩子住，妳住在因子那個屋，有什麼事妳隨時叫我。」

孩子抱住鄒嬸的脖子，「我要和媽媽住。」

顧海擰了孩子的臉頰一下，「多大了還和你媽睡一個被窩，害不害臊？」

這孩子猴精猴精的，顧海擰了他一下，他卻報復性地踩了白洛因一腳，然後一副挑釁的表情看著顧海。

顧海驚了，這孩子的智商得有兩百吧？

「行了，就這麼說定了，大海啊……」白漢旗拍著顧海的肩膀，「委屈你了。」

這哪是委屈啊？顧海心裡都樂壞了。

白洛因憂慮地看了白漢旗一眼，「要不著我也留在家吧，我和您睡一屋，他們娘倆兒睡一屋，萬一真有個意外，還能有個照應。」

顧海臉色一變，立馬反對，「我覺得沒這個必要，你還不相信叔的實力麼？何況我今天給了他一腳，夠他緩兩天的，你就甭跟著添亂了，和我回去吧！」

白洛因瞟了顧海一眼，裡面內涵豐富。

顧海擺出一副剛正不阿，鐵骨錚錚，浩然正氣的軍人風範。腰背挺直、目光專注地等著白漢旗的指示。

「成了，因子，你就跟大海走吧。」

顧海的手立刻搭上白洛因的肩膀，出門前露齒一笑，笑得白洛因脊背發涼。

6.

「行了，別想了。」

路上，顧海一邊開車一邊握著白洛因的手，「不會有事的。」

白洛因一邊的臉頰被夜色浸染著，一邊的臉頰被顧海的目光灼燒著，心裡一會兒冷一會兒熱的，他用修長的手指撫唇琢磨了一下，淡淡說道：「我總覺得，那種人是最不好惹的，身邊沒有一個親人，無牽無掛，沒有顧忌，大不了和咱們鬧個魚死網破。最怕這種不要命的，內心陰暗，什麼事都幹得出來。」

顧海歎了口氣，「其實，想要整垮他很容易，只是鄒嬸那關不容易過。」

「畢竟夫妻一場，還有個那麼小的兒子。」

「你看看，咱們兩個人都聊到哪去了？」顧海摳了摳白洛因的手心，「這是咱們該想的事兒麼？他們那個年紀的人和咱們的想法是完全不一樣的，他們的顧慮比我們多得多，所以你想再多也沒用。」

白洛因沉默了，眼睛看向窗外。

顧海的手從白洛因的手上轉移，慢慢摸到了他的腿上。

「因子，你對鄒嬸可真好。」

白洛因把目光轉向了顧海的臉，「你說什麼？」

「要是哪天我出事了，你會這麼上心麼？」

白洛因給了顧海一個你很無聊的眼神，意思是你連鄒嬸的醋都吃啊？

顧海一下就看透了白洛因的心思，厚著臉皮在一旁念秧兒[30]。

「我大小醋通吃，是醋就沾，逢醋必吃，無論人類獸類鳥類，來者不拒……」

白洛因被顧海氣樂了。

顧海看到白洛因微微勾起的唇角，內心開始騷動，趁著白洛因把注意力放在窗外的間隙，手偷摸著伸了過去，在腿根上的軟肉上著陸，然後開始朝裡面進攻。

「你幹什麼？」白洛因恨恨的掐住顧海的手。

顧海的手已經和小因子零距離接觸了。

白洛因惱恨地看了顧海一眼，「你好好開車成不成？高速上很容易出事的。」

顧海邪笑著，「只要你不抗拒，出不了事。」說著，仍舊不聽勸阻，一隻手扶著方向盤，另一隻手在白洛因的身上「偷腥」。

白洛因被顧海摸得渾身起雞皮疙瘩，突然看到前面一大團黑影，緊急提醒：「看車！」

顧海一個急轉彎，驚險避過了前面的油罐車。

白洛因被顧海氣得坐到了後面。

其實這個時候，兩個人身上都有點兒起火了，白洛因是不想讓顧海發現，才躲到了後面。顧海那

30：沒話找話的樣子。

廝更可恥，上面兩隻手撫著方向盤，下面某個地方都撐起一個小帳篷了。

白洛因刻意避開了目光，其實心裡也是爬滿了小蟲子。

電梯升到十八層，房屋的門剛一關上，顧海就迫不及待地將白洛因按在旁邊的牆壁上，嘴唇急切地封了上去，手拉開上衣的拉鍊，毛衫一直搓到臂彎處，整個胸膛都這麼袒露著，任顧海的大手愛撫蹂躪。

兩個人的呼吸都有些急促，顧海不停地用自己身下的硬物撞擊著白洛因的腫脹之地，兩個人赤紅著雙目，在黑暗中深切凝望著彼此，有了前兩次的經歷，白洛因也沒那麼彆扭了，手扣住顧海的頭與他瘋狂地激吻。

夜，在激情和熱血中燃燒著。

兩個血氣方剛的小夥子，五指交纏，氣喘吁吁地啃咬著彼此的喉結、鎖骨，身下的小怪獸全都給憋得夠嗆，嗷嗷叫喚著要從褲子裡跳出來。

顧海去解白洛因的褲帶。

白洛因按住他的手，「先去洗澡。」

顧海腆著臉問：「一起麼？」

「不。」白洛因斷然回絕，開燈之後去了顧海的臥室，找出上次穿的那件睡袍，直接去了浴室，然後把門從裡面反鎖，整個過程一氣呵成，都沒給顧海一點兒遐想的空間。

顧海一個人站在浴室外面磨著牙，小子，你行！把我鬥出火，撒手不管了，自己跑浴室裡面逍遙快活去了。等你出來，我要檢查小因子，他要是有個好歹，我拿你是問！

白洛因洗完之後，顧海又進了浴室。

一陣悠揚的樂聲在房間裡響起，白洛因納悶，這個點兒誰會來這兒？顧海他爸？

白洛因透過貓眼朝外看了看，心裡猛地哆嗦了一下，以為自己見鬼了。顧海明明在浴室，怎麼突然又跑到門外了？後來反應過來了，這是顧海他哥——顧洋。

白洛因開門，顧洋心中略顯詫異，但是面上沒表現出來。顧海只是和他提了一些關於白洛因的事情，但是沒有說他和白洛因住在一起。顧海如此心甘情願地接受姜圓的兒子，這是顧洋所不能理解的。

「喝點兒什麼？」白洛因問。

顧洋沒回答，自顧自走到冰箱前打開看了一眼，什麼也沒拿出來，只是冷冷地說了一句，「冰箱太小了，裝不了什麼東西，明天換個大的。」

白洛因沒回應，他感受到這話並不是對他說的，只是顧洋的自言自語而已。

「地毯的顏色和茶几不搭，吊燈的花紋太古樸了，結果卻配了這麼一張寫意的餐桌，窗簾的流蘇太過扎眼，電視牆的背景給人一種消沉的感覺……這是請的哪家的設計師？把屋子裝飾得這麼不倫不類。」

白洛因繼續保持沉默，他猜測顧洋已經看出了屋子裡的東西都是他挑的，這番話也是故意說給他聽的。

你說你的，我忙我的。

白洛因把手機包裝盒拆開，把裡面的手機組裝上，簡單地看了一下說明書，然後開始測試手機性能。

顧洋的目光狠刺著白洛因手裡的手機，小海給我接機之後著急忙慌張地跑到手機商場，就為了給他買手機？一年多沒見，這小子變成熟了？知道疼人兒了？還是說，僅僅針對這個人？

「因子……」浴室裡飄出顧海油滑中透著幾分親暱的呼喚聲，「我忘拿睡衣了，你給我找一件送進來。」

顧海儼然不知道他哥就豎著耳朵在外面聽著呢。

白洛因頭也不抬地朝浴室的方向喊了句，「直接裹著浴巾出來吧。」

顧海輕笑，我還裹浴巾幹嘛？我直接光著出去不得了麼！

於是，杯具[31]了。

顧海氣宇軒昂地走了出去，腿間的小海子翹得高高的，就這麼……這麼龍精虎猛地出現在顧洋的面前……屋子裡的空氣都凝固了，顧洋和虎頭虎腦的小海子對視了一眼，迅速移開了目光，眉宇間傳遞著異樣的情緒，儼然對顧海這種大剌剌的舉動表示不滿。

「呃……哥，你怎麼來了？」

顧海又鑽回了浴室，裹了一條浴巾走了出來。

「來看看你。」顧洋倚在浴室門口，不冷不熱地問：「你連他都不避，還避我幹什麼？」

顧海笑著回了句，「像你這麼講究的人，哪忍受得了我們這種三俗[32]舉動？」

顧洋抬腳在顧海的屁股上狠踢了一下，像教訓毛頭小子一樣，「以後注意點兒啊！」

顧海滿不在意地笑了笑，而後走到白洛因面前，佯怒地瞪著他，壓低聲音問：「我哥來了你怎麼也不提醒我一下？」

白洛因只樂不說話。

「你太壞了。」顧海用手指戳了白洛因的腦門一下，「等我哥走了，看我怎麼收拾你。」

「你哥一時半會兒走不了呢。」

「你怎麼知道的？」

「不信你看著。」白洛因若有若無地瞟了顧洋一眼。

半個小時過後，顧洋放下手裡的雜誌，開始在屋子裡遛達，一句話不說，就這麼沉默地在顧海的視線內晃蕩著。

終於，顧海繃不住了，帶著驅逐的口吻問了句，「哥，你怎麼還不走？」

「你轟我走幹什麼？」顧洋眯縫著眼睛打量著顧海，「我礙著你們了？你們該幹什麼幹什麼啊！」

顧海喉結處動了動，梗著脖子說道：「我們該睡覺了。」

「你們這麼早就睡覺？」顧洋眼神裡帶著濃濃的猜疑，「你們這個歲數的小夥子，不是都要很晚才睡麼？現在才八點多，老頭老太太都還精神著呢。」

「別我們這個歲數……你不就比我大兩歲麼？」

31：網路流行語，悲劇之意。
32：庸俗、低俗、媚俗的簡稱。

白洛因喉嚨一陣梗塞，只大了兩歲？這傢伙比顧海還顯老啊！

顧洋放下手裡的雜誌，嘴角勾了勾，「既然你們要休息了，那我就不打擾了，晚上記得多蓋點兒被子，別凍著。」

顧海點點頭，顧洋還沒換好鞋，顧海就把門給他打開了。

白洛因也站起來，目送顧洋離開。

顧洋出門前，別有深意地看了白洛因一眼，白洛因還以微笑。

嘭門聲一響，白洛因像離弦的箭一樣衝進了臥室。

顧海反應比白洛因慢了半拍，等他大步追過去的時候，白洛因都把門從裡面反鎖了。

顧海咬著牙敲門，「小崽子，你給我出來，咱倆沒完！」

一個聲音從裡面幽幽地響起，「窗戶開著呢，有本事你爬十八樓。」

顧海故意把門打開，然後又嘭上，弄出很大的聲響。

這一聲嘭門響兒，白洛因聽得真真切切的，難道真下去了？不可能，他又不傻！白洛因還是不放心，躡手躡腳地走到門口，貼在門板上聽著外面的動靜。聽了足足有五分鐘，外面什麼動靜都沒有。

白洛因英眉冷蹙，抱著幾分懷疑走到窗口，低頭瞅了一眼。

下面車水馬龍，人頭攢動，即便顧海真的開始爬了，那麼小的一個目標也捕捉不到啊。什麼也看不到。

又過了五分鐘，外面的手機聲響起來了——是顧海的手機鈴聲。

一聲一聲地牽扯著白洛因的心，根本沒人接啊！

難道真的出去了？不是在門口埋伏著吧？

為了保險起見，白洛因還是坐在臥室裡等了等。

沒一會兒，一二〇的警報聲響起，白洛因聽得真真切切的，貌似就在樓下。

完了，不會摔下去了吧？

白洛因按捺不住了，擰動門把手，探出頭往外看了一眼，真的一個人也沒有。他正要換鞋，突然自己的手機鈴聲又響起了，他的心瞬間繃得緊緊的，不會是……顧海給自己打的求救電話吧？亦或是……醫院那邊打過來的？

白洛因拿起手機一看，是顧海的號碼。

不對啊，剛才顧海的手機還在客廳呢，這會兒怎麼會？

糟了，中計了！

等白洛因反應過來的時候，雙腳已經騰空了，腰部被一雙大手狠狠箝制住，腦袋朝下，看見兩條從浴巾下面裸露出來的長腿，上面包裹著浮雕般的肌肉紋理，下面是一雙大碼的拖鞋，甚至還能感覺到裡面的腳趾頭在歡快地扭動著。

自從白洛因長到一米八幾的大高個，還從沒有人能把他扛到肩上。

「你大爺的！」白洛因使勁兒捶著顧海受過傷的腰眼兒。

顧海笑道：「我大爺的？今兒誰大爺的也不管用了，嘿嘿……」

說罷，用腳把門踹開，又用膝蓋把門頂上，卻沒急著把白洛因放到床上，而是在臥室裡走了一圈，一會兒打開書櫃瞧一瞧，一會兒把掉在地上的玩偶撿起來擺回原來的位置，一會兒又哼著小曲兒去整理床頭櫃上的雜物……整個過程中，無論走路或是蹲下，都沒把白洛因放下來。顧海的意思很明顯，就是想讓白洛因知道，你在為夫的眼裡，就如同小鳥一般，你最好依著為夫，為夫有足夠的本事管制你。

「顧海！」白洛因的臉都給憋紅了，扯著嗓子大吼，「你丫放我下來。」

顧海在白洛因的屁股蛋兒上掐了一把，言道：「你叫一聲老公，我就放你下來。」

「早知道真不該跟你來。」

白洛因氣得咬牙切齒，被人搖來晃去，任意擺弄的滋味不好受啊！血液倒灌到頭頂的滋味不好受啊！最讓他難以忍受的是，他一個一米八個頭的小夥子，被一個男的這麼扛在肩上，這叫什麼事啊?!恥辱！奇恥大辱！

白洛因不吭聲了，知道自己越叫喚，底下這個人越歡實，乾脆就這麼忍著。

「叫不叫老公？叫老公就把你放下來。」

白洛因閉著眼睛裝作聽不見。

顧海側過頭看了一眼，白洛因倒垂著腦袋，脖子根兒都紅了。

自個媳婦兒終究是自個媳婦兒，捨不得這麼折騰啊！顧海手一鬆，還沒來得及把白洛因放到床上，就感覺胯下一陣尖銳的刺痛，白洛因不知道什麼時候把手伸到了他的浴巾裡，在他最脆弱的地方猛地來了一拳。

疼死爺了！

顧海雙腿緊閉，齜牙咧嘴惡吼兩聲，愣是沒把手鬆開。等到緩過勁兒的時候，白洛因都在下面笑得快背過氣了。

顧海把白洛因甩到床上，順勢壓了上去。

白洛因臉色潮紅，眼睛裡噙著水霧，朦朦朧朧的，那是笑出來的。

顧海給氣得要命，可看見這張臉又愛得要死，最後又氣又急地將白洛因的臉扳正，低頭猛地吻了上去。疼痛的餘韻還在一撥一撥往上趕，顧海卻顧不得了，他想這個人的滋味想瘋了，折騰了這麼久，心裡早就急得上火了。

等到兩人的唇齒分離，白洛因還忍不住調侃顧海，「你這可以評選史上最強褲襠了，我這麼重的一下子，你竟然沒躺地上打滾，不簡單啊！」

顧海繃著臉硬撐了片刻，終於抵不住內心的脆弱，脖子一軟，腦袋垂到了白洛因的肩窩處。

「真的……特疼……」顧海一邊說著一邊用嘴唇蹭著白洛因的肩膀，「腿都疼麻了，你給我揉揉……」

白洛因就給了一個字：「滾！」

顧海擰著眉瞪過去，「你就這麼狠心？」

「誰讓你剛才整我的！」

顧海擰著白洛因的耳朵，輕輕地擰，一邊擰一邊質問，「咱倆誰先整誰的？我哥在外邊，你偏不告訴我，存心讓我出醜是吧？」

白洛因氣結，「這事你能賴我啊？我讓你裹著浴巾出來，你偏要光著出來。」

顧海說不過白洛因，乾脆來點兒實際的，一把扯掉白洛因的睡袍，架開白洛因的雙腿，臉朝著中間那疲軟的小傢伙奔了過去。

「你要幹什麼？」

白洛因這次真的急了，兩條腿使勁繃著勁兒，大手薅住顧海的頭髮往外扯，等感覺到脆弱之地硬是被某個溫柔的東西包裹住時，心裡突然念叨了一聲：完了……

他怎麼都沒有想到，顧海肯為他做這種事情。

兩條筆直的長腿分居兩側，膝蓋骨被另一個人的手掌心包裹著，半條腿都是麻的，動都動不了。顧海含著小因子，緩緩地沒入根部，再緩緩地推送出來，如同品嘗一根美味的冰糕。唯一的區別就是前者越嘗越小，後者越嘗越大。

白洛因的脖頸後仰，胸脯劇烈地起伏著，顧海的動作他看得真真切切，羞恥感侵襲著每一根神經。伴隨而來的是令人顫慄的快感，腳趾頭蜷縮著抓住床單，手臂上的青筋暴起，腰部隨著顧海的動作微微抖動著，額頭已經滲出細密的汗珠。

一陣快速的吞吐過後，顧海用舌尖舔了舔上面紅潤的軟頭。

白洛因的腿猛地抖了一下，喉嚨間禁不住發出一聲悶哼。

這一聲悶哼不知道給了顧海多大的刺激，他彷彿聽到了在不久的將來，白洛因躺在自己的身下，被操弄得情不自禁時，喊出的一聲聲，「老公，快點兒……老公，好爽……老公，我受不了了……」

瀕臨爆發點的一瞬間，白洛因的上半身已經離開了床，用力扼住顧海的脖頸，催促顧海躲開的聲音都變了腔調。

「呃……」

白洛因臉上浮現出極度扭曲的銷魂表情，來不及避讓，全都噴射在了顧海的嘴邊。

顧海用舌尖舔了一下，笑得極其淫邪。

白洛因的腿部神經還在不規則地顫抖著，瞧見顧海在盯著自己，一個枕頭扔了過去。下床拿了紙巾過來，臊紅著臉給顧海擦掉臉上的汙濁。

這還是顧海第一次瞧見白洛因羞臊成這副模樣，頓時覺得他可愛爆了。

燈一關，白洛因先開口。

「你腰上的傷到底怎麼弄的？」

白洛因早就知道顧海腰上有傷，但是近期才看清那個傷口，是個十幾釐米長的刀疤。

顧海哼笑一聲，顯得很不在乎卻又很在乎。

「小的時候，我哥給我砍的。」

白洛因一驚，「是顧洋麼？」

「嗯。」

「他為什麼砍你？」白洛因問。

顧海聲音有些幽冷，「小時候我們兩人搶一瓣西瓜，他沒搶過我，就用水果刀在我腰上捅了一刀。」

白洛因冷汗直冒，你們一家子人都夠狠的。

「所以你覺得他給你錢是應該的，對你好也是應該的？」白洛因問。

顧海冷笑，「我沒逼迫他，他自己樂意的。」

「不過說句公道話……」白洛因說到半截停住了。

顧海把頭扭過去，等著白洛因把後面的話說完。

「你哥比你長得帥。」

顧海的眼神裡慢慢醞釀出一股肅殺之氣，這次徹底酸大勁兒了，酸得兩條眉毛都不知道怎麼往中間擠了，酸得空氣中到處都是骨頭碎裂的恐怖聲響。

白洛因還不要命地擠兌枕邊人，「我說的是實話，他人怎麼樣我不清楚，但是他確實長得比你帥。」

顧海現在就想揮舞著大刀，把顧洋那張臉畫成篩子底兒。

白洛因拍了拍顧海的後背，故意提醒了一句，「人不能輸風度。」

顧海強壓住心裡的火，給白洛因講了一件小時候發生在他和顧洋身上的事兒。

「小時候我和我哥去放風箏，風箏線斷了，我們兩個一起追風箏，我哥是笑著追的，我是哭著追的。」

等了十幾秒鐘，白洛因噗哧一聲樂了。

顧海的太陽穴突突直跳。

白洛因一邊笑一邊問：「你到底想和我表達什麼啊？」

顧海黑著臉反問了一句：「難道從這麼一件小事上，你沒看出我倆的本性是不一樣的麼？我的本性是善良的，他的本性是惡的。」

白洛因笑得更歡了，「不是……我就想問問你，那風箏跑了，你撿回來不得了麼！你哭什麼？你是不是有點兒傻啊？……哈哈哈……」

顧海：「……」

7.

半夜裡，顧海醒了，白洛因背朝著他睡，睡得正香。

這麼消停的一個晚上，這麼難得的一個晚上，就這麼睡過去？太浪費了吧……

顧海的手順著光滑的脊背一路往上摸，一直摸到肩膀的位置，然後按定，把白洛因的身體正了過來。捏捏這，揪揪那，然後又用一雙大手，把白洛因的身體從平躺改為側躺，臉朝向他這邊。多麼令人狂熱的一張俊臉。顧海的嘴在白洛因的薄唇上啄了一口。白洛因似乎有所察覺，哼了一聲，很快又翻了回去，背朝著顧海。顧海又用手按住白洛因的肩膀，硬是把他扳了過來。

白洛因睡覺習慣朝右，顧海睡在他的左邊，硬是讓他這麼朝著顧海，他肯定覺得不舒服。於是半睡半醒間，一直在尋找舒服的姿勢，可怎麼找也找不到。好像剛舒服那麼一點兒，就被某雙手給破壞掉了。來來回回翻了四五次之後，白洛因終於醒了。

「你幹什麼呢？」

顧海的唇封了上來。

白洛因睏得不行，哪有那個興致啊！一把推開顧海，翻過身繼續睡。

結果，整整一夜，顧海就把白洛因當成了煎餅，不停地翻個兒。翻到最後白洛因都崩潰了，深更半夜就和顧海揪扯起來，結果最後力不從心，還是讓顧海俘虜了一次。

早上天還沒亮，白洛因就醒了，怎麼睡都睡不著了，坐在床上發了一會兒呆，側過頭看向顧海，他睡得正香。是啊，他能睡得不香麼？昨晚那麼折騰，就爽他一個人了。

白洛因特後悔自己說了一句「顧洋比你帥」。

結果這一個晚上，顧海就不停地折騰他，變著法地對付他，每到快爽翻天的時候給他硬生生地攔截住，非要問一句到底誰帥。白洛因要是還說顧洋帥，顧海立刻揪住那活兒不放，不撒手也不伺候，就那麼乾晾著。晾到最後白洛因撐不住了，昧著良心說了句顧海帥，顧海立刻就激動了，爽完了還要第二次、第三次。

吃醋的男人果然惹不起。

白洛因拖著疲倦的身體進了浴室，小便、洗臉、刷牙……

置物架上排放著一模一樣的兩套刷牙杯，上面還有兩個人的照片頭像，不知道顧海什麼時候拍的，更不知道他什麼時候找人做出來的。白洛因拿著刷牙杯端詳了一陣，心裡暗罵了一聲幼稚，拿在手裡卻有點兒捨不得用。

乾淨的毛巾，成套的護膚品，所有的一切都是新的。

難道真的要擺脫過去，開始新生活了麼？

白洛因還沒做好心理準備。

顧海習慣性地摸摸枕邊，空了。

他坐起身，看到白洛因的身影在浴室晃動。

顧海也起床了，擠到浴室和白洛因搶一個洗漱臺，把剛擠好的洗面乳抹到白洛因已經洗好的臉上，再不然就是一邊小便一邊問白洛因要不要一起來……白洛因特佩服顧海的精神頭兒，昨晚那麼折騰，一早上起來還能這麼生龍活虎的。

「我得回家一趟。」白洛因坐在沙發上穿鞋。

顧海在旁邊擺弄著自己的手機，順口回了一句，「我還有點兒事，你先回去，下午我去找你。」

「甭找我了，多和你哥待會兒，他不是過兩天就要回去了麼？」

顧海冷哼一聲，「我巴不得他現在就走。」

白洛因穿好了鞋，在沙發上坐了一會兒，感覺一點兒精神都沒有，身上酸軟的，好像一閉眼就能睡著，實際上卻根本睡不著。他往旁邊挪了挪，整個身體都側壓到顧海的身上，頭歪在他的肩膀上，把他當成一個軟墊靠著。

「好睏啊……」

這一瞬間，顧海突然覺得很幸福。

有些東西，因為難得，所以珍貴。

就好像每天晚上，顧海睡得很淺，他不願意錯過任何一個白洛因主動摟抱過來的瞬間，哪怕他是無意識的，顧海都覺得特別感動。他期待著有那麼一天，白洛因可以向他完全敞開心扉，他們既是能過命的好兄弟，也是最親密的戀人。

臨出門前，顧海叮囑白洛因，「手機拿著，有什麼事記得給我打電話。」

白洛因點頭。

「沒什麼事兒也可以給我打。」顧海又補充了一句。

白洛因轉過頭，嘴角溢出幾分笑意。

走出電梯還沒有兩分鐘，白洛因就收到一條簡訊：「寶貝兒，我好想你。」

白洛因恨恨地回了句，「差不多得了，別酸過頭了。」

上了公車，手機又收到一條簡訊：「您的帳戶成功充值五千元。」

一個大拐彎，白洛因差點兒把手機甩出去，心裡跟著冷汗一把，這個傢伙要幹什麼？怎麼一下充那麼多錢？手機裡總共就他一個號碼，用到高中畢業都用不完吧？

繞到胡同口，白洛因看見有兩個街坊在他家門口指指點點的。

「這人誰啊？」

「不知道啊，昨晚上我出來買東西，就瞅見他窩在牆根兒底下了。」

「要飯的吧？」

「要飯的不去地鐵、天橋，跑這來幹什麼？」

白洛因走過去，兩個街坊笑著和他寒暄了幾句，就提著菜籃子走了。

孟建志還是昨天那身衣服，褂子上還有沒擦掉的泥汙，他就這麼躺在地上，兩隻手插在袖管兒裡，身上蓋了一個破了洞的厚棉襖，兩條腿蜷著，模樣特別可憐。

「你躺在我家門口幹什麼？」

孟建志費勁巴拉地睜開眼皮，虛弱地回了一句，「守著我兒子和媳婦兒。」

守著？白洛因在心裡冷笑兩聲。他上前用腳踢了孟建志一下，態度強硬地說：「愛去哪守著去哪守著，別在我們家門口待著。」

孟建志坐了起來，渾濁的眼珠瞪著白洛因。

「別以為我不知道，我兒子和我媳婦兒全讓你們給藏起來了。裡面那男的是你爸吧？他是不是跟我媳婦兒有一腿？我媳婦兒那小店是不是你爸出的錢？」

白洛因剛要上腳踹，孟建志又抱住了他的大腿。

「別打我，我是誠心悔過了，我以前太對不起我媳婦兒和兒子了。你讓他們出來，我有話想對他們說，求求你了。」

「少來！趕緊滾！」

「求求你了，你不把他們叫出來也成，你進去給我拿點兒吃的。我已經一天沒吃飯了，我要真餓出個好歹，你們不是還得帶我去瞧病麼？」孟建志苦著一張臉。

「誰給你瞧病啊？憑什麼給你瞧病啊？」

白洛因心裡氣不忿，可瞧見孟建志這副苦哈哈的模樣，又有點兒不落忍。他恨恨地進了家門，怕孟建志趁機溜進去，把門從裡面反鎖了。進廚房找了找，正好有幾個大饅頭，蒸得特宣乎[33]，一看就是鄒嬸的手藝。

白洛因真不捨得把這麼好的東西給那個窩囊廢吃。

孟建志狼吞虎嚥地咬著饅頭，枯黃的臉色終於有了些好轉。

白洛因站在一旁沉默了半晌，忍不住開口說道：「你這樣有勁麼？四十歲還不到呢，幹點兒什麼不能吃飯？」

「在北京這地兒，就我這種人，要學歷沒學歷，要關係沒關係，我去哪找工作？誰要我啊？」

33：篷鬆可口的樣子。

白洛因氣結，「你就不能賣點兒苦力？哪個掃大街的餓死了？」

「賣苦力？」孟建志哼笑一聲，拍拍自己瘦弱的胳膊，「你覺得我賣得了苦力麼？」

「你就是懶！」

孟建志撣撣身上的饅頭渣兒，梗著脖子說：「我懶？我賣苦力的時候你沒看見呢！我的身體都是那個時候糟踐的。結果怎麼樣？我好不容易攢了一大筆錢，有個女的樂意跟著我，結果她一聽說我有媳婦兒，甩臉子34就走人了！你說這賴誰？全他媽賴鄒秀雲這個婊子！要不是她，我能有今天麼？」

孟建志越說越激動，吃了饅頭之後有體力了，故意對著院子裡面大聲罵：「要不是因為她，我能落下一身的病麼？她倒好，自個開個小店，過著滋潤的小日子，把我撂在一邊了，我去她那吃頓飯她都給我臉色看！鄒秀雲，妳丫黑心的賤貨，妳有老爺們兒妳還勾引別的男人！妳給我滾出來！」

這一叫喚，街坊四鄰全都出來了，連過路的都停下來看熱鬧。

孟建志一看見人多，坐在地上就開始嚎哭，一邊哭一邊拍大腿，鬧得特別血乎。

「哎呦喂，我沒法活了，你們給我評評理！我自個媳婦兒大晚上跑到他們家睡覺！不讓我進去還打我！可憐我那六歲的兒子啊！連自個親爹是誰都不知道了！我一個老爺們兒，我辛辛苦苦在外打工，回來媳婦兒跟人家跑了，我上哪說理去啊……嗚嗚……」

周圍的人紛紛議論。

「說的是白漢旗麼？」

「不是他是誰啊！這院子裡除了他一個光棍，還有誰啊？」

「哎呦，怎麼鬧出這種事來了？」

「是啊，看老白不像那種人啊！」

34：擺臉色。

白洛因惱了，用力揪扯著孟建志的脖子，把他往人群外面拖。孟建志嗷嗷叫喚著，踢了白洛因一身土，旁邊那些街坊四鄰追著白洛因問到底怎麼回事，白洛因陰著臉一聲不吭，愣是把孟建志拖出人群三五米遠，蹬蹬蹬上去就是幾腳。

孟建志吃的那點兒饅頭全都吐出來了，一邊吐還一邊伸手指著白洛因，「你們都瞧見沒？一家子合夥欺負我一人兒……咳咳……」

大門突然被打開，露出白漢旗那張鐵青的臉。

在衆人的目光灼視中，白漢旗走到孟建志身旁，沉著臉說：「有話咱們裡面說去！」

「我不去，你們是要關上門打人，我不去！」

白漢旗猛地拽起孟建志，「今天你去也得去，不去也得去！」

「你們欺負人啊！」孟建志又嚎哭起來，一邊哭、一邊用手拽住旁邊一位婦女的衣服，婦女差點兒被他拽了一個跟頭，立刻尖著嗓子大罵，結果孟建志還是不鬆手。

白漢旗瞧見孟建志拉著人家婦女做墊背，怕傷及無辜，只好先停下手。

這時門口又走出一個人，白洛因一看是鄒嬸，趕忙上前去勸阻。

「嬸兒，妳趕緊進去，妳在這他鬧得更歡。」

「孟建志，你到底要幹什麼？」鄒嬸嚎哭了一聲，「你是不是想讓我們娘兒倆死啊？」

周圍像炸開了鍋一樣……

「這不是小鄒麼？她怎麼跑老白家住著去了？」

「哎呦呦，你瞧瞧，都進家門兒了，這還有什麼可說的？」

「老白這次丟人丟大發嘍。」

白洛因聽著耳旁的冷嘲熱諷，感覺自己像是被抽筋拔骨了一樣，他恨不得現在就一腳踹死孟建志，坐牢他也認了，這種敗類在他眼前晃一秒他都忍受不了！

眼瞧著白洛因又朝自己衝了過來，孟建志跌跌撞撞地從人群中穿出去，一腳撲向鄒嬸，連哭帶嚎地說：「秀雲啊！妳怎麼能這麼狠心呢？我這次是專門來接你們母子倆回家的！妳怎麼能不認我呢？我就是再窮，也是孩子他爸啊！」

東院兒的王大嬸看不下去了，嘴裡嘟囔了一句，「這男的也夠可憐的，怎麼就不能對人家厚道點兒呢？」說罷上前去扶孟建志。

孟建志站起來之後，鄒嬸哆嗦著嘴唇看著他，「孟建志，你要還是個爺們兒，就跟我進去把話說清楚，鄉里鄉親都在外面看著呢，我們絕對不動你一下！你要是個孬種，就繼續在外面哭，哭死了都沒人可憐你！」

孟建志呼呼喘了幾口粗氣，看看身後圍著的這麼一大群人，感覺鬧得差不多了，擦擦嘴邊的唾沫，一瘸一拐地跟著鄒嬸進了白家門兒。

「散了散了，都散了吧。」

烏泱泱[35]的一群人說話間就散開了，只剩下白洛因和白漢旗兩個人站在外面。

「爸，他們說的那些話您甭往心裡去。」白洛因拍了白漢旗的肩膀一下。

白漢旗沉默了半晌，朝白洛因說：「因子，你別摻和這事了，爸知道怎麼處理。你趕緊去你奶奶屋，你奶奶聽見外面的動靜，肯定得著急，你說幾句話哄哄你奶奶，別讓她出來，聽見沒？」

白洛因點了點頭，冷著臉朝院子裡走，結果瞧見白奶奶已經出來了，晃晃悠悠地挪動著笨拙的身軀，眼睛死死盯著孟建志不放。

白洛因趕緊大步上前攔住白奶奶。

「沙……沙……」白奶奶指著孟建志，臉憋得通紅，愣是一個字都說不清楚。

白洛因一邊摟著白奶奶往回走，一邊柔聲哄道，「奶奶，那就是個要飯的，一直蹲在咱們家門口，剛才一群人轟他他不走，實在沒轍就把他叫進來了，給他兩口飯吃。」

「可憐人必有可恨之處。」

白洛因心裡本來亂糟糟的，結果聽到白奶奶完整無誤地說出這麼一句精闢的話，頓時豁亮了不少。白奶奶就是歲數大了，嘴皮子不利索，不然肯定是家裡最拿得起事兒的人。

把白奶奶勸回了屋，白洛因又走了出來。

此時院子裡的談判正在進行中。

「你們在一塊可以，我沒意見，可是你們犧牲了我，就得給我補償。」

「我們犧牲了你什麼？」鄒嬸怒瞪著孟建志。

35：很多很多的樣子。

孟建志翻了個白眼，氣息不勻地說：「妳說犧牲了我什麼？妳是不是我媳婦兒？孩子是不是我的？現在他給搶走了，這事就這麼完了？你們成雙成對的，讓我落單，你們吃香的喝辣的，讓我睡在大街上？你們還有點兒良心沒有？」

「孟建志！」鄒嬸拍了一下桌子，「你別給臉不要臉！」

「是誰不要臉了？我問妳，妳現在住誰家呢？咱兒子管誰叫爸呢？……」孟建志拔高了聲調。

鄒嬸差點兒背過氣去，不停地搗著胸口，一臉痛恨的神色。

「你現在知道我是你媳婦兒了，現在知道他是你兒子了，你和別的女人跑的時候你怎麼沒想過？你五年沒回家，沒往家寄一個子兒，這些你怎麼不說？」

「女人？」孟建志冷笑一聲，「妳還有臉提這事兒？要不是因為妳，我和小吳早就成了。要不是因為妳，她能拿著我的錢跑了麼？我孟建志就要混出頭了，就因為妳，我女人不跟我，我兒子不認我，到現在我連個睡覺的地兒都沒有……」

白漢旗聽出來了，這人壓根兒就是個畜生，和他說再多的人話他也聽不懂。

「你直說吧。」白漢旗開口，「你到底想怎麼樣？」

聽到這句話，孟建志的眼神瞬間染上一抹異樣的色彩。

「我也不繞彎子了，就這個數。」孟建志伸出兩個手指頭。

鄒嬸的臉瞬間變色，「你要兩萬塊？」

「兩萬？」孟建志冷笑，「虧妳說得出口！在北京這地兒，兩萬塊還不夠買牙籤的。就妳經營的那家小店，一個月的租金都不只兩萬吧？妳聽好了，我說的是二十萬。」

「二十萬？」鄒嬸瞬間激憤，「孟建志你作夢去吧！」

孟建志眼神裡驟然聚光，裡面夾帶著危險的信號。

「鄒秀雲，就妳那小店，一個月的營業額少說也得有幾十萬吧？花二十萬買個心安，不過分吧？我拿了這筆錢，絕對不會再來騷擾妳。妳要是不給，只要我還有一口氣在，我就把妳那醜事滿大街的宣傳。我讓這一片兒的人都知道妳鄒秀雲是個什麼貨色，我要讓妳的小店開不成，我要讓妳這輩子都沒臉見人……不信妳就試試。」

話音剛落，鄒嬸猛地站起身撲向孟建志。

「姓孟的，我跟你拚了！」

白漢旗趕忙抱住鄒嬸，鄒嬸臉色煞白，眼球都不會轉了，身體劇烈地抖動著。

「爸，您先把鄒嬸扶進屋。」

白洛因把孟建志拽到棗樹下面，臉色出奇的冷靜。

「這裡是我當家，有什麼話你就對我說吧。」

孟建志軟著身子靠在棗樹幹上，眼神陰森森的，「如果你們願意替她出這份錢，我沒意見。」

白洛因閉口不言。

「對於你們家來說，二十萬不難吧？我聽說你爸是工程師，二十萬塊錢，設計幾張圖紙就出來了。可是對於我來說，這就是救命錢，你知道我要掙二十萬，得搬多少塊磚麼？我恐怕還沒熬到那個時候就死了。你們給我二十萬，等於在救我的命，救命知道麼？有什麼比人命更重要的？你們就不能給自己積點兒德麼？」

「什麼時候走？」顧海看著顧洋。

顧洋漫不經心的擺弄著手裡的打火機，淡淡回道：「不確定呢，出國之前計畫著六、七天就能把這邊的事兒處理完，結果國人辦事兒的速度真讓我……恐怕還得拖一禮拜。」

「麻利兒的，辦完了趁早走人。」

「你轟我幹什麼？」顧洋的眼神有些刻意，「我記得前幾次，都是你用電話把我催回來的，怎麼這次我回來，感覺你特膈應36我似的？」

我就是膈應你，誰讓你丫的在我媳婦兒面前耍帥的！

「我是看你整天倒時差累得慌。」

顧洋笑容裡透出絲絲涼意，「小海，我這次回來，你變化挺大的，知道疼人兒了？」

「說話別總是陰陽怪調的成不成？」

顧洋幽幽一笑，盯著顧海的臉問：「你那小哥哥哪去了？」

顧海起初沒反應過來，後來觸到顧洋的眼神，才意識到他說的是白洛因。

「你打聽他幹什麼？」

「好奇。」

這倆字，扎得顧海耳朵疼。

8.

「你走吧。」

孟建志沒想到自己浪費了這麼多口舌，結果就得到白洛因這三個字。

「什麼？你讓我走？我告訴你，你要把我惹毛了，我把你們全家都拉下水。」

白洛因反而淡定了，「我期待你真有這麼大的本事。」

白洛因的從容引起了孟建志的猜疑和不安，他憑什麼不著急？我在外面鬧的時候，不是數他最激動麼？現在怎麼好像一副胸有成竹的樣子？還不到二十歲，一個毛頭小子而已，他能想出什麼損招兒來？

「把你爸叫來！我不和你說，你不夠資格。」

白洛因攔住孟建志，語氣冷硬，「你把他叫來，也是這三個字。」

「你……你……」孟建志咬牙切齒，表情猙獰，「別以為我不敢！」

「我沒以為你不敢，勞駕您趕緊出去，到處張貼小廣告，詆毀我爸和我嬸兒，我還等著瞧好兒呢！」

「我告訴你，別以為公安局有幾個人，我就不敢惹你們了，我沒犯法！」

36：意為討厭，令人噁心。

白洛因冷笑，「公安局沒我們家人，也沒人說你犯法。」

孟建志反倒慌了，嘶聲大喊著要白漢旗出來。

白洛因眼眸深處罩了一層冰，他只送了孟建志一個字：「滾！」

孟建志恍若未聞。

白洛因放開他，徑直地走到狗籠子旁，放開一直在狂吼的阿郎，摸摸牠的頭說：「兒子，這兩天辛苦你了，看見那個人沒？只要他在咱家出現，你就見一次咬一次。」

孟建志還要往屋走，結果發現不遠處一隻藏獒狂撲了過來。

孟建志大驚失色，撒丫子就朝門口跑。

白洛因恰到好處地在門口馴服住了阿郎，然後把大門關上了。

回到房間之後，白洛因很快打開電腦，找了幾個比較知名的論壇網站，打算發帖子。

開始標題叫〈拋妻棄子倒打一耙，瞧這極品男如何上演無恥大戲〉，後來覺得沒什麼煽動性，這種家庭糾紛，社會人渣太多，不容易引起關注。於是換了個標題，就叫〈挑戰你的忍耐力極限，誰能堅持看一分鐘，哥自切ＪＪ〉。

好吧，為了徹底整垮這個敗類，白洛因只能把小因子押上了。

白洛因研究了幾個神貼和頭版頭條，揣摩了一下發帖人的敘述手法和寫作技巧，很快無師自通。他是什麼文筆啊？作文次次接近滿分，隨便寫篇文章就能上報紙。別看平時不言不語的，想要寫出煽動性的文章，數他最在行！沒有兩把刷子，怎麼能把顧海這位太子爺套得如此之牢呢！

既然你已經丟掉了自己的道德底限，那我就以其人之道還治其人之身。

很快，這個帖子就引起了不小的迴響，點擊率破萬了，跟帖超過一百條，有表示憤怒的也有半信半疑的，有人覺得孟建志該死，有人覺得這種敗類是社會畸形發展的縮影，也有人對這個人物角色表示懷疑，認為是作者炒作。

白洛因給楊猛打電話，「幫我頂帖。」

楊猛傻了，「白洛因你不是最討厭逛論壇、看帖子麼？」

「甭管了，幫我頂就是了。」

楊猛特好奇白洛因發的是什麼帖子，結果不看不要緊，一看肺都氣炸了。他一個人看不過癮，又拽來他爸看，他爸是什麼人？年輕時候這一片兒有名的文藝青年，哪受得了這種語言刺激啊！小身板兒在電腦前哆嗦得搖搖欲墜，蘭花指在風中顫抖，「兒子，你靠邊，爸幫你頂！」

楊猛突然想起了一個人——尤其。

「今兒怎麼主動給我打電話了？」尤其那廝聽起來心情不錯。

楊猛笑得自信滿滿，「因為我知道，你最會罵人了！」

「啊？」

「終於到了你表現的時刻，哥們兒，把你所有的才華和潛力都施展出來吧！」

尤其一聽是白洛因寫的帖子，立馬接了過來，看著看著就亢奮了！這廝簡直是為我的嘴量身打造的啊！於是註冊了N多個馬甲[37]，每個馬甲都能罵出好幾頁來，而且不帶重樣兒的。不僅在論壇跟

37：在論壇或BBS上，一個人同時擁有許多個網路帳號。在臺灣又稱「分身」或「免洗ID」。

帖，還在博客開罵，尤其的博客本來就有超高人氣，相當於三線明星了，平時貼一張照片能被廣告商盜用，可見影響力不容小覷。

很快，尤其的這些粉絲都騷動起來，轉載的轉載，跟帖的跟帖，一石激起千層浪。

越罵越ＨＩＧＨ，尤其把鍵盤都快敲出窟窿了。

手機在旁邊響起來，尤其一手接電話，另一隻手還在敲鍵盤。

「尤其啊，還記得麼？我是董娜。」

「嗯。」

「送你十二卷衛生紙的那個。」

「現在沒空搭理妳。」

尤其剛要按斷，那邊傳來一聲驚吼，「先別掛呢！我告訴你，我是××論壇的版主。」

尤其又把手機拿到了耳邊。

「你想不想讓這帖子明兒一早就掛到頭版頭條上去？」

尤其的手停了一下，隨口回了聲：「麼麼。」

「哎呦，我的天啊！我現在就給你掛頭版頭條上去！」

短短三個小時，點擊率破了百萬，回帖達到了兩萬多條。

白洛因都傻眼了，他沒想到迴響會這麼大，第一次感覺到被關注是如此令人激動的一件事。看著飛速攀升的點擊率和回帖數量，白洛因一下熱血沸騰了，好像瞬間就看到了孟建志在眾人的口誅筆伐中倒地身亡。

顧海正在和顧洋還有一群叔叔輩兒的人吃飯，期間不停地給白洛因發簡訊，沒收到一條回覆。實在放心不下，以去廁所為由跑到外面打電話。

「因子。」

那邊敞亮的一句答覆，「哎！」

顧海愣住了，「你……是因子麼？」

「我不是誰是？哈哈哈……」

聲音的確是那個聲音，可這情緒實在有點兒不對勁兒啊！難不成一天沒看見我，心裡想得不行，一通電話讓他高興過頭，瞬間找不到自我了？

「幹什麼呢？我給你發簡訊怎麼不回啊？」

「啊？……哦……哈哈哈……」

顧海邪邪一笑，「我給你打個電話，你就這麼高興？」

「對，特高興，你今兒晚上別回來了！」

顧海：「……」

「要是沒什麼事就先這樣兒吧，我掛了。」嘟嘟嘟……

鬧了半天，人家高興不是因為你的一通電話，而是因為你一天都沒在。

晚上，顧洋去了顧海那，閒得無聊，就打開顧海的電腦看了看。他在國外待的時間長了，很少上中國的網站，這次是看顧海的瀏覽器上顯示的都是中國網站，才順便打開幾個看看。

顧海就在一旁沉著臉坐著，猶豫著要不要再給白洛因打個電話，剛才他又琢磨了一下，還是感覺白洛因的情緒不太對勁兒。

「嘖嘖……社會矛盾還挺尖銳，孟建志……這人，不予評論。」

顧海越聽這個名字越耳熟，放下手機朝顧洋走過來，「給我看看。」

這一看不要緊，顧海的臉色瞬間變了，果然出事了！不然以白洛因的脾氣，不給逼到一定份上，他能寫出這些煽動人心的話麼？

「我早該想到了，他一天沒回信兒，肯定是有原因的。還假裝高興，給我放煙霧彈，故意不讓我知道……」顧海一邊嘟囔著一邊換鞋。

顧洋面無表情地看著他，「去哪？」

「有點兒事，出去一趟。」

顧洋淡淡的，「早去早回，路上注意安全。」

門「哐噹」一聲被關上了。

顧洋擰眉歎了句，「這孩子……」

楊猛和他老爸搶電腦，兩個小身板兒在電腦前擠來擠去。

「爸，您讓我罵兩句。」

「我這剛寫了一首打油詩，還沒來得及發呢，你先等一會兒，好兒子。」

一聲咆哮闖進屋內，「你們爺倆兒搶什麼搶？你明兒不上班了？你明兒不上學了？都給我洗洗涮涮趕緊睡覺！」

楊老爹訕笑了幾聲，「這就睡、這就睡。」

楊猛也朝楊老媽投去溫順聽話的目光。

楊老媽猛地踢開門走了出去。

兩個窩囊男人湊到一起說悄悄話。

「爸，我有點兒興奮過度了，我睡不著了，我想去因子家瞅瞅。」

楊老爹拽著楊猛的手激動地說：「爸支持你，男人就得仗義，去吧，今兒晚上別回來了。」

「我怕我媽不讓我去。」

楊老爹捶了楊猛的胸口一下，「你是個男人不？你小時候我怎麼教導你的？關鍵時刻就得拿出魄力來，不趁著年輕做點兒荒唐事兒，以後還怎麼在社會上立足啊？」

楊猛反問，「那您能當家作主一次，當著我媽的面把我放出去麼？」

「……那個……要不你跳牆出去吧，」

楊猛露出愁色，「牆太高，我爬不上去，我要是把凳子搬出去，指定得讓我媽瞧見。」

「沒事，爸扛著你。」

深夜，爺倆兒偷偷摸摸往外走。

「幹什麼去？」楊老媽扠著腰站在門口。

楊老爹和楊猛齊聲說：「去個廁所。」

「上廁所還一塊去？」楊老媽虎目威瞪。

楊猛拽著楊老爹的胳膊，一臉討好的笑容看著楊老媽，「這不是為了節省時間麼？」

楊老媽翻了個白眼，跨著大步回了屋。

「快走……」

楊老爹推了楊猛一把，兩人鬼鬼祟祟地鑽進了廁所。

一米七高的牆根兒底下，爺倆兒苦苦奮鬥著。

「爸，再起來一點兒，我還是翻不過去啊！」

楊老爹在下面呼哧亂喘，「不行了，爸起不來了，你自己用勁兒。」

「一二三、一二三、一二三……」

爺倆齊齊喊口號，每喊一聲就往下出溜[38]一寸，每喊一聲就往下出溜一寸，最後楊老爹的臉都貼到地上了，楊猛的兩隻腳還在他的脖頸子上踩著呢。

「爸，要不咱們別喊了，越喊越沒勁兒。」

楊老爹歇了兩口氣，繼續蹲下，重新調整姿勢，「兒子，再來！」

楊猛只好又踩了上去。

「你們爺倆兒在廁所裡折騰什麼呢？」

楊老媽的腳步聲越來越近。

楊老爹一聽到楊老媽的聲音，不知道哪來的一股勁兒，猛地就站起來了，楊猛重心不穩，仰臉合天地摔了出去。

38：迅速滑動。

孟建志還在白洛因的家門口附近晃蕩，一邊晃蕩一邊琢磨著，我到底要不要給他們點兒顏色看看呢？假如我真的做絕了，把他們惹惱了，那二十萬豈不沒戲了？可我要是不做，二十萬還是沒有，而且還便宜了他們。

反正橫豎都是死，何不拚一把呢？

我就不信你們真能耗得過我！

孟建志想著想著，腳步不由自主地往回走，還沒走到白洛因的家門口，藏獒的狂吠聲就頂到了耳邊兒。進去的希望不大了，得想方設法弄點兒錢，不然明天的計畫怎麼進行？攔路搶劫？這個點兒還去搶誰啊？女的都不敢出門，男的都搶不過。

正想著，突然一個身影映入孟建志的視線。

黑燈瞎火的，看不出是男是女，但是看身板兒，可以搶試試。

楊猛一邊走一邊揉臉，左半邊臉蛋兒都給摔腫了，當時喊都沒敢喊一聲，一路狂奔到這裡。心裡正罵著，我怎麼這麼倒楣？突然就看見前方一個人影閃了過來。

「把錢掏出來。」孟建志大喝一聲。

楊猛起初被嚇了一跳，結果看見眼前站著一個和自己個頭差不多的人，佝僂著背，貌似還一腿長一腿短，渾身上下散發著一股酸臭味兒……心裡頓時踏實了不少。

孟建志見楊猛沒反應，又上前走了一步，怒道：「快把錢掏出來！」

楊猛眼底閃過一抹諷刺，「就你這小身板還搶劫呢？」

「還瞧不起我？我告訴你，我憑我這小身板，搶你也綽綽有餘。」孟建志說著，又往前走了一步。

一股難聞的氣味兒撲面而來，差點兒嗆了楊猛一個跟頭。

楊猛忍不住咳嗽兩聲，「要飯的也想改行？你丫夠有上進心的。」

孟建志懶得聽楊猛臭貧，兩大步朝楊猛撲過去，楊猛沒來得及躲，感覺自己像是被一個糞堆壓上了，鼻子周圍臭氣熏天。

「大哥、大叔、大爺成不成？你趕緊起來，我把錢給你還不成麼？」

孟建志死死勒著楊猛不撒手，「你先掏錢。」

楊猛把身上僅有的十五塊錢掏出來了，「就這麼點兒了。」

孟建志倒是沒嫌少，拿著錢就走了。

楊猛從地上站起來，像是風火輪一樣在原地轉了N多個圈，想把身上這點兒臭味甩下去。結果臭味沒除淨，進門之後被阿郎撲了好幾次，心裡不由得的感嘆，瞧我這倒楣勁兒的。

「你被人搶劫了？」

楊猛點頭，「也不算搶劫，算是我自願的吧，那慫身上太臭了，還抱著我不撒手。」

白洛因冷笑一聲，「他就是孟建志。」

「啊？」楊猛張大嘴，「他就是孟建志啊?!早知道是那個傻B，我剛才說什麼也得揍他一頓，草，白瞎了十五塊錢。」

白洛因沉默不語。

楊猛又驚叫了一聲，「他丫不會拿錢去印小廣告吧？」

「沒事，十五塊錢也印不了多少，再說了，他還得吃東西呢。」

楊猛盤腿兒坐在床上，擰著眉思索了片刻，突然腦子裡靈光一閃，拽著白洛因說：「我又想到一招兒，不知道管不管用。」

「說吧。」

楊猛把白洛因的耳朵拽了過來。

第二天一大早，孟建志買了兩個包子，勉強填飽肚子，又去雜貨店買了一個劣質喇叭，一瘸一拐地回了白洛因家的胡同口。一邊醞釀情緒，一邊等著上班早高峰的到來。

很快，人漸漸多了起來，每個人從孟建志的身邊經過，都會用詫異的眼神看他一眼，甚至有三個人還在離他不遠的地方坐著，似乎知道了他要開始表演。

孟建志輕咳了兩聲，對著喇叭嗚嗚哭了起來。

「我的媳婦兒讓人搶走了，我的兒子不認我了，天底下還哪有比我可憐的人啊？鄒秀雲妳這個黑心的女人，妳背著我和別的男的搞，妳……」

「哎呦，我的天媽耶！」

旁邊猛地嚎出一嗓子，嚇了孟建志一跳，他扭過頭，瞧見不遠處也坐著一個男的，哭得比他還衝，一邊哭還一邊用拳頭砸地。

「我媳婦兒和別的男的跑了，還給我下毒耶，毒得我滿身長膿包，大腿爛得都能瞅見骨頭喂……我兒子還跟著他乾爹燒了我的房啊！誰有我可憐啊？誰有我可憐啊？」

孟建志都聽懵了，怎麼這種事還有湊熱鬧的？

不管他，接著用更高的音量大聲哭嚎，「鄒秀雲妳個……」

「啊啊啊……」

東邊又一個哭得滿地打滾的打斷了孟建志的哭聲，這廝嗓門奇高，哭起來和不要命似的。

「你說我怎麼這麼命苦啊？我三十八歲才搞上物件39，好不容易有個媳婦兒，還讓人給糟踐了，就扔在東邊那臭水溝子裡……」

「你算啥啊？」南邊又冒出來一個，「我閨女讓他乾爹給糟踐了，不僅糟踐了，還給分屍了，屍體裝在塑膠袋裡，就堆在我們家門口，我這心啊……都快疼死啦！」

這廝更厲害，哭完直接倒地抽搐昏厥過去了。

旁邊圍了一大群看熱鬧的，全都拍巴掌叫好，有幾個好心人還往地上扔了幾個錢。數孟建志這最消停，因為他的經歷最沒有爆點，誰樂意聽啊！

孟建志瞧出來了，這仨人是專門從哭喪隊請來的，一咬牙一跺腳氣洶洶地走了。

白洛因到了班裡，顧海已經早早的來了。

「吃早飯了麼？」白洛因問。

顧海冷著臉嗯了一聲。

白洛因看出顧海有點兒不對勁，還沒來得及問，就被尤其叫到前面了。

「那事兒咋樣了？」

白洛因拍拍尤其的肩膀，「革命尚未成功，同志們仍需努力。」

尤其帥氣一笑，「你最好再爆一點兒料出來，我都快沒得罵了。」

「謝了啊！」白洛因隨口回了句。

尤其擺擺手，「咱們之間還說這些幹嘛？」

顧海坐在後面，就這麼面無表情地看著前面兩個人分享昨日的成果，什麼都沒問，完全一副漠不關心的態度。

孟建志一招兒失敗，撿了一上午的飲料瓶子，賣了十幾塊錢，又去了複印部。

「幫我列印一份東西，我不會打字，我念，您打成麼？」

複印部的打字員挺客氣，「當然可以。」

39：為「交到女朋友」之意。

「我的媳婦兒叫鄒秀雲，她和別的男人跑了，那個男人叫白漢旗，他們就住在……」

孟建志剛念到一半，打字員猛地停住了，回過頭用不敢置信的目光看著孟建志。

「你叫孟建志？」

孟建志一愣，「你咋知道我的名兒呢？」

剛才還客客氣氣的打字員，一下子暴怒起來，抄起凳子就朝孟建志身上砸，一邊砸一邊罵，「你還有臉來我這複印？你這個畜生，你這個敗類，我要代表廣大熱心的網友消滅你！」

孟建志連滾帶爬地跑出了複印部。

一個下午，這一片兒出奇的熱鬧，胡同口堆滿了各大媒體的車。

「張大嬸您好，我是《北京晚報》的記者，我想向您打聽一下，您認識鄒秀雲這個人麼？」

「小鄒嘛！怎麼不認識？我們這一片兒的老頭老太太都去她那吃早點，人可實在啦！」

「那我問問您，您認識她這麼久，有見過她的丈夫來看她麼？或是聽說過她的丈夫給她郵寄生活費麼？」

「哪啊！我和小鄒認識兩年多了，也沒聽說她有丈夫啊！我也不好意思問人家，人家一個婦女帶孩子怪不容易的。」

房菲帶著電視臺的工作人員在這晃蕩了一下午，終於瞧見了罪魁禍首，頓時一陣激動，拽著攝影師的胳膊說：「快點兒拍，他就在那。」

孟建志瞧見身邊突然圍過來四五個人，鏡頭全都對準他，心裡還美呢。這下好了，我也不用拿喇叭喊了，我直接讓你們上電視，我看你們還敢不敢和我橫！說著，從地上撿起一塊碎磚頭，就開始往白牆上寫字，寫得格外醒目，低俗露骨。

下午放學，白洛因收拾好書包，習慣性地回頭。

「你今天……」

「我哥讓我回去。」顧海打斷了白洛因的話。

白洛因還想說什麼，顧海已經提著書包從後門走了，背影冷峻生硬。

9.

白洛因回到家，看見一群人圍在他們家門口。

這些人手裡都拿著東西，全往中間砸，一邊砸一邊罵，有幾個站在裡圈兒的人都已經動手了。白洛因個子高，站在稍微偏後的位置，也能看清裡面的景象。一個人躺在中間的空地上，正在遭受眾人的圍攻，有往他身上扔菜葉子的，有扔生雞蛋的，有扔石子的……

「我要不是看了今天的晚報，還真不知道有這麼一號人。」

「是啊！這人怎麼能這麼缺德呢？」

「我是在電視上看見的，真讓人搓火兒，飯都沒吃好。」

「這種人渣就應該直接關局子裡頭，省得禍害人。」

白洛因瞧見隔壁胡同的劉老頭手裡捏了一份報紙，挺和氣地問了聲，「劉大爺，能把這份報紙給我瞧瞧麼？」

劉大爺把眼鏡放低，抬起眼皮看了白洛因一眼，就把報紙遞給了他，還不停的拍著他的肩膀安慰道：「孩子，委屈你了。回頭好好勸勸你爸，讓他想開點兒，甭和這種人計較。你爸是什麼人，咱們街坊四鄰的心裡都有數……」

「是啊！」張大嬸也在一旁附和，「那天我說的話有點兒重了，夠你爸聽的，回頭你也幫我賠個不是。」

白洛因進門之後，還聽見外邊傳來的喊罵聲。

「以後別來這片兒，見你一次打你一次。」

「你要是敢去小鄒的飯館搗亂，我第一個不饒你。」

「滾蛋！趕緊滾！」

手裡拿著一份《北京晚報》，都被攥得不像樣兒了，上面用了整整一個版面記述這件事。看得出來，編輯是搶著發稿的，上面貼的圖片也是下午抓拍的。包括電視臺的新聞，也是要經過層層過濾的，很少有社會糾紛當天就報導出來的。

白洛因知道，炒作可以憑運氣，但是讓正規的媒體單位報導是需要實力的。

這一片兒很多中老年人，他們幾乎不上網，他們獲知消息的途徑還是報紙和電視。而這些人恰恰就是和白漢旗交往最密切的，他們的想法和態度能夠直接左右白漢旗的情緒，所以白洛因很需要這些媒體的支援。

顧洋坐在客廳的一個角落熨褲子，眼睛時不時瞟顧海一眼。

顧海正在看球賽，手裡面牢牢地攥著一個手機，像一尊頗有氣勢的雕塑，他已經保持這個僵硬的姿勢很久了。

「咳咳……」顧洋輕咳了幾聲，冷冷地問了句，「看廣告也看得這麼入神？」

顧海的目光這才在電視螢幕上聚焦，而後拿起遙控器，漫不經心地換臺。

顧洋默不作聲地拿起自己的手機，給顧海發了一條簡訊。

顧海一激靈，像是等待了許久的一瞬間終於在這一刻降臨了。他馬上調整姿勢，鄭重其事地將手機螢幕打開，側臉上帶著無法言喻的激動，從額頭到下巴的線條全都歡快靈動起來。

很快，他就發現這是一條空白簡訊，寄件者是顧洋。

臉驟時黑了下來，目光緩緩後移。「你找抽吧？」

顧洋將熨好的褲子拿到一旁，小心地疊整齊，犀利的目光在顧海的臉上掃了一通。

「不小心發錯了。」

顧海真想咆哮，我在這等個電話容易麼我？你丫一不小心發錯了，浪費我多少感情！

「你在等電話？」顧洋坐到顧海身邊看著他。

顧海把手機扔到一旁，故意擺出一副輕狂冷傲的表情，「我等誰電話？等你電話啊！」

「那我就不知道了。」

顧海起身去洗手間，為了等這麼一個電話，他的膀胱都要憋炸了。

顧洋瞅著顧海的背影，嘴角微微的上揚，也就只有看他這個弟弟的時候，他的臉上才能透出些許溫暖。

顧海進去沒多久，他的手機就響了，是條簡訊。

「你等的簡訊到了。」

顧海擦擦手上的水，看著顧洋身邊的手機正在一閃一閃的，眼底掠過一抹邪彩。

「我已經跟你說了，我沒等誰的簡訊。」

顧洋瞧見顧海眸底溢出的那抹悸動，心裡不由得冷笑，就你那點兒小心思，從小到大都寫在臉上，還想瞞過我？

「那你就別看了。」顧洋說著，就把手機拿到了自己這一邊。

顧海瞟了顧洋一眼，後者正用看玩味的眼神打量著他，一副等著看笑話的表情。從小到大，顧洋就是顧海的煞星，他最大的愛好就是揣摩顧海的心理防線在哪個位置，然後一舉攻破。顧海心一橫，拿起遙控器繼續換臺，側臉的線條繃出一股不服輸的倔勁兒。

過了五分鐘，手機簡訊的提示音又響了起來。

顧洋特悠閒地坐在沙發上吃瓜子，翹起的二郎腿透著一股勢在必得的霸氣。

顧海的心就像是沙袋，那兩條簡訊就像某個人的兩個拳頭，正在瘋狂地對他發起攻擊。每一分鐘就是一種超越自我的歷練，顧海沒注意到，自己的手指在沙發扶手上敲著，脊背繃得如同一塊鐵板，上下嘴唇微微開闔……一切的跡象都在出賣他的心情，焦躁不安，六神無主。

這種僵局很快在電話響起的那一瞬間打破。

顧洋拿起手機，朝螢幕看了兩眼。

「因子……貌似是你小哥哥來的電話。要不，我幫你掛了吧？」

顧海如同野豹衝出山林一樣撲到顧洋的腿上，搶過他把著的手機，緊著步子回了自己的臥室，哐噹一下撞上門，將二人之間的基情演繹得淋漓盡致。

白洛因發了兩條簡訊，顧海都沒回，緊接著又打了這麼一個電話，等了許久那邊才接，而且接通之後一句話都不說，連個「喂」字都沒有。

白洛因到了嘴邊的話也有點兒噎住了。

兩個人沉默了良久，還是顧海先開的口，語氣有些冷硬：「幹什麼？」

白洛因站在棗樹底下，看著晃著尾巴的阿郎問道：「記者是不是你找的？」

顧海冷哼一聲，「不是我。」

「真不是你？」

「你都沒把事兒告訴我，我憑什麼給你聯繫記者？」顧海的語氣刁鑽刻薄，「你不是挺能個40的麼？自己發帖，找人頂帖，弄個小團夥炒作，版面上到處都掛著你們的傑作。媒體去找你們也是應該的啊，和我有什麼關係？」

白洛因聽出來了，這廝又抽了。

他就是典型的鋼鐵一樣的身軀，豆腐腦一樣的內心。

得了，誰讓他是你弟弟呢，你就讓他一次。

「我不告訴你，是因為你的身分太特殊，我不想讓你摻合到這種事兒裡面，我想讓你低調。我不希望這麼一件小事兒，給你帶來負面影響。」

「我低調？那你就該高調麼？咱們兩個人的身分有什麼區別？你媽不是我媽麼？我爸不是你爸麼？」

白洛因沉默了半晌，淡淡回道：「我媽是你嬸兒，我爸是你叔。」

顧海的心像是被什麼東西撞了一下。

「我們都沒有認可現在的這種身分，不是麼？」

顧海無言以對。

「我覺得，我有能力獨立解決這個問題。」

顧海的聲音隔著手機傳過來，削弱了幾分銳度，卻能聽到裡面細膩的小情緒。

「我從沒懷疑過你的能力，我承認有時候你比我還睿智，比我還冷靜，比我應對能力強。可你也不該瞞著我吧？就連尤其和楊猛兩個人都能參與到你的小計畫裡面，為什麼唯獨把我撇在外邊？難道我就不能幫你看看帖子，難道我就不能幫你聯繫版主，難道在你眼裡，我就是一個只會仗著我爹為虎作假的官二代麼？

「知道我為什麼找我表姐麼？因為我尊重你，我不想讓你的辛苦白白浪費！我要真想用那種方式插手這件事，孟建志早就沒了，還用等到現在麼？白洛因，你現在和我平起平坐了，你去找你媽或是我爸，任何一個人都可以解決這件事。為什麼你不去？為什麼你覺得自己可以獨立解決，卻認為我一定要用那種方式？你自始至終都在我和你之間挖了一道鴻溝，這道鴻溝，還跨得過去麼？」

這一次，輪到白洛因沉默了，一直到顧海那邊的手機掛斷。

白洛因從屋子裡走出來，白漢旗正在院子裡逗鄒嬸的孩子玩。

「爸。」

白漢旗站起身，靜靜地看著白洛因，眼神裡帶著濃濃的感動和欣慰。

「兒子，你長大了，能拿得起事兒了，爸老了，已經不如你了。」

白洛因淡淡一笑，「爸，結婚吧。」

白漢旗的眼神瞬間在白洛因的臉上定住，大腦彷彿停止了運轉。

「結婚吧。」白洛因又說了一句。

白漢旗的眼睛裡突然蒙起了一層水霧。

「兒子，爸對不起你，爸讓你跟著我過了十多年的苦日子。」

「咱們爺倆兒，沒有誰對不起誰，我也拖累了您十多年，您也該有一份新生活了。」

白漢旗突然間緊緊摟住白洛因。

「因子，無論到了什麼時候，爸這輩子最愛的人都是你，任何人都沒法和你比。」

白洛因掩蓋住了眸底的痛楚，拍著白漢旗的肩膀，用一副調侃的口氣說：「您也甭矯情了，說到底是我嫌您了，您這一結婚，我也就徹底自由了，日子想怎麼過怎麼過，我也該有我的新生活了。」

一顆滾燙的淚珠，像是十幾年的陳釀，悄然從白漢旗的眼角滑落。

昨晚打完電話，顧海把壓箱底兒的那點兒話全都掏出來了，痛痛快快地睡了一個好覺。早上起來，和顧洋一起走到樓下，顧洋去取車，他則站在單元門口等著顧洋。

然後，一輛自行車騎了過來，橫在他面前。

顧海心中訝然，他沒想到自己昨天那麼數落白洛因，他早上還會主動來找自己。看來媳婦兒不能總是慣著，偶爾也得訓兩句，有利於感情的交流。顧海的心底透出星星點點的小得意，但是臉上沒表現出來，尙且殘留幾分昨日的氣魄，拿腔作勢地看著白洛因。

「你到這來幹什麼？騎這麼一輛破自行車，不嫌丟人現眼啊？」

話外之意，你不是總把我和你畫分在兩個階層麼？今兒我就以其人之道還治其人之身，好好擠兌擠兌你，讓你也嘗嘗被人好心當成驢肝肺的滋味兒。

白洛因特別不和顧海一般見識，他從懷裡拿出一個餐袋，裡面裝的是熱騰騰的包子，面無表情地遞到顧海面前——

香味兒鑽鼻子！

顧海順著餐袋敞開的口兒朝裡面瞄了兩眼，故意裝作什麼都沒看見的樣子。

「什麼啊？」

白洛因拿出一個包子塞到顧海嘴裡。

「包子，剛從鄒嬸那買來的，好幾天沒吃了吧？」

「你給我買包子幹什麼？」

顧海一邊說著，一邊大口大口嚼著，說出去的話和嘴裡的動作高度不統一。

「你不吃就拿過來。」

白洛因剛要把餐袋收回來，顧海的大手就伸過去搶了，白洛因本來也就是逗逗顧海，見他主動過來要，也就大方地把包子給他了。

一輛豪華座駕緩緩地開到他們面前。

顧洋搖開車窗，看著顧海，「還用我送你上學麼？」

顧海嘴裡嚼著東西，不方便說話，直接搖了搖頭。

顧洋把目光轉向白洛因，白洛因又給了他一個笑容，車窗緩緩搖上，白洛因的笑容卻透過防彈玻璃穿射到車內……

多年之後，顧洋仍舊記著這個笑容。

如同一顆天然的金剛鑽，外表看起來璀璨奪目，內裡堅硬不可侵犯。

一個禮拜過後，顧洋出了國，白漢旗和鄒嬸的大喜日子也到了。

週六一大清早，胡同口熱鬧非凡，剛油好的朱漆大門上貼著兩個大紅喜字兒，門口的兩棵老槐樹上掛著幾溜彩燈，地上是密密麻麻的紅色爆竹皮兒……

白漢旗帶著他的兒子，乾兒子，和公司裡一個部門的老少爺們兒，浩浩蕩蕩地去迎親了。到了鄒嬸家門口，被一群婦女攔下，都是這一片兒的大媽大嬸，還有幾個飯館裡的服務生。鄒嬸背井離鄉，她們就算是鄒嬸的娘家人了，別看平日裡都是溫良淑德的，這會兒個個牙尖嘴利，爭搶著刁難新郎。

「紅包太薄了。」

白漢旗又往裡面塞了幾個，好不容易看到門開了一條小縫，剛要擠進去，就被裡面那龐大的女同胞攔在了外面。

「唱歌，唱歌！」

白漢旗撓撓頭，他都多少年沒聽過歌了，扭頭看兒子，白洛因也是一副愛莫能助的表情。

「輕輕的，我將離開你，請將眼角的淚拭去……」

眾人皆噴，大哥，今兒是您大喜的日子，您唱這歌幹嘛啊？

白漢旗一臉的窘迫，「我就會這一首啊！」

裡面的人又喊了，「讓兒子唱也可以。」

為了老爸的終身幸福，白洛因只好當著眾人的面一亮動人的歌喉。裡面的伴娘要是顧海，別說這一扇門了，就是十堵牆都給推倒了。
「讓不讓進啊？」白漢旗著急地喊，「歌兒也唱完了，讓我把媳婦兒接回家吧。」
「不行，做一百個伏地挺身。」
外邊的伴郎不幹了，扯著喉嚨大吼，「這不是要了老白的老命麼？」
「做不下來就找人替。」
這次輪到乾兒子上場了，顧海穿著修身的西裝，絲毫沒影響他的發揮，一分鐘就幫他乾爹把這關給過了。
「後備力量夠強大的啊！」裡面傳來幾個婦女爽朗的笑聲。
白漢旗摸著腦門傻樂，「現在讓進了不？」
裡面的伴娘還是不依不饒，逼著白漢旗念了幾頁的保證書，又猜了幾個謎語，最後問了個特尖銳的問題。
「你這輩子最愛的人是誰？」
白漢旗愣住了，伴郎們在旁邊催促，「趕緊說啊！說你最愛媳婦兒啊。」
裡面的大嬸大媽七嘴八舌地嗆嗆，「實話實說，甭整那虛頭巴腦[41]的……」
白漢旗憨笑一聲，「我兒子。」

41：指不真實、作假。

白洛因的笑容在這一刻僵持了幾秒鐘，很快就朝白漢旗的後背上給了一拳，怒道：「爸你是不是缺心眼啊？」

旁邊的哥們兒弟兄也都抱怨，「老白你這個時候說什麼大實話啊？」

白漢旗一副束手無策的老實模樣兒，「不是她們讓我說實話的麼？」

裡面的大嬸大媽這會兒也不偏向白洛因了，全都在裡面嚷嚷，「這哪成啊？你眼裡只有你兒子，我們小鄒嫁過去不得吃虧麼？」

剛開了一條大縫的門這會兒又給卡得死死的，白漢旗急出了一身汗，白洛因用力攥了一下拳頭，走上前去敲了敲門。

「媽，開門吧，我爸最愛的人是妳。」

鄒嬸在裡面驀地怔住，頓時坐不住了，眼睛裡泛著激動的淚花，光著腳跑到門口，催促那群姐們兒，「快……快把門打開。」

中午的酒筵在東來順辦的，晚上就回了小院兒，只剩下關係近的親朋好友，幾十個人圍成五大桌，喝著二鍋頭，吃著大碗麵，嘴裡的祝酒詞都變調了。

鄒嬸的小孩被眾人哄逗著，讓其管白漢旗叫爸爸，這孩子的小嘴夠牢實，紅票子給足了才把臉轉向白漢旗，用稚嫩的聲音喊了一聲爸，白漢旗哈哈大笑著把他抱起來親了一口。

白洛因徹底喝高了，走路晃晃悠悠的，過去踢尤其和楊猛坐著的凳子，怒道：「你倆給禮金了麼？」

尤其和楊猛互看一眼，厚著臉皮對著樂。

「沒給禮金還敢跟著吃！」

白洛因罵完之後，藝術性地拐了一個彎兒，又去和白奶奶，白爺爺逗悶子42，老倆口全都一身唐裝，滿面紅光的，白爺爺還難得拉了段二胡，喜慶的聲音在狹窄的胡同口久久盤旋。

顧海出去倒車，回來的時候看見白洛因就站在白漢旗臥室的窗臺旁，扒著窗縫兒往裡瞅。裡面異常熱鬧，一群爺們兒在鬧洞房，不時地傳出鬨笑聲和叫好聲。

顧海站在白洛因身邊，靜靜地看著他，他的臉濕漉漉的，嘴角上揚著，不知道是哭呢還是笑呢。

這個模樣的白洛因，看在顧海的眼裡，異常的心疼。

「叔，我把因子帶到我那去了。」顧海笑吟吟地看著白漢旗。

「都這麼晚了，你們就在這住吧，房間都給你們歸置好了。」

「哪能壞了您的好事啊！」顧海爽快一笑，攙扶著白洛因上了車。

出了電梯，白洛因伏在顧海的背上，開口說想去樓頂的天臺。顧海沒再進電梯，就這麼背著白洛因爬樓梯，一節一節的往上走。白洛因突然開始掉眼淚，起初是悄無聲息的，後來聲音越來越大，等到頭頂被濃濃的夜空籠罩時，他開始失聲痛哭……

眼淚順著下巴流到了顧海的脖子裡。

從未見過白洛因如此情緒失控的模樣，顧海的心都被這一聲聲的哭號撕碎了。他把白洛因的臉貼到自己胸口，極其溫柔地撫著他的頭髮，哄道：「因子，不哭了，你爸還是你爸，他結了多少次婚，

42：說笑話。

他都最疼你。」

對於一個有過同等經歷的人來說，他很理解白洛因為什麼難受。

「再也沒人給我做那麼難吃的飯了。」

顧海哭笑不得地瞅著白洛因，「你還想吃他做的飯啊？」

「再也沒人把我的內褲和洗衣服的水一塊倒進下水道了，再也沒人往我的嘴上抹痔瘡膏了。」

顧海：「……」

白洛因哭哭笑笑的，躺在了冰涼的水泥地上。

顧海把白洛因扶起來摟在懷裡，心疼地擦掉他臉上的眼淚，柔聲說道：「以後我可以給你做飯，保證比你爸做得還難吃；我可以給你洗衣服，咱批發一箱子內褲，洗一次倒一個……我敢保證在這個世界上，除了你爸，沒人比我對你更好。」

夜色浸染了顧海的雙眸，裡面滿滿的都是堅毅和柔情。也許明天一早，白洛因連自己說過什麼都不記得了，但是顧海一輩子都不會忘記，在這個夜晚，這個天臺上，一個男孩用痛哭流涕的面孔告訴他，他有多需要被人愛。

10.

白漢旗一結婚，談判的小桌就擺在白洛因和顧海之間了。

化學課上，白洛因在桌子上趴得老老實實的，突然就聽見書包裡手機的震動聲。打開一看，是顧海發過來的，頓時氣結，總共不到二十公分的距離，你還給我發簡訊，錢燒得慌吧？

「寶貝兒，咱們商量商量，以後繼續在你家住還是搬回我那住？」

白洛因抬眼皮看了化學老師一眼，偷偷摸摸給顧海回了一句。

「我還是繼續住在家裡。」

顧海拿起手機看了一眼，英氣的眉宇間透著幾分糾結。

「你爸都結婚了，你也老大不小了，總是膩在家裡不好吧？」

「我捨不得爺爺奶奶和阿郎。」

顧海輕輕一攥拳，骨頭咔咔作響。

「你可以週末回去，就把自己當成是住校生，我那離學校還近一點兒呢。」

白洛因懶懶的用手指戳手機鍵盤，「我不習慣。」

「總要習慣的，以後你上了大學總要住校的吧？如果有機會出國了呢？豈不是一年半載都見不了家人了。趁早搬過去，省得以後受罪。」

「不搬。」

顧海又回了，「都已經是我媳婦兒了，還老往娘家跑算什麼事啊？」

白洛因看了這條簡訊之後，如顧海預期的那樣，背部挺了一下，目露冷銳之色，回頭狠狠瞥了顧海一眼，按動鍵盤的大拇指都帶著一股殺氣。「你丫要是再敢……」

一句話還沒打完，就聽見前方傳來惡魔的召喚。

「白洛因、顧海，你們兩個人上來。」化學老師面露慍色，瞇縫著兇神惡煞的小眼睛逼視著方才交頭接耳的兩個人。

白洛因和顧海站起身，剛要走，又聽見化學老師吼了一聲：「把你們的手機也拿上來！」

兩人對視一眼，都有種不祥的預感。

拿著手機，頗有氣勢地走上臺，兩位超級大帥哥從容淡定地面向全體同學。

「把你們剛才發的簡訊對著全班同學念一遍。」

顧海、白洛因：「……」

「念！」

顧海把手機拿起來，入眼前兩個字就是「寶貝兒」；白洛因滿腦子蹦的都是媳婦兒這個稱呼。

「不念是吧？不念我幫你們念！」化學老師一副咄咄逼人的架勢走到兩個人身邊，一把奪過手機，滿腔怒火地在講臺上鼓搗[43]了半天，底下的同學全都等著呢，她卻遲遲不開口。

兩個人的臉都繃得緊緊的，這老師不會是看內容太不和諧，念不出口了吧？

最後，老師黑著臉問了句，「怎麼解鎖？」

白洛因、顧海：「……」

這節課可算丟人丟大了，手機不僅給沒收了，還當著同學的面念了那麼多條簡訊。雖說內容都讓兩人改了，可兩個大男生上課互發簡訊，終究不是什麼光彩的事。下課之後，兩個人佇立在樓梯口，一個雙手插兜兒，英俊威武，滿身正氣；另一個身姿挺拔，目露精色，乃是學校裡頂尖的高材生。

「我覺得，咱們不能去要手機，得偷。」

白洛因微斂雙目，難得對顧海的建議持以肯定態度。

「對，以她的脾氣，我們主動去要一定沒有好下場。還不如偷，偷的話不僅能把手機要回來，還能趁機敲詐她一把，她沒收了手機總要還的吧？」

每次看到白洛因嘴角的壞笑，顧海心裡都癢得不行，總想在他嘴上啃幾口。

白洛因對顧海的眼神異常敏銳，發覺到危險信號，立刻後撤了一步。

「你說，咱們怎麼偷？」顧海問。

白洛因一副勢在必得的架勢，「這還不簡單，撬鎖唄。」

顧海差點兒忘了，白洛因是個撬鎖高手。

「不過，我得先研究一下那把鎖。」

週一下午最後兩節課，全體老師開會，白洛因和顧海偷偷潛出教室，來到化學老師的辦公室。瞧見四周沒人，白洛因就蹲在門鎖旁仔細研究，顧海負責放哨，一旦看見有人走過來，如果是學生就直接轟走，是老師的話就用手勢提醒白洛因先停下。

很快，白洛因站起身，長出了一口氣，朝顧海走了過去。

43：折騰、撥弄。

「一根鐵絲和一張飯卡就可以了。」

找來了工具，白洛因很快動手，顧海嚴密監控周圍的響動。

白洛因動作極快，不到一分鐘就把鎖撬開了，而且鎖的外觀上看不出任何破損，白洛因也是留了一手，一會兒任務完成，他還得把這把鎖修好。

顧海在一旁玩味地說：「有了你這雙手，咱們以後沒工作也餓不死了。」

白洛因踢了顧海一腳，「趕緊進去吧。」

這次換成顧海在裡面找手機，白洛因在外邊放哨。

周圍靜悄悄的，樓梯口偶爾會飄過一兩個身影，也都是往上走的。

白洛因的腳步在辦公室門口徘徊著，等了好長一段時間，聽到的淨是裡面翻東西的聲音，卻沒見顧海出來。

終於，裡面傳來一記口哨聲。

白洛因把頭探了進去，「找到了？」

顧海揚揚手裡的東西，眼角泛著邪光。

「我搜到兩包衛生棉和一包護墊。」

白洛因：「……」

等啊等啊，好消息沒等來，卻看到了一個熟悉的身影。

白洛因臉色一變，大老遠喊了句，「老師好。」

顧海虎軀一震，幾大步跨到窗前，這才發現手機就放在窗臺上。於是快速地將手機裝進口袋，縱身一躍，直接從五樓跳到了三樓的空調排風扇上，巨大的動靜惹得正在上課的同學齊齊驚呼，「有人跳樓了！」
顧海沒作片刻停留，又抓住了二樓的防護欄，直接跳到地面。
那些挨窗坐的同學伸著脖子往下瞅，頓時一驚，人哪去了？
化學老師朝白洛因點點頭，往自己的辦公室走去。
剛要掏鑰匙，發現門是開著的。
「奇怪，我記得我明明鎖門了啊！」
化學老師一邊嘟囔著一邊走進辦公室，好在顧海每翻一處，都會把東西放回原位，化學老師沒看出什麼破綻。
白洛因聽到裡面沒動靜，知道顧海已經跳窗戶出去了，媽呀！五樓呢，不知道還活著沒！白洛因腳步匆匆，結果還沒走到樓梯口就撞上了顧海。
「到手了。」顧海的笑容硬朗而魅惑。
白洛因從心底佩服顧海的身手，顧海自然也對白洛因的腦力表示由衷的讚賞，兩個小夥子互用欣賞的眼神看著彼此，好像全天下都找不到比他倆能個的了。
突然，白洛因臉色一變。「完了，我忘了把鎖修好了……」
白洛因急匆匆地折返，結果，還沒走幾步，就看到化學老師出來了。
「欸？這鎖怎麼鎖不上了？」
白洛因扭頭便跑。
化學老師再笨也明白過來了，朝著兩個逃竄的背影大吼：「你倆給我回來！」
辦公室的門緊閉，兩個人面朝牆壁站著，化學老師拿著一根擀麵杖粗細的棍子在他們身後晃蕩著，足足晃了五分鐘，終於抄起棍子，在各自的屁股上比畫了一下，冷言道：「都把屁股撅起來。」

顧海擰著眉頭，挺叛逆地回了句，「老師，高中生還體罰啊？」

「高中生？」化學老師磨著牙，「你們還知道自己是高中生，高中生能幹出這種事麼？」

顧海梗著脖子不吭聲了，不就挨兩棍子麼？對他而言和撓癢癢沒什麼區別。

化學老師黑著臉瞧著顧海，「不服氣是吧？我一棍子就讓你服了。」說罷，棍子帶風地抽向顧海的屁股。

顧海以為女老師沒什麼勁兒，都沒把屁股上的肉繃起來，結果這一棍子下去，腰部以下全都木了。因為棍子太粗，打下去沒有刺痛的感覺，更多的是一種鈍痛，而且這種痛楚順著表皮一點點地往裡面滲透，後勁兒特別足。

「換你了。」化學老師用棍子指了指白洛因。

顧海臉色猛的一變，這一棍子下去，他能受得了麼？就算他能受得了，我也受不了啊！

白洛因還沒來得及調整姿勢，就看到顧海橫在了自己面前。

「老師，您打我吧，主意都是我出的，白洛因是被我逼迫的。您瞅他這張臉，一看就是個品學兼優的好學生，你要真把他打出個好歹來，咱們班得多大損失啊！」

化學老師哼笑一聲，「我教他兩年了，你沒來的時候他就不是什麼好鳥！甭在我面前講什麼哥們兒義氣，我不吃這一套，你倆一個都跑不了。」說罷去拽顧海，結果沒拽動，臉色更難看了。

白洛因推了顧海一下，「你靠邊，我又不是第一次挨打了。」

你不是第一次挨打，可我是第一次瞅你挨打啊！

顧海繼續用手護著白洛因，像是寶貝兒一樣地護著，目光堅定地看著化學老師，「老師，實話和您說吧，白洛因是我弟弟……」

白洛因在後面惱了，冷不防回了句，「誰是你弟啊？我明明是你哥。」

顧海給了白洛因一記淩厲的眼神，我不是為了護著你才這麼說的麼？給我老實待著！

回頭繼續向化學老師求情。

「我爸說了，我弟挨打，我回去就得挨打。您看您打了他，我回去還得多挨一頓打。要不，您就別打他了，乾脆打我一人得了……」

化學老師皺眉思索了片刻，手裡的棍了晃了晃。

「你說得也有道理。」

顧海頓時鬆了一口氣。

「這樣吧，我就不打你了，我直接打他，反正你有你爸打了。這樣一來，我也能省點兒力氣，你也能少挨一頓打。」

II.

化學老師說著，又用手去拽顧海，結果差點兒被顧海推了一個大跟頭。

「你……你……你……」化學老師的小眼睛瞪得溜圓，裡面都是憤怒的火焰，「你這是要造反麼？我是你老師！」

「妳愛是誰是誰，妳打他就不行！」

化學老師如一頭瘋獅子橫衝直撞過來，抄起棍子就朝顧海的身上甩去，顧海手臂一抬，棍子輕鬆攥在手裡。化學老師想把棍子抽出去，結果根本拽不動，自己反倒像陀螺一樣在原地轉圈。

顧海稍稍一用力就把棍子收到了腋下，目光中隱隱含著一股霸氣。

「我給妳兩個選擇，要麼打我，要麼誰都不打。」

化學老師的高跟鞋狠跺三下，嗓子尖銳刺耳。

「你讓誰選擇呢？你瞅好了，我是你老師！你有什麼資格和我講條件？我今兒就要打他，我想怎麼打就怎麼打，那我是當老師的權利！」

「妳不選是吧？那好。」

顧海暗黑的眸子猛地一沉，棍子如颶風般在化學老師眼前甩出一道凌厲的弧線，狠狠砸向旁邊的辦公桌。咔嚓一聲，棍子斷成兩截，橫切面的碎屑灑了一地，旁邊的辦公桌也被敲出了一條大印子，猙獰的在桌面上蜿蜒爬行著。

化學老師瞠目結舌。

顧海把手搭在白洛因的肩膀上，大搖大擺地走了。

「你給我回來！」化學老師踩著細高跟兒追了出去，不顧形象地在樓道裡大吼，「你們這倆孽畜！成績好又怎麼了？成績再好，你們將來也是社會的敗類！」

走出教學樓，顧海的臉還黑著。

「臭娘們兒，早就瞅她不順眼了！還和我講規矩，老子他媽的就是規矩，老子就護短了，怎麼著吧？」

「你……」白洛因都不知道該說些什麼了。

顧海用手指狠狠戳了下白洛因的鼻樑骨，警告道：「別又說我至於麼！別又說挨頓打怎麼了！我不想聽你說那些窩囊話！我告訴你，很至於，特別至於，沒有比這更至於的了！」

白洛因瞧見顧海這副炸毛老虎一樣的兇悍表情，突然就笑了。

「其實我想說，挺過癮的。」

顧海微微滯愣，扭頭看向白洛因，他差點兒忘了，出主意偷手機的還是這小子呢！瞬間露齒一笑，大手掐了白洛因的臉頰一下，「壞小子。」

於是兩個壞小子再也無心上課了，直接翻牆出了學校，遛達到一條小吃街，每個小店都進去嘗嘗。走在街上還人手一串糖葫蘆，一邊吃一邊調侃化學老師，回憶她被氣之後的那副便祕表情，幻想她在床上的剽悍動作……

講到趣處，兩個人便會無視周圍人的目光，肆無忌憚的在街上捶腿狂樂。

夜色浸染了整個北京城，街頭拐角的鮮花店播放著〈愛的禮讚〉鋼琴曲，兩個人的雙腳隨著曲調的節奏一抬一落，挺拔修長的身影在路燈下漸漸拉長。一個暗黑的角落，顧海突然拽住白洛因，趁著周圍沒人，在他嘴角親了一口。

然後，把頭轉回去，用舌尖舔舔嘴邊兒，幽幽地說道：「好甜。」

是啊，吃得嘴邊都是糖渣兒，能不甜麼？

在顧海人生的前十幾年，從沒有哪一刻，像現在這樣令他沉溺享受。一段普通的對話，一個簡單的眼神交流，都可以讓他的心裡說不出來的舒服。哪怕只是沉默著陪他走這一段路，只因為這個人是他，這一條暗淡無光的路都可以瞬間變得光彩奪目。

也許，他人生的第一場戀愛才剛剛開始。

青磚紅瓦逐漸遠去，取而代之的是鋼筋水泥堆砌成的高樓大廈。街道變得寬敞了，行人的步履變得匆忙了，兩個人還是遛遛達達的，閒得無聊時就看車流看行人。

兩個美女並肩走過。

白洛因吹了聲口哨，顧海用特流氓的語氣喊了聲「美女」。

兩個女孩互視一眼，羞赧地拉起彼此的手，加快腳步從白洛因和顧海的身邊走過。

沒一會兒，前面又走過了一個女孩。

顧海興奮地拍了白洛因的肩膀一下。

「你看那個怎麼樣？」

白洛因看了一眼，差點兒撞到前面的電線桿上。此女虎背熊腰，表情肅殺，走起路來像是推土機一樣，動靜特別大。

「你怎麼淨喜歡這樣的啊？」白洛因很不能理解。

顧海冒出一句，「那些太嬌柔的女孩，操起來不夠爽！」

白洛因斜了顧海一眼，沒說話。

顧海又把嘴貼到白洛因耳邊，小聲說：「操誰都沒有操你爽。」

白洛因的臉噌的變色，一把薅住顧海的脖領子，把他推到看板上一頓猛踹。顧海的手扒著看板的邊緣，樂得嘴都歪了。

兩個人打打鬧鬧的，最終還是到了顧海住所樓下。

「走了這麼一路，剛才吃的那點兒飯全都消化了。」顧海停住腳。

白洛因深有同感。

於是兩個人一齊往旁邊的便利商店走去。

顧海問：「有什麼想吃的麼？」

白洛因想了想，「要不你給我買兩袋鍋巴吧。」

「要什麼味兒的？」

「雞肉味兒的。」

顧海走進去，懶得到貨架上去找了，直接和一旁的女服務生說：「給我來兩袋鍋肉味兒的雞巴。」

女服務生一下懵了，三秒鐘之後，腦門到耳朵根兒全都紅透了。

顧海以為她沒聽清，又大聲重複了一遍。

「我要兩袋鍋肉味兒的雞巴。」

白洛因摀著肚子跑了出去。

店主笑得嘴都抽搐了，「小夥子，這個真沒有。」

顧海這才意識到自己口誤了，硬著頭皮去貨架上拿了兩袋鍋巴，又胡亂拿了一些零食，付了帳之後匆匆走了出去。

白洛因笑得坐在地上起不來了。

顧海惱恨地看著白洛因，臉不知道往哪擱了。

「有這麼好笑麼？」

「顧海，我告訴你，這絕對是報應，讓你一天到晚沒個正經，這回說禿嚕嘴了吧？哈哈哈……」

顧海索性厚起臉皮，「我就是要吃雞巴，不行啊，今晚上就吃你ㄚ的。」

兩個人在電梯裡還在狂樂，白洛因有個毛病，不笑是不笑，一笑起來就不容易收回去。電梯門打開的時候，白洛因兩條腿都打軟了。

顧海剛要掏鑰匙，結果發現門是開著的。

「你忘鎖門了？」白洛因問。

顧海臉色變了變，直接把門打開，發現裡面的燈是亮著的。白洛因也發現了異常，臉上的笑容逐漸收起，跟著顧海一起進了屋。

屋子裡飄著淡淡的清香，之前隨意亂丟的拖鞋現在全都整整齊齊擺在鞋架上。客廳顯然被人收拾過，到處都很整潔，茶几上突然多了一束鮮花。

一個身影從臥室走了出來。

「回來了。」

姜圓笑著看向白洛因和顧海。

兩個人臉上的溫度瞬間降了下來，幾乎是同時開的口。

「妳怎麼來了？」

姜圓頓了頓，柔聲說道：「你爸不放心你們兩個孩子住在這，特意讓我來看看。」

「妳怎麼會有這的鑰匙？」顧海又問。

「哦，你爸給我的，這套房子的鑰匙他備了兩副，一副在你手裡，一副放在他那。他就圖個方便，要是哪天有了需要，可以隨時回來看看。」

顧海沉著臉，「就算要過來，也應該提前打招呼吧？」

姜圓抱歉地笑笑，「我沒有你的手機號碼，不知道怎麼聯繫你。不過你放心，我只是把房間簡單地收拾了一下，沒有動你們的任何東西。」

顧海沒再說話，逕自地走到臥室去換衣服。

姜圓趕緊拉住白洛因的手，硬是把他拽到沙發上坐下。

「洛因，媽聽說了，你爸和那個女的結婚了。」

白洛因挺冷淡的，「那又怎麼樣？」

姜圓心疼地看著白洛因，「你說怎麼樣啊？那女人還帶著一個孩子，她心裡能裝得下你麼？還有你爸，他這剛一結婚，就把你轟出來了……」

「是我自願來這的。」白洛因打斷了姜圓的話，「妳能不能不要每次見到我，第一件事就是詆毀我爸？難道貶低了他，就能提高妳自己麼？」

「洛因，你誤會媽了，媽是心疼你。你才十七歲，還是個孩子呢，哪能被這樣放養啊？以前媽有苦衷，沒法好好照顧你，現在媽有這個能力了，你和媽回去好不好？媽一定趁這個機會好好疼你，好好補償你。」

姜圓說得異常動容，白洛因卻只回了她兩個字。

「晚了。」

姜圓還要再說什麼，顧海從臥室走出來了。

「因子，你去不去洗澡？」

要是放在平時，白洛因想都不想就會拒絕，但是放在今天，他還是猶豫了一下。一邊是顧海那個老色狼老流氓灼視的目光，一邊是姜圓這裡囉唆的家長里短，相比之下，他還是覺得浴室裡比較安全。

姜圓瞧見白洛因站起來，溫柔的笑容立刻在嘴角溢開了。

「你們小哥倆關係這麼好啊？真讓人放心。」

白洛因從臥室裡找了睡衣出來，走到浴室門口，姜圓還來了一句，「我就愛看你們兩個人親親密密的，越看越高興。」

顧海關門之前冷哼了一聲，會有一天讓妳哭的。

浴室裡有兩個花灑，一個浴缸。顧海打開花灑沖了沖，又把浴缸的水放滿。扭過頭的時候，白洛因剛把東西放好，準備脫衣服。

顧海灼熱的目光玩味地打量著白洛因的一整套動作。

白洛因感覺到後背一陣刺痛，尤其是腰部以下的位置，感覺有兩團火在燒。他轉過身，看到某位高大威武的美男正在若無其事地沖洗著身體，全身上下三百多塊肌肉全都異常亮眼，出於欣賞和羡慕的心態，白洛因忍不住多看了兩眼。

反倒是顧海，似乎一直都很正常，並沒有給白洛因多少關注的目光。

難道是我想多了？白洛因收回了心裡的不安，很快褪光了身上的衣服。

水很熱，周圍騰起一層水霧，繚繞在白洛因的身側，打出一圈圈光暈。

顧海就用餘光往旁邊一瞥，從腳趾縫開始往上看，那筆直的長腿，每晃動一下顧海的小心肝就顫動一下；那誘人的小窄臀，雖然窄但是渾圓緊致，非常有料；顧海聽人家說過，凡是屁股有肉的人性慾都異常旺盛，還有那挺拔的小身板，背上像是穿了一根鋼釘，從脖頸到尾椎的線條綳直流暢；那張俊臉就更不用說了，五官硬朗，英氣逼人……

顧海忍不住在心裡面幻想白洛因穿著軍裝的樣子，肯定會異常的帥氣迷人，如果能穿著軍裝被自己上，那滋味，太尼瑪銷魂了！

正想著，白洛因突然走過來了，他竟然晃著他那兩條大長腿走過來了。

顧海屏住了呼吸。

白洛因把手伸過顧海的頭頂，然後慢慢在嘴角溢出一個詭異的笑容。

顧海快被這個笑容電暈了。

「你開的是涼水。」

顧海：「……」

白洛因回了自己的位置，心裡咒罵了一句，怪不得他丫那老是沒有水霧，鬧了半天這傻子大冬天用涼水洗澡，真尼瑪不怕死。

顧海收回錯亂的神經，這才感覺到水的溫度，外面北風呼嘯，顧海在浴室裡用涼水沖洗著身體，還能渾然不知，保持身體最佳熱度，白洛因功不可沒。

「要不要去浴缸泡個澡？」顧海問。

白洛因搖頭，「不必了，我洗完了。」
「你這麼早出去，是為了多和你老娘聊幾句麼？」
白洛因關掉開關，開始用浴巾擦拭身體。
「誰說我要出去了？」
顧海頓住，「不出去？也不泡澡？那你這待著幹什麼？」
「看你洗澡啊！」白洛因微微揚起嘴角。
顧海的臉上透著一股笑模樣，「那你幫我去浴缸那試試水溫吧。」
白洛因的腳剛剛抬起，又放下了。
「等我把衣服穿上。」
別以為我不知道你臭小子在想什麼，想讓我光著屁股彎腰去試水溫？你以為我是整天看漫畫書的無知少女呢？這麼好騙！
「我現在就想讓你去。」
白洛因走到衣架旁，慢悠悠地說：「你要真那麼著急，自己去啊。」
話剛一說完，一雙濕漉漉的手就伸到了他的腰上，緊跟著後背全濕了，一個堅挺的下巴擱在了他的肩膀上，唇齒的溫度侵襲了半個臉頰。
「你給我滾！我剛擦乾。」
「噓……」顧海把一根手指豎在了白洛因的唇邊，輕聲說：「你媽在外面。」
「她在外面又怎麼樣？」白洛因用手肘戳著顧海的小腹，「給我滾開。」
顧海非但沒滾，反而黏得更緊了，他把放在腰間的手轉移到了白洛因的脖頸上，以一種脅迫的姿勢，聲音低沉魅惑，「白洛因，你太聰明了，你老是識破我的小陰謀，你讓我怎麼活啊？你讓我的小海子怎麼活啊？你越是這麼聰明，這麼端著拿著，我越是想操你，特別特別想……」

一邊說，一邊用身下的小海子磨蹭白洛因的臀縫，故意發出淫重的喘息聲。

白洛因聽慣了這種話，倒也沒有起初反應這麼激烈了，他把手伸到背後，猛地攥住顧海的小怪獸，讓它老實一點兒，然後側頭看了顧海一眼。

「真的想啊？」

顧海用下巴戳了戳白洛因的肩頭。

「想得受不了了？」

顧海用牙齒啃磨白洛因的肩頭，以顯示他迫不及待的心情。

「那就吃兩袋鍋肉味兒的雞巴去。」

顧海：「……」

「怎麼洗了這麼久？」姜圓笑著看向白洛因和顧海。

顧海漫不經心地回了句，「冬天不是就應該多泡泡熱水澡麼？」

「這倒也是。」姜圓朝兩個孩子招招手，「來，媽媽給你們削好了水果，都過來吃。」

不知道為什麼，兩個人聽到「媽媽」這兩個字，都是一陣惡寒。

「算了。」白洛因淡淡回了句，「我得回臥室做作業了。」

「不著急，那些作業不做也罷，這種應試教育就是不科學，本該是大腦充分休息和放鬆的時刻，卻讓你們做一些毫無技術含量的作業。怪不得高考上了名校，讀了四年大學之後，底層人民還是底層人民，上流社會永遠都受不到那群高材生的衝擊。」

就是想找個轟妳走的說辭罷了，瞧妳這得瑟勁兒的……顧海冷哼一聲，顧自回了臥室。

姜圓站起身去拉白洛因的手，柔聲說道：「兒子，媽媽幫你把頭髮吹乾。」

「不用了，擦擦就行了。」白洛因把毛巾搭在一旁的架子上，甩了甩頭髮。

「那怎麼成呢？」姜圓說著就把吹風機拿了過來，招呼著白洛因坐下，「吹吹吧，不吹乾，明兒早上起來會頭疼的。」

「我都這樣十多年了，也沒頭疼過啊！」

姜圓似乎挺受傷的，拿著吹風機的手垂了下來，悠悠地說：「是啊，一轉眼你都大了，很多不好的生活習慣就這麼養成了，改都改不掉了。」

顧海知道姜圓又要抒發感情了，大步走了出來，奪過姜圓手裡的吹風機，「我給他吹。」

白洛因還在擰巴著，「我不吹頭髮，不習慣。」

「趕緊把頭髮吹乾，咱倆就能睡覺了。」

言外之意，等咱倆睡了，她還能不走麼？

於是，顧海就站在白洛因身後給他吹頭髮，姜圓就趁著這段時間趕緊表明自己的來意。

「洛因，小海，你們現在彼此都認識了，關係又這麼好。我想，如果給你們兩人安排一個更好的環境，你們應該會考慮考慮吧？我和你爸商量，希望把你們送出國兩年，國外的教育條件和這裡根本不是一個檔次的。別家的孩子想出都出不去，你們既然有這個好條件，就不要再耽誤自己了。男孩子嘛，不要總戀家，要有點兒志向，懂麼？」

白洛因沉默了半晌，開口說道：「我很享受我現在的生活。」

我也是……顧海在心裡附和了白洛因一句。

「讀普通高中，對我而言，是不可或缺的一個生活經歷。」

「你去國外讀高中也一樣啊，也會結識很多朋友，也會有一段豐富多彩的經歷，而且會比這裡有價值有意義的多。」

「頭髮乾了。」顧海揉了揉白洛因的頭髮。

白洛因站起身，朝姜圓說：「別在我身上浪費時間了，我沒有讓家長做主的好習慣。」

姜圓還要說什麼，顧海已經關掉了客廳一側的燈。

「我們的大腦想要充分的放鬆和休息，所以您請便吧。」

姜圓的身體在沙發上僵了片刻，終於緩緩地站了起來，朝顧海和白洛因說：「那你們好好休息，我先走了。」

門一關，兩個人的臉上都露出兇神惡煞的表情。

「真尼瑪煩人，真尼瑪囉唆。」

「她怎麼能有這的鑰匙呢？以後她要是天天來，咱倆還活不活了？」

顧海沉著臉思索了片刻，指著白洛因說：「快，趕緊改鎖。」

於是，大晚上十點多，兩個人還在門口忙乎。

白洛因額頭滲出一層細密的汗珠，這把門鎖比學校的真是複雜多了，他暫時喘了一口氣，朝旁邊打下手的顧海說：「少了一個螺絲刀。」

「那怎麼辦？」顧海徵求白洛因的意見，「去鄰居家借一個？」

「這麼晚了打擾人家不好吧？」白洛因想了想，「要不你下去買一把吧。」

「下去買？」

白洛因頭也不抬，「是，就去便利商店。」

顧海的臉色變了變。

白洛因見顧海沒動彈，抬眼朝他壞笑了一下，「就去你買雞巴的那個便利商店。」

顧海惱恨地將白洛因抵在門板上，咬牙切齒地說：「沒完沒了了是吧？」

白洛因又哈哈樂了一陣。

這麼一通鬧騰，剛才的那點兒不快全都拋到九霄雲外了。

12.

清晨五點鐘，顧海聽到手機鬧鈴響起，瞇起眼睛看著窗外，月明星稀的，完全看不出是早上。草！哪個傻B把鬧鐘定這麼早？瞇了十秒鐘之後，顧海的眼睛又睜開了，他意識到自己就是那個傻B。

眼皮下面似乎吊著兩塊鐵，這一秒閉上下一秒就睜不開了。強撐起那麼一條小縫，看到的是白洛因香甜安謐的睡臉。

最後，顧海是把自己從床上硬生生拔下來的。

屋子裡的燈一直關著，黑暗中白洛因察覺到有人親了他的臉一下，動作很輕柔，若有似無的，便沒在意。等再睜開眼的時候，屋子裡的燈已經大亮了，顧海穿戴整齊地站在衣櫃旁找衣服。

「幾點了？」白洛因坐起身。

顧海把白洛因的衣服扔到他面前，「今兒穿這個，外邊有點兒冷。」

白洛因刷牙洗臉的時候，聞到一股熟悉的香味兒，機敏地把頭探出浴室，瞧見顧海站在廚房的一角，把買好的早點一點點騰到盤子和碗裡。

白洛因手裡的牙刷頓了一下，心裡頭默默算計著從這裡到鄒嬸小吃的距離，來回所要花費的時間，從而判斷顧海是幾點起床的。

吃早點的時候，白洛因忍不住問：「為什麼不等我起床了一塊下去吃？」

「等你起床了？」顧海冷哼一聲，「咱們早沒時間吃早飯了。」

「那你為什麼不早點兒叫我起呢？」

「你說為什麼啊？」

顧海把咬剩下一半的雞蛋塞到了白洛因的嘴裡。

上電梯的時候，顧海一直背朝著白洛因站著，等電梯快到一樓了，顧海突然轉過頭，做了一個特猙獰的表情，冷不防的嚇了白洛因一跳。

白洛因回過神之後踹了顧海一腳，「你幼稚不？」

顧海笑著轉過身，給白洛因整了整衣領，又給他把衣服的拉鍊緊了緊，兩個人一起走出電梯。

因為天氣冷了，騎自行車有點兒涼，為了鍛煉身體，兩個人選擇跑步上學。

整整一個上午，白洛因都沒有睡覺，不知道是不是因為早上多睡了半個鐘頭的緣故，顧海很自豪地認為這是自己的功勞。上課的時候，他總喜歡把手伸到白洛因的後背上，有時候是無意識的，只是很想摸一摸，不帶任何邪惡的念頭，單純地想確定這個人存在。

最初顧海碰白洛因，白洛因總是很警覺，有時候也會回頭罵兩句，現在完全不會了。甚至有時候顧海一節課老老實實的，他會不經意地往後瞥一眼，看看他是否還好。

中午放學，兩個人從外面買了些速食帶回家吃。

從電梯裡出來，震驚的發現門又是開著的。

怎麼回事？昨天不是已經把鎖偷偷改了麼？難道進賊了？

兩個人摸進屋，結果沒發現任何敵情，唯一讓他們腦門冒煙的就是，姜圓的身影出現在了廚房裡。
「寶貝兒們，你們回來啦，媽媽已經把飯準備好了，你們洗洗手就可以準備吃了。」
顧海腦門青筋暴起，迅速將白洛因拉拽到客廳。
「怎麼回事？鎖不是換了麼？她怎麼進來的？」
白洛因目露凝重之色。
顧海磨牙，媽的，竟然敢找維修工來拆鎖？
剛要進去質問，姜圓就笑著走出來了。
「對了，忘了和你們說了，門上的鎖壞了，不過我已經修好了。」
說完，撣撣手又進了廚房，哼哼著小調把做好的菜端到餐廳。
白洛因走到門口瞅了瞅，鎖還是那把鎖，昨天辛辛苦苦改裝完，今天被他老母輕鬆破解了。外面保存良好，唯一的印痕還是昨天用螺絲刀劃出來的，一看就沒有經過維修師傅的手，完全是他老母親力親為的。
顧海站在旁邊冷笑一聲，「我算是明白了。」
白洛因抬起眼皮，「明白什麼了。」
「明白為什麼你爸那麼敦厚老實，會生出你這麼一個小人精。她不愧是你媽，你不愧是她兒子，我現在知道為什麼我爸被套得這麼牢實了。」
白洛因黑了顧海一眼，似乎挺不樂意他把自己和姜圓相提並論的，雖然他不可否認自己的很多優良基因都是從姜圓那遺傳來的。
「我決定了，以後我每天都來這給你們做飯、洗衣服、打掃。找保母我也不放心，再者我也沒什麼事，整天閒著，倒不如來這伺候伺候你們。」
白洛因和顧海的臉色都很難看。
姜圓又補充了一句，「當然，我不會在這待很久的，只有中午和晚上過來。」
真會挑時段，怎麼噁心怎麼來……顧海的臉黑得都快看不見五官了。
姜圓把飯菜推到白洛因和顧海的面前。
「快吃吧。」
白洛因沒動筷，看著姜圓的眼睛裡沒有任何情緒。
「妳以後能不能別來打擾我們的生活？」
這句話，顧海早就想說了，礙於姜圓是白洛因的母親，便遲遲未開口。
姜圓的嘴唇泛白，即便塗著厚厚的唇彩都遮掩不住。
「洛因，媽媽想你，媽媽一天見不到你，心裡就……」
「妳不是想我。」白洛因打斷了姜圓的話，「妳只是想趁機鑽空子。」
姜圓眼睛裡蒙起一層水霧。
「我在家住著的時候，十天半個月不露面，妳不也活得好好的？」
「那會兒因為有人照顧你，現在……」
「現在有我照顧他。」顧海插口，「妳不是一向信奉西方教育模式麼？我們已經十七歲了，早就該獨立了。如果妳怕他受委屈，現在我向妳保證，他的衣服由我來洗，飯也由我來做，再苦再累我都認了。只要妳能保證不踏進這個門，我們一定會活得有模有樣的，如果妳非要來這打擾我們的生活，那我不保證妳明天還能看到我們。」

顧海的聲音不大卻很有力度，每句話恨不得都能在地上砸出一個響兒來。

自那之後，很長一段時間裡，姜圓真的沒再來過，偶爾會派人送一些東西過來，譬如衣服、棉被，大多都用不上，直接被丟到儲物室裡。

白洛因真的就在這兒住下了。

而且一住就住了兩個禮拜，除了週六和週日回家了之外，其餘時間都待在這兒。兩個人的生活都很有規律，顧海比白洛因早起半個小時，買回早點等白洛因起床一起吃。白洛因覺得過意不去，和顧海商量著兩人輪流去買，結果顧海當即拒絕，理由就是我會開車你不會，於是每天中午一有空，白洛因就會讓顧海教自己開車。晚上回來吃過飯，休息片刻便去下面做運動，健身房、籃球館，不弄得滿身大汗都不回去……

回來之後泡個熱水澡，剩下的時間全用來膩歪。

兩個人從不吵架，出奇的和諧，原因也是沒什麼可吵的。屋子裡髒沒關係，兩個人全都視而不見；洗漱用品亂擺沒關係，看到什麼用什麼；從不會因為看哪個電視臺而爭執，因為兩個男人的喜好如此相同……

當然，最大的問題還是在吃飯上面。

顧海親口承諾要給白洛因做飯吃，他也確實這麼做了，白洛因對顧海廚藝的最高評價就是「毒不死」。是的，闔著眼捏著鼻子還是能吃下去的。當然，顧海也有個拿手好菜，那就是煮雞蛋，每天必煮，每煮必熟，白洛因每次都會誇兩句。

所以週末回家，鄒嬸瞠目結舌地看著兩個兒子如同餓狼一樣撲向飯桌，一口氣吃掉十幾口人的飯量，還總是嘟囔著沒吃飽。週日走的那個下午，鄒嬸會給白洛因和顧海做了一大堆好吃的，叮囑他們回去放到冰箱裡，足夠吃一個星期的。儘管如此，只要有時間，鄒嬸還是會去給白洛因和顧海送吃的。

當然，在洗衣服這一方面，顧海一直都是盡職盡責。

他自己的衣服，直接丟到洗衣機裡，白洛因的衣服他是手洗的。白洛因總是勸他直接用洗衣機洗，可顧海堅持手洗，為此白洛因很受感動。可後來白洛因發現，他的衣服顧海並不是都用手洗，而是選擇性的。再到後來，白洛因發現，其實顧海只會手洗一件東西，那就是白洛因的內褲。

每天晚上顧海都會站在洗手臺旁，搓啊搓啊的。

白洛因總算明白為什麼顧海可以輕鬆自如地跑個十幾公里，洗件衣服卻讓他面紅耳赤，氣喘吁吁了。

又到了週五，被窩裡異常暖和，暖和得讓人不想起床。白洛因睜開惺忪的睡眼，透過落地窗朝外望去，天已經亮了，好像又沒有亮，灰濛濛的，讓人判斷不出具體的時間。

想伸手去摸手機，結果胳膊差點兒拿不出來，原因就是被子掖得太嚴實了，怪不得這麼暖和。

「五點二十，還早。」

白洛因嘟囔了一句，剛要閉上眼睛接著睡，無意間看到窗框上落了一層白。

下雪了？

白洛因強打起精神睜大眼睛，仔細朝外面看了看，的確是下雪了，入冬以來的第一場雪，貌似還很大。雖然下雪會給生活造成很大的不便，但是看到鵝毛大雪從天空中降落，整個世界都變白了，還是會有種興奮的心情。

白洛因坐起身，摸摸旁邊的被窩，已經涼了。

顧海不知道出去多久了。

下雪天路滑，開車要慢，所以肯定比平時起得要早一些。

顧海剛把車開到社區門口，就看到白洛因的身影在雪地中佇立著，腦袋和肩膀上已經落了薄薄的一層雪。

「你怎麼出來了？這麼冷……」

顧海用手摸了摸白洛因的臉頰，上面已經結了一層冰霜，很涼。

「趕緊進去！出來也不知道多穿點兒。」

顧海濃眉擰著，語氣裡透著濃濃的責備，像大人訓小孩兒似的，一邊罵著還一邊假模假式地在白洛因的屁股上踢了一下。白洛因穿著長身棉衣，特別厚實的那種，踢在上面好像踢在被子上一樣，什麼感覺也沒有，倒是抖落掉一地的雪花。

路這麼滑，白洛因是怕顧海開車出什麼事，看到他回來，心裡就踏實多了。

熱騰騰的小包子，黏和軟爛的粳米粥，放上一點兒鹹菜絲兒，還有每天必不可少的豆汁焦圈[45]一擺上桌面。白洛因搓搓手，剛要動筷，結果發現顧海的頭髮開始往下滴水，額頭上都濕了，不像是

45：北京特有的食品，環形的油炸麵包，常佐豆汁食用。

雪融的，倒像是汗。

「你怎麼出汗了？」白洛因問。

顧海用手擦了擦，漫不經心地說：「路上有車追尾了，一直在堵著，我實在等不及了，就下車跑了一陣。」

白洛因心底溢出淡淡的感動，也有那麼一點點……心疼。

顧海瞧見白洛因不吃東西，光顧著瞅自己，忍不住勾起一個唇角。

「感動了？感動就讓我操一次。」

白洛因剛暖起來的目光瞬間凍結，狠狠咬了一口包子。

「顧海，你丫早晚毀在你這張嘴上。」

顧海歪著嘴笑了笑，不以為然。

吃過早點，整個身體都暖了，出門前，顧海還是讓白洛因套一個羽絨服在外面。

「你見過棉衣外面還套羽絨服的麼？」

白洛因嫌笨，又把羽絨服脫下來了。

「讓你穿你就穿上，你又不是娘們兒，穿那麼苗條給誰看啊？」顧海語氣挺硬，非要把羽絨服套在白洛因身上。

白洛因抵死不從，「那你怎麼不穿啊？」

顧海特有氣勢地回了句，「爺不冷。」

「我也不冷。」白洛因怒喝一句。

顧海指著白洛因的腦門，「找抽是不是？」

白洛因還是那句話，「你不穿，憑啥讓我穿？」

顧海磨了磨牙，手指在白洛因的腦門上狠戳了幾下，然後大步走回裡屋，又拿了一件羽絨服出來，穿在了身上，揚揚下巴，示意白洛因也穿上。

白洛因不僅套上羽絨服，還拿了一條圍脖兒，只不過是繞在了顧海的脖子上。

顧海走在前面，脖子上突然就暖和了，低頭一看，一條暗紅色的圍脖兒胡亂繞在了自己的脖子。回過頭，白洛因面無表情。

顧海如夢初醒，開口便問：「你是怕我冷，又不好意思說，才死活不肯穿衣服的吧？」

白洛因沒承認也沒否認。

一種無法言喻的滿足感襲上心頭，顧海一把攬過白洛因的肩膀，手的力道很重，說話的語氣卻很溫柔，「因子，你對我真好。」

白洛因斜了顧海一眼，回敬了一句，「沒你對我好。」

顧海故意問，「我對你怎麼好了？」

「你對我好的都有點兒二[46]了。」

呃……這是個什麼評價？顧海有點兒暈。

白洛因的嘴角隱隱透著一絲笑模樣，不明顯，但是很生動。就像這滿地的雪花，明明是靜態的，

46：愚笨之意。

可卻讓整個世界都靈動起來。

兩個人穿得像個笨狗熊一樣，跑不起來了，只能慢悠悠地在路上走著，遲到就遲到吧，還可以趁這個時間好好欣賞欣賞沿街的雪景。

顧海注意到，路上的鮮花店和禮品店都早早地開門了，門口擺著包裝精美的蘋果。

「今天是平安夜吧？」顧海問。

白洛因也是模稜兩可，「好像是吧。」

顧海看了看手機，果真是。

看來，身邊沒個女人還真是不行，老爺們兒誰會費心思記這些啊？

來到班上果然遲到了，而且一個人都沒有，操場上人倒是不少，可能都下去掃雪了。白洛因剛要把書包放在桌子上，結果發現桌子上擺的都是蘋果，再往抽屜裡一看，抽屜裡也都是。顧海那裡也是如此，尤其更不例外，一連三個課桌看起來甚是壯觀。

白洛因和顧海找到了班級掃雪位置，參與到了掃雪的隊伍之中。

「顧海，給你換一把掃帚。」白洛因說。

顧海一轉身，一個冰涼的雪球砸面而來，在鼻樑處炸開，他下意識地閉上眼，等把眼睛睜開的時候，白洛因都跑遠了。

「你丫冒壞水是吧？」

顧海扔下掃帚就去追。

這兩人玩得不亦樂乎，身邊的同學也按捺不住了，三五成群地開始攻擊，到最後成了大面積的雪仗。雖說是高中生了，可一個個全都童心未泯，玩起來誰也不讓誰。

最後的結果就是衣服全都濕了，這個時候白洛因覺得顧海特別明智，別人濕了只能縮著肩膀打哆嗦，他們脫了棉衣還有羽絨服。

尤其送了白洛因一個蘋果形狀的打火機，白洛因默不作聲地收了起來。

顧海卻一點兒都不避嫌，拍著白洛因的肩膀說：「有個女生送了我一條圍脖兒，說是她親手織的，你說她什麼意思？」

白洛因冷哼一聲，「看上你了唄。」

顧海很滿意白洛因的反應，心裡覺得不過癮，還問：「那你說我還給她送回去麼？人家好心好意給我織的，我再送回去，多傷人啊。」

「那你就留著。」

顧海還想說話，白洛因伸手阻攔，「自個的事兒甭問我。」

言外之意，你瞧著辦吧！

顧海頓了頓，「要不我就戴上吧。」

白洛因的後背猛地僵了一下。

顧海又敲了敲白洛因的肩膀，「回頭瞅瞅好看不？」

白洛因沒搭理顧海，兩腮的肌肉繃得緊緊的，眼神裡透著一股子寒氣。

顧海輕笑一聲，顧自嘟囔道：「算了，還是給她送回去吧，既然不喜歡，就別給人家幻想了。」

其實他壓根沒把袋子打開。

白洛因僵持的肌肉突然間鬆懈下來，連他自己都沒發現，他的眼神有多麼介意。其實顧海完全可以再過分一點兒，那樣效果更明顯。可他不捨得，真的不捨得，哪怕自個少占點兒便宜，也不想讓白洛因吃太大的虧。

今天是週五，本來應該回家的，可兩個人卻在街上遛達起來。大概是太熱鬧了，突然就想逛一逛。到處都是年輕的情侶，手捧鮮花的，玩偶的，巧克力的……無論是什麼店，門口都擺著各式各樣的禮品。

顧海搓了搓手，這種天氣在外面晃蕩，還真有點兒冷。

白洛因的腳步在一家小店門口停住，指著上面掛著的手套問：「這個多少錢一副？」

「四十五。」

白洛因掏錢買了一副，剛要遞給顧海，忽然發現他不見了。扭頭一看，他跑到旁邊那家店裡，也買了一副一模一樣的手套。

結果是顧海先給白洛因戴上的，還搶了白洛因的臺詞。

「沒什麼好送的，你就湊合著收下吧。」

白洛因挺無奈地笑了笑，也把手裡這副手套給顧海戴上了。

你我都是男人，實在想不出什麼東西可以討你歡心，所以，就來點兒最經濟實惠的吧！

回去的路上，正好經過萬達國際影城，上面的電子顯示幕上播放著平安夜通宵專場的播放目錄，顧海停下腳步，朝白洛因說：「要不，咱倆去看電影吧？」

白洛因微微一愣，他已經很久沒有踏進這種地方了，上次來電影院，還是陪著石慧。那部電影的名字他都不記得了，只記得石慧哭得稀里嘩啦的，他光顧著給旁邊那位遞紙巾，連電影演的是什麼都不知道。

猶豫了一下，還是跟著顧海進了電影院。

平安夜通宵包場的電影很多，分門別類地在各個號廳播放。有的專門是愛情電影，有的是新上映不久的電影。顧海和白洛因仔細挑選了一下，覺得八號廳播放的電影最適合他倆，清一色的槍戰片和恐怖暴力片。

進去之後，放眼望去座位都是空的，看客寥寥無幾。

「真消停啊！」

「廢話，誰平安夜來這看恐怖暴力片啊？」

人家要麼手牽手去了情侶廳，要麼肩並肩地走進愛情電影包場，看累了還可以倒在對方的肩頭睡一會兒。哪像他倆啊？沒個累，越看越興奮。到了第三部電影的時候，偌大的八號廳就剩下這二位爺，看激動了可以肆無忌憚地大聲喧譁，看憋屈了可以踹凳子罵娘，看睏了就繞著影廳跑兩圈……

直到最後一部電影的片尾曲響起，兩個人甚有默契地把頭靠向對方的肩膀，結果就是頭抵著頭，眼眶烏黑，眼睛依舊閃著的亮光。

「這三百塊錢花的，真值！」顧海說。

「這是我有生以來看得最過癮的一次電影。」白洛因說。

兩個人沉默了半晌，各自把頭移開，相視一笑，一臉倦態地走出了影院。

13.

中午回家吃了一頓飯，和阿郎親熱了好一陣，然後狂睡了一下午，傍晚又急匆匆地趕了回去，因為李爍和周似虎要來一起過耶誕節。本來說好了要出去吃，結果顧海偏要和人家吹噓自個的廚藝多麼高超，那倆貨一聽就驚了，二話不說直奔家裡。

路上，顧海有點兒發愁，「晚上吃點兒什麼呢？」

「吃火鍋吧，涮羊肉。」

「你想吃了？」

白洛因哼笑一聲，「只有吃這個不會出賣你的廚藝。」

顧海的臉兒頓時有些掛不住，沉著眸子問：「你的意思，我做的飯不好吃了？」

「好吃不好吃，你自己心裡還沒數麼？」

顧海頓時噎住，大手掐住白洛因的脖頸子，怒道：「我煮的雞蛋不好吃？」

「你怎麼不問問你燒的開水好喝不？」

「你丫……」

顧海恨恨地把手從白洛因的脖子上拿下來，黑著臉和白洛因保持一米開外的距離。

喲？還鬧脾氣了？

白洛因輕咳一聲，顧海沒有半點兒反應，表情倍兒嚴肅，唇縫抿成一條繃直的線，眼睛直視著前方，暗黑的眸子深不見底，看不到裡面真切的情緒。

「還真生氣了啊？」白洛因忍不住開口，「小皮臉兒。」

顧海本來就餘怒未消，白洛因又一句「小皮臉兒」，讓他的男兒尊嚴大打折扣。這一次不光保持一米開外的距離了，直接大步朝前走，冷峻的背影在白洛因的視線裡越來越遠。

這人……白洛因無奈了，加緊腳步追了上去。

「行了，你做的飯也沒那麼難吃，還有提升的空間。」

顧海依舊不發一言。

「別沒完沒了的，我給你提出意見，不是想讓你進步麼！」

顧海黑著臉繼續往前走。

白洛因一腳踹在顧海的屁股上。「你是不是找操啊？」

顧海的臉有點兒繃不住了。

白洛因繼續威嚇，「你丫再這麼擰巴，信不信我把你那獨創的鍋肉味的雞巴告訴李爍他們？」

顧海嘴角一扯，猛地將白洛因摟到懷裡，指著他的鼻尖，帶著笑罵道：「小丫挺的[47]，你太壞了。」

果然，對付這種人就得用點兒黃詞兒，不然掀不開他那老厚的臉皮。

兩個人去了超市，買了好幾斤的鮮切羊肉片，又買了火鍋底料蘸料，然後隨意挑了一些青菜，就提著大包小包回了住處。

47：北京方言，丫頭養的連讀。

李爍和周似虎來的時候，鍋裡的水都煮沸了，香味從餐廳偷偷鑽出來，彌漫了所有房間。李爍和周似虎在家都是小少爺，別說做飯了，連廚具都沒摸過，這會兒一進來就聞到香味兒，頓時拍著顧海的肩膀大讚道：「大海，你太棒了，你太能個了，你讓我對你的敬仰又提升了一個層次。」

周似虎也在一旁附和，「是啊，要放在前兩年，誰能想到大海會做飯啊？」

「是是是，太尼瑪意外了，我早上和中午都沒吃飯，就等著這一頓呢！」

「我連攝影機都帶來了。」

看著李爍和周似虎那一臉欽佩和吹捧的表情，白洛因禁不住汗顏了一把，怪不得顧海有底氣在他倆那吹噓，一個個全是沒見過大天兒的。

四個人一邊吃一邊喝，冬天喝啤酒不過癮，李爍特意從家裡帶了兩瓶茅臺，一瓶酒下肚，四個人的臉都是紅撲撲的，話也開始多了起來。

「不會吧！你就是……就是……那個姜……姜什麼來的……她兒子？」李爍猛地拍了一下桌子，火鍋裡的湯都灑了出來。

周似虎也是一副驚駭的表情，「鬧了半天你倆是兄弟啊？」

白洛因沒說話，顧海問他，「要不要再加點佐料？」

「我自己來吧。」

白洛因剛要動手，顧海已經把他的碗拿過去了，放了半勺的佐料進去，加了一些湯，還嘗了嘗鹹淡，最後一點頭。

「成了。」

李爍和周似虎看得眼都直了。

其中一個拍著另一個的肩膀，戲謔道：「這哥哥當得還真像那麼回事兒。」

白洛因聽見這句話，眼皮子抬起來，慢悠悠地朝對面兩人宣告。

「我是他哥。」

「呃……」

李爍和周似虎愣了一陣，突然間哈哈大笑起來。

顧海知道他們笑的是什麼，一雙筷子飛了過去，一根打中一個人的頭，目光冷厲。

「笑什麼笑？」

李爍一副幸災樂禍的表情，「大海啊大海，你丫也有今天！被人壓在頭上了吧？滋味不好受吧？」

「滾一邊去！」顧海踢了李爍一腳。

李爍冷哼一聲，「你也就跟我橫，有本事你罵你哥一句。」

「我罵他怎麼了？」顧海凶著臉。

李爍一副挑釁的眼神，「你罵啊！」

周似虎也在旁邊起鬨，「對啊，你罵啊，有本事你罵啊！」

顧海扭頭看向白洛因，後者吃得有滋有味，一副完全置身事外的表情。其實藉著酒勁兒罵兩句也沒啥，平時開玩笑不是還罵來罵去的麼？可怎麼就開不了這個口呢？瞅他坐得這麼老實，吃得這麼香，模樣這麼乖，哪捨得冒然甩一句髒話過去啊？

只能當一回孫子了！顧海第一次在哥們兒面前低下他那尊貴的頭顱，任由李爍和周似虎的口水圍攻。

周似虎喝得嘴都歪了，拽著白洛因的手說：「我特佩服你，你能把顧海制服了，你不知道他當初說了你多少壞話。」

白洛因也有點兒高了，饒有興致地看著周似虎，「他都說我什麼壞話了？」

顧海犀利的雙目瞪著周似虎，「你敢說一個試試。」

「說。」

白洛因就一個字，乾脆俐落，沒有任何語調起伏。

可周似虎就吃白洛因這一套，拉著白洛因坐到一旁的沙發上，添油加醋地把當初顧海不知情的時候，詆毀汙蔑白洛因的那些老底兒全都翻了出來。白洛因就當個笑話聽，也沒往心裡去，聽著聽著眼睛就睜不開了，然後就什麼都不知道了。

等白洛因再醒來的時候，已經是凌晨三點多了，他是被自己的手機吵醒的。醒了之後才發現自己睡在沙發上，顧海更生猛，直接橫在地毯上睡著了。李爍和周似虎不知道什麼時候走的，餐廳、客廳到處一片狼藉。

手機一直在響，白洛因的頭還是有點兒暈暈的，他扶著牆壁走到臥室，終於找到了一直在叫喚的手機。

陌生號碼……這個時候誰來的電話？

白洛因按了接聽，懶懶地喂了一聲。

對方沒有任何回應，甚至連氣息都聽不到。

「喂？」白洛因擰起眉毛。

「白洛因。」

三個字，每個字都像一塊千斤巨石，砸在了白洛因的心頭。

砸得他瞬間清醒了過來，「石慧？」

手機對面傳來輕微的啜泣聲，但是很快就壓制住了，其後便是長長的一陣沉默。

白洛因的心裡亂糟糟的，「妳怎麼知道我手機號碼的？」

對方似乎沒有聽到白洛因的問話，自顧自地說：「去年的今天，我們兩個人是一起過的，今年只有我一個人了。你知道麼？街上好熱鬧，他們身邊都有人陪著，只有我一個人，只有我一個人走在陌生的街道上想著你。我說得沒錯吧？你沒有想我吧？說不定你身邊早就有人陪了，呵呵……」

白洛因定了定神，淡淡回道：「石慧，妳別這樣，我們已經結束了。」

「我知道，我已經接受這個現實了，只不過今天有點兒特殊，這裡真的太熱鬧了，我有點兒控制不住自己的情緒。我沒想過要和你重新開始，我……我只是想告訴你，我特別想你，真的特別特別想你，我覺得，我在回憶裡面走不出來了。」

白洛因走到陽臺上，靠著冰涼的牆面，強迫自己的心一點點鎮定下來。

「妳越是這樣，妳越是走不出來，妳別再打聽我的消息了。妳試著刪除我的號碼，刪除有關我的一切資訊，刪除我這個人。」

「我刪除不了。」石慧的聲音輕柔哽咽，「你知道麼？我之所以能扛到今天，是因為我一直幻想著，我們總有一天會和好的。」

「沒可能了。」

白洛因的指尖泛著一抹涼意，夜風吹得他的呼吸有些不穩。

四個字之後，白洛因深吸了一口氣，掛斷了電話。

白洛因一個人在陽臺上站了很長時間，直到全身上下都涼透了，心裡的溫度也下降成為正常值，他才拖著疲倦的步子回了客廳。

顧海依舊橫在地上，看樣子睡得很沉。平日裡白洛因有一點小動靜，他都會非常警覺，今天手機鈴聲響了那麼久，白洛因又打了那麼久的電話，他都穩如泰山，可見昨晚確實喝了不少。白洛因靜靜地看著顧海，想著怎麼把他拖回床上，看著看著就有些失神了。

顧海很少這麼安靜，這麼老實，現在的他，就像是一隻沉睡的野豹，薄衫長褲，身體在地毯上愜意地舒展著，結實的手臂和長腿雖然都處於放鬆狀態，卻充滿了剛勁的力量，好像下一秒鐘就會突然躍起，張牙舞爪朝你撲過來。

白洛因覺得，顧海是個多面體，很難摸到他的準脾氣。他冷厲起來的時候，一個眼神就會讓你不寒而慄；溫柔起來的時候，又像是一個隨便可以揉捏的軟柿子；嚴肅起來的時候，從頭到腳就像一桿槍，再煽情的氛圍都能讓他雷打不動；壞起來的時候，骨縫裡都透著一股輕浮，讓你瞬間驟起雞皮疙瘩……

這樣的人，看起來複雜，卻又無比單純。

白洛因也是如此，他是個性情中人，雖然看起來比較穩重，其實心裡飄忽得厲害。他可以在上一秒對顧海鄙視得要死，下一秒就看到了他過人的長處，可能昨天還想抽顧海一個大耳刮子，今天就想對他溫柔呵護。

好比現在，白洛因注視了顧海良久，都沒忍心叫醒他。

最後，白洛因決定，就這麼把顧海抱到臥室。

聽起來好像挺荒唐的，白洛因確實這麼做了，他把顧海攔腰抱起，雖然有點兒沉，但是在他的承受範圍之內。一步一步很慢很穩地往臥室裡面送，到了床邊，輕輕放下，開始給他脫鞋脫衣服。

顧海似乎哼了一聲，白洛因的手頓了頓，朝顧海的臉上看去。眼睛閉著，睫毛很短但是很密，鼻樑很高，讓這張臉變得很立體，唇部的線條很硬朗，暗紅色的，一眼就能看出這是男人的薄唇。

白洛因的手指突然插入顧海濃密的髮梢中，臉驀地垂下，嘴唇封住了顧海的呼吸。

薄唇相貼的那一刻，白洛因都不知道自己為什麼會有這種衝動，他只覺得自己的心很亂。

撬開顧海的牙關，一股濃重的酒氣撲鼻而來，白洛因像是瞬間迷醉了，舌頭闖了進去，粗暴地開始在顧海的口腔裡橫行霸道，甚至連牙齒硌到舌頭都沒有察覺，血腥味刺鼻，津液中夾雜著血絲，順著唇角流下。

顧海醒了，手臂抬起，扼住了白洛因的脖頸。

白洛因並沒有停下自己的動作，即使他和顧海四目相接，也沒有任何羞怯和顧慮。他粗暴地撕開了顧海的薄衫，又去扯拽顧海腰上的皮帶，像是一隻急切的豺狼，沒有任何耐心，褪下褲子的那一瞬間顧海的胯骨被皮帶硌得生疼。

顧海的眼睛裡充斥著烈紅色的火焰，當白洛因的手在他身上製造出一股股電流和刺激的時候，這種暴虐達到了頂點。

他一把將白洛因摔到身下，粗暴地分開他的腿，身下腫脹的野獸衝著狹窄的密口猛地頂撞過去。

白洛因企圖扭過身體，卻被顧海的胸膛壓得動彈不得。

「讓不讓操？」顧海低俗的問話充斥在白洛因的耳邊。

「不讓。」

白洛因的手死死攥拳，臉像是嵌進了床單裡，聲音沉悶痛苦。

顧海又衝撞了一下，這一次比上次還狠，白洛因的身體劇烈抖動了一下。

「為什麼不讓？」

顧海問得霸道，心也在那一刻和白洛因較起勁兒來。因為他感覺到白洛因今天不正常，雖然他被壓得死死的，可心卻在四處亂竄，顧海可以很明顯感受到他的慌張和不安。

手機鈴聲赫然響起，白洛因的身體跟著抖了一下。

「這個時候誰來的電話？」

顧海嘟囔了一句，手伸過去想要拿過手機，卻被白洛因搶了個先，直接關機。

「騷擾電話。」白洛因說。

顧海沒有在意，他將身體下移，速度非常快，快到白洛因還沒有察覺，臀瓣就被某個人的利齒密密地攻擊了。白洛因的腿猛地抬起又被按下去，手臂伸到後面再次被按住，他像一個被五花大綁的螃蟹，完全無法動彈，被迫接受愛的凌辱。

顧海的牙齒在臀瓣四圍啃了一陣，突然開始往內側轉移。

白洛因的身體在瘋狂地較勁，和顧海較勁，也和自己較勁。

顧海的舌頭舔在了白洛因無法啟齒的部位。

他的脖子猛地後仰，下巴硌在床單上，嘶吼了一聲。

「顧海，你混蛋！」

「混蛋？」顧海笑得狂肆，「還有更混蛋的呢。」

「大海……大海……」

白洛因突然叫了起來，聲音裡夾雜著幾分哀求，這是顧海以前從未聽到過的。他的心縱是一塊灼熱的烙鐵，此刻也軟了下來。

顧海抱住了白洛因，胸膛抵著他的後背，下巴抵著他的脖頸。

「因子，你在怕什麼？」

白洛因脫力一般地閉上眼，拚命壓抑著自己急竄的心跳。

顧海的手指又對著那個遍布著神經，褶皺交錯的地方戳刺了上去，不留任何情面的，不考慮任何後果的，繼續追問：「為什麼不讓操？」

白洛因悶悶地說了句，「我怕疼。」

事實上，這個理由，在白洛因的心裡占的比例最小，微乎其微，可是對於顧海卻是奏效最大的。白洛因完全可以說出實情，可他心裡突然沒來由的怕，恐慌感讓他的血都跟著涼了。像是要抓住一根救命稻草，就算窩囊也認了，只要……別衝破他心裡最後的承受底線。

顧海突然笑了，釋然的笑，然後一巴掌拍在了白洛因的臀瓣上。

「原來你小子也有怕的啊？」

白洛因把情緒掩飾得很好，怒目反駁顧海，「要不我操你一個試試？」

顧海故意試探白洛因，「來啊，我沒意見。」

白洛因像是死魚一樣趴在床上，一動不動。

顧海笑了，笑得挺複雜的。

然後他貼在白洛因耳邊，小聲說：「寶貝兒，一會兒可能有點兒難受，你忍忍。」

白洛因身體一僵，他以為顧海要強來，結果顧海只是按住了他的腿，把烙鐵一樣灼熱粗壯的硬物插到了他的腿縫中間。腿根處最敏感脆弱的皮膚遭到了強烈的摩擦，熱度燒灼著白洛因的每一根神經，儘管不是真槍實彈，卻也讓白洛因夠羞辱的了。他幾次想把腿鬆開，卻遭到了顧海的暴虐阻止，只能咬著牙硬忍著。

身後粗重的呼吸聲此起彼伏地傳過來，白洛因慢慢受到了感染，開始用手撫慰自己前面的小東西，後來仍覺得不夠，竟然翻個身把顧海壓在下面，用同樣的方式在他身上攫取快樂。顧海任由他弄，甚至鼓勵刺激他弄，即便他心裡也有點兒抵觸，可讓白洛因在他身上找到任何刺激的方式，他都甘心去嘗試。

夜，終於在兩人的痙攣顫抖中結束了它的喧囂。

其後的幾天一直很平靜，白洛因沒再接到石慧的電話，心裡漸漸踏實了。也許她真是那天觸景生情了，情緒有些失控，才打了這麼個電話。誰在失戀過後沒有一段瘋癲期呢？也許，慢慢的就過去了。

一轉眼到了元旦，白洛因和顧海回到小院過節。

鄒嬸和白漢旗在廚房忙乎著，白洛因在屋子裡鼓搗著自己的東西，顧海則在院子裡逗小孩玩。

鄒嬸的兒子叫孟通天，人小鬼大，剛七歲就滿臉的憂鬱。

「你剛這麼點兒大就發愁，有什麼可愁的啊？」顧海問。

孟通天歎了口氣，小嘴蠕動一陣，一副欲言又止的表情。

顧海壞笑著拉過他的手，問：「有女朋友了麼？」

孟通天苦笑了片刻，「有，還是沒有呢？」

「這個可以有。」

顧海大手掐住孟通天的小細腿，一陣狂樂，這孩子太好玩了。

孟通天絲毫沒被顧海的情緒帶動，還是一臉的茫然，久久之後，幽幽地說了句，「她都快把我折磨死了。」

「誰啊？」

孟通天縮著肩膀，腳丫子在地上畫圈。

「你說誰啊，她啊。」

顧海心領神會，繼續逗他，「她怎麼折磨你了？」

「也沒說行，也沒說不行，這不是存心拿著我麼？」

顧海哈哈大笑，拍著孟通天的頭說：「你真是我的好弟弟，咱倆一塊努力吧！」

正說著，白洛因的手機響了。

白洛因的手機放在書包裡，書包就撇在門口的小板凳上，他在臥室裡聽不見，顧海就直接把他的手機拿過來接。

「喂？」

對方沉默了半晌，開口問：「白洛因呢？」

一個好聽的女聲，標準的普通話發音，字正腔圓，音色柔美。光是聽聲音，就能想像到對方那張漂亮的臉蛋兒。假如這個聲音是來找顧海的，顧海的小心肝兒一定會撲通兩下，但她卻是來找白洛因的，那就另當別論了。

「妳是誰？」顧海問。

對方很客氣，「對不起，我找白洛因，麻煩你把手機給他好麼？」

顧海幽幽地回了句，「妳不說妳是誰，我就不給他。」

對方停頓了兩秒鐘，說：「我是他女朋友。」

顧海冷笑一聲，異常霸氣地朝手機裡面說：「妳是他女朋友，我還是他男朋友呢！」

說完，直接掛了電話。

無聊，幻想狂……顧海起初是這麼想的，可是後來他發覺不對勁了，對方直呼白洛因大名，也就是這個電話沒打錯，確實是打給白洛因的。

這回可得說的說的了。

14.

白洛因正在櫃子裡翻東西，翻著翻著，突然翻到了一塊手表。雖然在櫃子裡面壓了很長時間，表殼依舊光亮如新，底蓋上刻著一個「慧」字。不用說，石慧那裡也有一塊，底蓋上刻的是「因」字。這是一款情侶訂製手表，價格不菲。

顧海就站在白洛因的後面，白洛因都沒有察覺。

突然，手裡的表被人搶走了。

顧海用拇指撫了一下手表的鏡面，笑道：「不錯嘛，還稱這麼一塊名表呢？」

白洛因沒說話，似乎很不願意提起這件事。

顧海又把手表翻了個，瞅見了底蓋的ＬＯＧＯ。

原本溫熱的雙眸，此刻降低了好幾個度。

「怎麼著？我剛一離眼，你丫就偷偷摸摸躲在屋子裡懷念舊人？」顧海用膝蓋頂了白洛因的臀部一下。

白洛因沉著臉搶過那塊表，又丟進了櫃子裡，一副懶得解釋的表情。

顧海依舊不依不饒，「觸景生情了？心緒難平了？又回憶起你那風花雪月的浪漫小日子了？」

白洛因翻起眼皮看著顧海，聲音裡夾雜著幾分負面情緒。

「顧海你有勁麼？我是恰好從櫃子裡翻出來，多看了兩眼而已，你瞧你這不依不饒勁兒的，娘們兒唧唧的。」

「你說誰娘們兒呢？」顧海黑著臉擰過白洛因的下巴，「和你開個玩笑不行啊？咱倆誰當真了？你要是不心虛你幹嘛跟我急？」

白洛因的眸子裡閃動著暗紅色的火焰。

手機又在這個時候響了。

顧海低頭瞅了兩眼，還是剛才那個號碼。

「給你，你女朋友打來的。」

白洛因一聽這話臉色就變了，掩飾都掩飾不住。

「還真是你女朋友啊？」顧海問得輕鬆，心裡一點兒都不輕鬆。

白洛因沒說話，拿著手機走了出去。

顧海一個人在屋子裡拚命咬牙，氣得腦袋都快冒煙了，從白洛因表情發生變化的那一刻起，他就已經猜到打電話的人是誰了。隨即一連串的問題都湧了上來，他們聯繫多久了？我不在他身邊的時候，他有沒有偷偷給她打過電話？他們不是分手了麼？她怎麼還說她是他的女朋友……

人就喜歡幻想，尤其是戀愛中的人，把這種天賦發揮到了極致。白洛因背朝著顧海接電話，顧海看不清他的表情，腦子裡卻已經開始類比他們的對話了。

慧兒，想我了麼？因子，我好想你，剛才有個臭男人說他是你男朋友；甭聽他胡扯，他就是我弟而已；真的麼？因子，其實我還愛著你；噓，小點兒聲，別讓那個混蛋聽到，其實我也愛妳……

草草草草草！顧海用自虐的想法在腦子裡把自己屠殺了千百次。

真實的對話卻是這樣的。

「石慧，別鬧了好麼？該說的話我都和妳說了，我不想再重複一遍了。」

「分手了我們還是朋友啊，難道聊聊天都不可以麼？」

「在我這裡，分手了就是陌生人。」

「白洛因，你心裡若是真的不在乎了，又何必介意和我通個電話呢？」

「我不介意，有人會介意。」

「……白洛因，你什麼意思？」

「我已經有喜歡的人了，就這樣吧。」

白洛因按了關機，剛要回屋，聽到鄒嬸說：「因子，吃飯了，快把大海叫出來。」

顧海那廝還在屋子裡運氣呢。

白洛因敲了敲窗戶，冷冷說了句，「出來吃飯。」

顧海掩飾得很好，一頓飯吃得樂呵呵的，期間還不停地給這個、那個夾菜，和白洛因也是有說有笑的。但是白洛因知道，這小子指不定想什麼呢，弄不好又在整么蛾子48，最好提防著他點兒，免得點燃了這顆定時炸彈。

下午，顧海接個電話就走了，白洛因陪著爺爺奶奶，一直到天黑才接到顧海的電話。聽顧海的口氣，也沒什麼不正常，就是催促著白洛因趕緊回去。

白洛因隱隱感覺，顧海不會這麼善罷甘休的。

48：無中生有，無事生非。

打開房門，顧海就在沙發上正襟危坐。

瞧這架勢，是要開審了？

白洛因走了過去。

「打開看看。」顧海臉色平靜地說。

白洛因愣了一下，這才發現茶几上擺放著一個大盒子。

什麼東西？白洛因滿腹疑惑地打開了。

差點兒被晃瞎了眼！

白金項鍊，黃金手鏈，鑽石戒指，奢華名表……

「你幹嘛？」白洛因瞧傻了。

顧海揚揚下巴，「送你的。」

「送我？」

白洛因又看了一眼，裡面所有的對象都是配對的，也就是統統都是兩個。

顧海從沙發上起身，坐到白洛因身邊。

「來，我幫你戴上。」

白洛因猛地攔住顧海。

「你腦抽了吧？我一個大老爺們兒，戴這麼多首飾幹什麼？」

顧海挺認真地說：「不光你戴，我也戴。」

「你一個下午沒露面，就去買這些東西了？」

「還有呢。」說著又從旁邊拉過來一個大箱子，從裡面開始往外拿：繡了兩個人名字的護腕、加了LOGO的皮帶、印著人臉的書包、寫著彼此尺寸的內褲……一直到箱子見了底，顧海把箱子倒過來，還聽見清脆的兩個響兒，白洛因拿起來一看，是寫著彼此座右銘的指甲刀……

白洛因瞬間石化了。

沒有顧海買不到的，只有白洛因想不到的，但凡能穿戴在身上，拿在手裡的，這裡統統都有兩套。

「你哪來這麼多錢啊？」白洛因急赤白臉地追問。

顧海雙手插兜，嘴角叼菸，一副滿不在乎的表情。

「我哥臨走前，給我留了二十萬。」

「你不是說要拿那錢當生活費麼？」

顧海斜坐在沙發扶手上，淡淡回道：「還剩了點兒，沒都花。」

「還剩多少？」

白洛因回頭看看那個首飾盒，心裡覺得情況不容樂觀。

顧海掏了掏口袋，總共不到二百塊錢，全都塞到了白洛因手裡。

白洛因恨得牙癢癢，雖說不是他的錢，可他架不住心疼啊！

「顧海，為了兩塊手表，你至於麼？你就算不浪費這個錢，我和她也不可能了。」

顧海靜靜地聽著，眼神突然在這一瞬間發生了逆轉，他大跨步走到白洛因的身邊，盯著白洛因的眼睛問：「你說的是真的？」

「我騙你幹什麼？」

顧海狠狠搖了白洛因的肩膀一下，「你怎麼不早說？」

白洛因怒道：「你也沒讓我解釋啊！」

顧海扯了扯嘴角，拍著白洛因的肩膀說：「你過來。」

白洛因有種不祥的預感。

兩個人一起上了電梯，電梯在地下一層停住了，顧海拿出鑰匙，打開了自家車庫的大門。

一模一樣的兩輛汽車擺在白洛因的面前，一新一舊，舊的那輛是顧海平時開的，新的那輛不用說也知道怎麼來的，旁邊還有兩輛嶄新的山地自行車作陪襯。

白洛因臉都綠了。

顧海輕咳了一聲，「腦子一熱，就買了。」

白洛因竄到顧海的身上，對其腦袋一陣狂捶，捶到最後，自己先沒勁兒了，頹然地問了句：「錢哪來的？」

「我把我媽留給我的存摺動了。」

白洛因都想哭了，他又問：「你別告訴我，你還買了一套房子？」

顧海語氣有些勉強，「你也知道，現在房價這麼高，存摺裡就這麼點兒錢，等我以後……」

「啊啊啊——」

白洛因狂吼幾聲，猛地掐住顧海的脖子，咬牙切齒地看著他，想罵罵不出口，想說什麼都堵在嘴邊，最後一氣之下放開他，自己蹲到牆角，不說話了。

他覺得，他對不起顧海他親娘。

心裡頭酸酸的。

倒不是因為錢，他知道顧海有錢，只是有種感覺，憋悶在胸口出不來。

「我不後悔！」

良久之後，顧海突然冒出這麼一句，像是宣誓一樣，聽得白洛因臉都綠了。

「你不後悔我後悔！」

早知道就把手機放在身上了，誰想她突然就來了這麼一個電話，還恰恰讓顧海給接到了。

顧海走到白洛因身邊，蹲下來摸摸他的頭，安慰道：「這有什麼啊？給你買東西，買到傾家蕩產我都樂意。何況咱也沒到那個份上啊！前兩天我看了一條新聞，一個男的為了給女朋友買項鍊，把腎都挖出來賣了，和他比我還算明智的呢，這起碼在我的承受範圍之內。」

「你和他比幹什麼啊？」白洛因氣結，「他那是神經病。」

「誰沒有年少輕狂的時候啊！誰沒有為了愛情甘願做傻B的階段啊！你就沒愛到我這個份上，你丫心裡指不定還裝著誰呢。」

「你又來了是吧？」白洛因推了顧海一把。

顧海身子一歪，差點兒坐到地上，他稍稍挪了挪位置，和白洛因並排蹲著。兩個人誰也沒說話，就那麼乾蹲著，寒冬臘月的，在這沒有任何溫度的車庫裡，抽著兩個人心照不宣的瘋。

久久之後，顧海點了一根菸，遞給白洛因，白洛因沒接。

「其實吧，我買的東西都是保值的，你看，黃金、鑽石……都可以拿來投資啊！哪天咱們沒錢花了，還可以賣了。」

白洛因快被顧海氣得內出血了。

顧海扭頭看了白洛因一眼，手伸過去擰了他的臉蛋兒一下，白洛因一躲，他又伸胳膊把白洛因摟了過來，手在他的下巴上摩挲著。

「該刮鬍子了。」顧海說，「回去我給你刮鬍子。」

白洛因沒說行也沒說不行。

「得了，別想了。」顧海軟語哄道，「買都買了，你就不能高興一下？」

白洛因依舊沉悶著臉。

顧海湊上去親了親白洛因的耳朵，軟膩的聲音喚著，「寶貝兒，寶貝兒，好寶貝兒……」

這要是放在平時，白洛因早就一個大耳刮子掄過去了，可誰沒有個感情脆弱的時候呢，白洛因氣憤是一方面，心裡面還埋著厚厚的一層愧疚呢。瞧見顧海這副死皮賴臉的磨人樣兒，心裡一恨，直接朝他的喉結上咬了一口。

顧海掐滅了菸頭，拉著白洛因起身。

「這兒蹲著太冷了，走，去車裡坐一會兒。」

顧海把車鑰匙給白洛因，讓他自己打開車門坐了進去。室內燈一開，裡面一切都是嶄新的。男孩哪有不愛車的啊？雖說這一輛車來得有點兒唐突，可白洛因真心滿意，豪華的內部設計，舒適的駕駛環境。手扶著方向盤，心裡隱隱透著幾分激動，恨不得現在就啟動車子，出去狂兜一圈。

「明天你就開著這輛車，拉著我找個溫水游泳館。好長時間沒游泳了，會所裡的游泳館都是涼水，我怕你受不了。」顧海說。

白洛因目露驚色，「我才學了幾天啊？你就讓我開。」

「沒事，試試唄，反正有我陪著你，出車禍也死一塊。」

白洛因猶豫了一下，他還真想試吧試吧。

顧海拍拍白洛因的胳膊，「來，去後面看看。」

「後面有什麼可看的啊？」

白洛因嘴上這麼說，還是跟著顧海下了車，打開後車門鑽了進去。

「挺舒服的。」白洛因坐在上面說。

顧海湊了過去，熱氣都撲到了白洛因的臉上，「真舒服麼？」

車內空間狹小，顧海往這邊一擠，白洛因一點兒活動的餘地都沒了，他隱隱間感覺不太對勁兒，等顧海的魔爪伸過來搶走他手裡的遙控器，把車子強行鎖上的時候，白洛因心裡驚呼一聲，草，上當了！

「顧海，你丫找抽吧？」

「來，抽一個試試，你越抽我我越來勁，來來來，抽啊！」

白洛因頭皮發麻，「這是車庫。」

「車庫怎麼了？車庫也是咱們家的，除了咱倆誰能進來？」

白洛因從後視鏡裡看到了自己那張扭曲的臉，漲紅的，羞憤交加的，想抗拒卻又底氣不足的……一瞬間天旋地轉，眼睛只能看到車頂，還有上方那張淫邪的俊臉。

車身一陣劇烈的晃動，裡面充斥著煽情的喘息聲。

白洛因低吼一聲，身體癱軟在了靠座上。

頭抵著車窗，還在激動的餘韻中沒有緩過勁兒來，眼神迷離地看著車窗外漆黑的牆壁，懶懶的，不想說話也不想動。

顧海把白洛因拉到身邊來，手扼住他的脖頸，強迫他看著自己。

「你是我的。」顧海說。

白洛因嘴唇動了動，沒說話。

「我可以無限制地包容你，讓著你，只要你有要求，我全都滿足你。但是有一點，你記住，我永遠都無法忍受，那就是你心裡放著別人。」

顧海犀利的目光下掩藏的是不安的情愫，是的，他心裡是慌的，他表現出再多的霸道和強勢，他的內心都是不安的。感情投入得越深越多，心裡就越發輸不起，他不能失去白洛因，甚至，想都不敢想。

「你要真做了什麼對不起我的事，我不會手軟的。」

白洛因避開目光。

顧海又把他的目光拽了回來。

「我說的是真的，我顧海要是狠起來，絕對夠你心悸一輩子。」

第二天，白洛因真的開著他的新車上路了。

因為不熟練，車速很慢，導致顧海在一旁調侃他，「你是和外邊那個坐輪椅的飆車呢？」

白洛因無視顧海的嘲諷，繼續保持他的車速，開了將近兩個小時，才到目的地。

溫水游泳館裡的人並不多，兩人換好衣服就下了水，雖然是溫水，可剛下去的時候還是感覺很涼，兩人在偌大的泳池裡面游了很久，身體才漸漸暖和起來。

「不錯嘛，游得挺快。」

顧海用手偷偷在白洛因的腰上掐了一把，白洛因猛地將顧海的腦袋按進了水裡，然後雙腳快速打水，像一條魚一樣輕鬆地溜走了。

顧海上了岸，走到了十米跳臺上，朝白洛因吹了聲口哨。

白洛因目光朝那兒看去，顧海縱身一躍，身體繃成了一條直線，教科書一般的完美姿勢入水，水面上掀起一層漂亮的水花。白洛因的眼睛放著光，太帥了！要知道跳水是個技術活兒，沒有點兒基本功，別說十米跳臺了，就是三米，也很容易拍暈了。

水下的溫度偏低，顧海從水面上鑽出來，游到熱水池裡面暖暖身子。

結果，剛扎了一個猛子49，起來就瞅不見白洛因了。

突然一聲口哨，頓時驚住了顧海。

「你別跳，危險！」

顧海狂吼一聲，可惜已經晚了，白洛因的身體已經垂直入水，姿勢倒是學了八九分，可鑽到水裡之後再也沒出來。

顧海瘋了一樣地朝那邊的泳池游去，游到白洛因的落水點，潛入水中，卻沒發現白洛因的身影。又往前游了游，還是沒發現，氧氣有點兒不足了，顧海迫不得已鑽出水面，大口大口吞嚥著空氣，剛

49：游泳時頭朝下潛入水中。

要再潛入水裡，突然感覺身下一涼。

旁邊激起一溜水花，直奔岸邊而去。

白洛因從水裡鑽出來，拿著顧海的泳褲，一個勁地在上面樂。

「上來吧，快到點兒了。」

顧海兇神惡煞地瞪著白洛因，「給我扔下來。」

「你不是最喜歡耍流氓麼？這次讓你耍個夠。」

白洛因話音剛落，游泳館又走進來幾個美女，說說笑笑地跳下了泳池。顧海低頭瞅了一眼，泳池的水啊，你怎麼就這麼清澈？你這是要治老子於死地麼？正想著，那幾個美女還朝他游過來了，顧海只能赤條條地游到離她們遠一點兒的地方。

結果，白洛因在岸上喊了一句，「誰的泳褲落在這了？」

顧海臉一窘，滿口的白牙都齜出來了。

幾個美女瞧見白洛因手裡提著的泳褲，一個個全都臊紅了臉，眼睛不由自主地四處搜尋，一邊尋一邊罵道：「誰啊這是？臭流氓！」

顧海沒臉見人了，乾脆一猛子扎到底，不出來了。

白洛因笑得腿都軟了。

最終還是把泳褲還給了顧海，結果到了更衣室被顧海狠狠折騰了一番。

15.

又到了緊張的期末備考中，頻繁的模擬測驗，繁多的課下作業，讓學生們個個焦頭爛額的。老師們暗中較勁，撒著歡[50]地延長課堂時間，以前趁著天亮就能趕回家，現在無形中多了一節晚自習，每天都是披星戴月的。

這種高強度學習造成的直接後果，就是白洛因又開始上課睡覺了。

前陣子在顧海同志的細心呵護下，白洛因已經擺脫了這個惡習，結果現在顧海都無能為力了，作業那麼多，總不能不讓他寫吧？寫完了作業，總不能不睡覺吧？睡覺之前，總不能不熱乎一下吧？

自習課上，白洛因寫著寫著就睡著了。

顧海抬頭瞅了他一眼，心裡攥拳，今天晚上啥都不幹，就睡覺！

然後從抽屜裡拽出一件羽絨服，起身給白洛因披上了。

本來挺安靜的教室，突然間聒噪起來，很多同學都伸著脖子往後看，更確切地說是往後門看。這麼枯燥的自習課，稍微來一點兒刺激都能讓學生們心潮澎湃，更何況這個刺激一點兒都不小，後門口站著一位大美女。

50：盡情的。

顧海憑藉著地理優勢，一側頭便看到了該女子的芳容。

連顧海這種專門喜歡猛女的人，此刻都不得不承認，這個女孩真漂亮，漂亮得和這裡的環境都有點兒格格不入。皮膚白得通透，眼部曲線偏歐化，眼睛很大，眼窩略深，裡面凝聚著靈氣，好像會說話一樣。身材更是沒挑兒，細腰大胸長腿，被一身的世界名牌包裹得玲瓏有致，風姿綽約。

用現在的話來說，就是白富美。

於是教室裡一群窮矮矬全都坐不住了，如果眼神可以帶鉤子的話，他們早把這美女身上的衣服全都鉤下來了。幹嘛呢這是？打扮這麼漂亮，還站在我們班後門口，存心挑戰我們的忍耐力呢？

這女孩也非一般人，班裡這麼多雙眼睛盯著，她都可以從容淡定地站在後門口。一直這麼站著，目光專注地盯著某個人看。

一直到下課，班裡所有人都沒動，她先走進去了。

顧海眼看著她走到了白洛因的課桌前，蹲下身，托著下巴往上看，一邊看一邊笑，笑得這叫一個甜啊！甜得他身上都起了毛刺兒，幹嘛呢這是？當著我的面勾引我媳婦兒？膽兒夠肥的，敢在太歲頭上動土，活膩味了吧！

「你有事麼？」顧海冷冷地問了句。

女孩把眼神轉到了顧海的臉上，又是動人一笑，笑得外面的桃花都提前盛開了。

「沒事。」然後，繼續用深情迷離的眼神看著前面睡覺的這位。

顧海暗自咬牙，我幹嘛要是個男的？

教室裡的氣氛異常活躍，無數雄性目光都在往這裡掃，一副嫉妒外加看熱鬧的表情。這麼一個水靈靈的大美女，咋就不是來找我的呢？這麼好的事怎麼偏偏又讓白洛因給趕上了？

白洛因依舊忘我地睡著，女孩也不嫌煩，隨便拽過一張空凳子，坐在上面，手托著下巴，靜靜地瞅著白洛因，也不開口說話，耐心十足地等著他自己睡醒。顧海敢打賭，若是這節課間白洛因不醒，這個美女肯定會繼續等一節課，下節課間繼續來這候著。

來者不善。

最後還是尤其先坐不住了，他和白洛因挨著，這位美女就坐在他旁邊，滿身的香氣熏得他鼻炎都犯了。於是轉過身，敲了敲白洛因的課桌，「醒醒，有人找你。」

白洛因不耐煩地直起身，眼睛還沒睜開，就聽到一群起鬨聲。

「醒啦？」

白洛因以為自己在作夢，表情在瞬間凍結，愣了半天都沒說出話來。

美女用手在白洛因眼前晃了晃，「怎麼，這麼快就不認識啦？」

白洛因勉強找回了幾分神智，問：「妳怎麼回國了？」

一聽「回國」這兩個字，顧海全身上下的血液都凝固了，心肝肚肺、五臟六腑全都停止了運行一樣。石慧……從白洛因第一次醉酒喊出她的名字，到面色緊張地拿起手機去接她的電話，顧海都對這個女孩充滿了好奇。他一直以為，這個女孩不過是他心中的假想敵，沒想到她竟然活生生地出現在了自己的面前。

而且還以這樣一種強大的姿態。

漂亮，騷氣……符合白洛因喜歡的所有標準。

他甚至都能想像到，兩個人一起滾床單的時候，白洛因那副欲仙欲死的表情。他一定不會拒絕吧？不會罵爹罵娘罵滾蛋吧？他肯定如同豺狼餓虎一般地撲上去，連皮帶肉地吃乾抹淨，一次不夠再來第二次，事後還得寶貝兒寶貝兒地喊著，甜言蜜語地哄著，為下一次戰鬥做好充分的準備……

顧海快把自己的心尖掐出血來了。

上課鈴響了，石慧小聲和白洛因說：「我出去等你。」然後，邁著醉人的步子出了教室，繼續站在後門口。

整整一節課，顧海什麼都沒幹，光顧著在腦子裡進行軍事演習了。他拿著圖紙，大筆在上面揮舞著，描畫著戰略布局，旁邊站著的是他的部下，還有千千萬萬的軍隊官兵。他們眾志成城，同仇敵愾，為了保衛腳下的土地，他們甘願拋頭顱、灑熱血，獻出自己寶貴的生命……

白洛因心裡也很亂，教室外面站著的不是個善茬[51]兒，後面坐著的更不是善茬兒，他感覺鋒芒在背，忍不住回頭看了一眼，一下觸到兩個目光。

一個是笑著的，真笑，另一個也是笑著的，冷笑。

趕緊把頭轉了回去。

放學之後，白洛因收拾好東西，在顧海的目光灼視下走了出去。

石慧還在外面站著，樓道雖然有暖氣，可窗戶畢竟透風，在這站一節課也不是件容易事兒。白洛因出來的時候，石慧正在朝手裡哈著氣，面頰微微泛紅，嘴裡仍舊含著笑，沒有半點兒抱怨和不耐煩。

「妳……」白洛因一時半會兒不知道該說些什麼。

石慧先開口了，「一起吃頓晚飯吧。」

白洛因沉默了半晌，淡淡回道：「改天吧，妳坐了那麼久的飛機，趕緊回去休息吧。」

「我不累。」石慧柔聲回道，「我已經在家休息一天了。」

顧海倚靠在後門口，不冷不熱地甩了一句。

「去吧，人家大老遠來看你，又等了你一節課，你好意思拒絕麼？」

白洛因用帶刺兒的目光瞥了顧海一眼，也不知道是故意的，還是本來就有這個念頭，居然真點了點頭。

顧海眸色驟黑，給你個魚餌你就叼，給你個臺階你就下，你丫是要氣死我麼？

石慧露出開心明朗的笑容，拽著白洛因的胳膊就要走。

顧海擋住了他們的去路。

「你就請她一個，不合適吧？」

石慧笑容淡了淡，看了看白洛因，又看了看顧海，沒說話。

顧海笑裡藏刀地看著石慧，「把我也捎上吧，我也喜歡美女。」

石慧愣了一下，笑得挺大方。

「好啊，那咱們一塊去吧。」

路上，三個人乘坐一輛車，石慧在前面，白洛因和顧海坐在後面。三個人起初都很沉默，石慧透

51：指「好對付、好應付」的人。

過車窗朝外望，顧海和白洛因則用眼神暗殺對方。

「白洛因，你快看，那個亮著燈的小路，還記得麼？那是一個葡萄園，那會兒你背著我摘葡萄，從這一頭走到那一頭，我們摘了滿滿一大筐呢。」

白洛因記不記得沒人知道，反正顧海是記住了。

三個人坐在一個浪漫溫馨的包廂裡，氣氛很詭異。

石慧從包裡拿出一個包裝精美的禮盒，遞給白洛因，「這是我給你帶回來的禮物。」

「謝謝。」

白洛因接過來的瞬間，感覺有一雙眼睛把自己的胳膊給截肢了。

石慧又從包裡拿出一個盒子，遞給顧海，「喏，這是給你的。」

「我就算了吧。」顧海冷言冷語。

石慧依舊熱情，「怎麼可以算了呢？既然都來了，就別客氣了。」說罷把盒子往顧海手裡一塞，笑得坦誠真摯。

她越是這麼熱情可愛，善解人意，顧海越是不待見她。

石慧彷彿沒看出顧海對她的敵意，還在主動和他搭話。

「你是顧海吧？」

顧海微斂雙目。

石慧繼續笑道，「看來我真的猜對了，原來你就是顧少將的兒子，白洛因的弟弟啊。真沒想到，你們倆竟然能相處得這麼好。能讓白洛因接受這層關係，顧海，你很厲害哦。」

顧海的眼神朝白洛因殺了過去，裡面滿是質問。

「你不是說你倆沒通過電話麼？怎麼她全都知道？」

白洛因也用眼神回擊，「我哪知道啊？我明明沒和她說過。」

兩個人各自移開目光。

白洛因暗自皺眉，姥姥的，出內賊了。

回去之後，白洛因去浴室洗澡，顧海則坐在沙發上，不動聲色地盯著果盤上擺放的那一串葡萄。等白洛因洗完澡出來，發現顧海還保持著自己進浴室之前的姿勢，只不過手裡多了一個果盤，果盤裡的葡萄珠被他一個個地捏扁，紫紅色的汁液流得滿地都是。

白洛因是何等聰明的一個人，一下就看出顧海的心思了，暗罵了句抽瘋，推開臥室的門要往裡走。

「回來！」顧海猛地一拍桌子，滿目威嚴。

白洛因的腳步停在門口，掃了顧海一眼，冷冷地問了句，「幹什麼？」

「給我解釋一下。」

顧海指的是白洛因背著石慧摘葡萄的事兒。

「有什麼好解釋的？我們那會兒在談戀愛，做這種事也正常啊！你有什麼資格說我啊？你和金璐璐還上過床呢！照你這麼說，我是不是得把你那玩意兒給剪了啊？」

這下顧海沒詞兒了。

鑽進被窩已經晚上十一點多了，白洛因閉上眼睛，滿心疲憊，不想一雙騷擾的腳又伸了過來，在他的腿上不停地蹭啊蹭啊，蹭得他頭皮發麻，終究忍不住，怒斥一聲：「你給我好好睡覺！」

顧海一把扭過白洛因的頭，漆黑的眸子在黑夜裡閃著懾人的光芒。

「你就不能好好跟我說話？」

白洛因用力攥住顧海的手腕，怒道：「我不是一直這麼和你說話麼？」

「對，你就一直對我這副態度。」

顧海差點兒把白洛因的下巴給捏碎了。

「我對誰不是這副態度啊？」白洛因擰著眉毛。

「你對她就不是這副態度！」

白洛因早就知道顧海回來得抽，雖然做好了心理準備，可還是被顧海氣得夠嗆。

「你看見我對她什麼態度了？她在外面站一節課，我出去陪她了？吃飯的時候，我給她夾菜了？還是說她上車的時候，我拉著她不讓走了？」

顧海盯著白洛因的眸子，一字一頓地說：「如果我不在那，你一定會這麼做。」

白洛因惱了，一拳掃在顧海的胸口。

「滾蛋！」

「你讓我滾？」顧海的胳膊肘狠狠硌著白洛因的小腹。

白洛因用腳踢踹著顧海的小腿肚兒，吼道：「就是讓你滾！我不想和你這麼不講理的人一塊睡覺。」

顧海一把揪住白洛因的脖領子提了起來，質問道：「你不想和我睡覺，想和她睡是吧？你想操她是不是？你他媽是不是想操她？」

白洛因渾身上下的血液都在倒流，所有的耐心都耗盡，一拳掃在顧海的門面上。這一下力道很重，顧海感覺自己的鼻子和心一樣酸，我就說了她一句，你至於下這麼狠的手麼？我顧海被誰打過？我這輩子挨的所有的拳頭都是你白洛因一個人的。

顧海這種畸形的想法造成的直接後果就是兩個人扭打起來了，薅頭髮揮拳頭連環踹，從床頭撕扯到床尾，從床上扭打到床下，到了地上之後繼續打。

兩個人都沒捨得真打，相比之下還是白洛因下手重了一點兒，原因就是顧海這張嘴太損了，如果他什麼都不說，或許白洛因打幾下就停了。可他偏偏一個勁地刺激白洛因，最後白洛因惱羞成怒，一腳踢在了顧海的褲襠上。

這一腳算是把顧海徹底踹寒心了，雙目充血地站起身，扭頭便往門口走。

白洛因心裡一緊，迅速站起來，一把拽住顧海。

「鬆開。」顧海冷冷的。

白洛因迎難而上，一把薅住顧海的脖領子，玩了命地把他往床上拖。到了床上之後，整個人壓在他的身上，雙手死死箍住顧海的肩膀，呼哧亂喘地看著他，額頭上不停地滴答著汗珠，全都滴到了顧海裸露的胸膛上。

兩個人四目交錯，逼視著對方，誰都沒有開口。

長久的一段沉默之後，白洛因突然脫力一般地俯下身，整個人趴在顧海的身上。頭枕在顧海的肩窩處，頭髮散散地搭在顧海的耳側，臉頰上的汗水全都蹭到了顧海的左胸口上。

心跳誇張地衝刺著耳膜。

「顧海，在你心裡，我白洛因就是這麼一個賤骨頭的人麼？」

顧海僵硬的身體終於在那一刻鬆垮了幾分，其實在白洛因抱上來的時候，他的心已經軟成一灘泥了。這會兒聽到白洛因略帶委屈的質問，剛才那點兒脾氣早就不知道飛到哪去了，大手撫上白洛因的頭髮，揉了揉，淡淡回道：「不是。」

「那你還較什麼勁？」

顧海實話實說，「不知道。」

「那你給我點兒信任成麼？」白洛因問。

顧海沒回答，頭一低封住了白洛因的薄唇，唇齒廝磨間他感覺到了白洛因的誠意。其實他無條件地相信白洛因，相信他的人品，相信他的作為，相信自己的眼光不至於那麼低劣。可為什麼還要折騰呢？他也說不清楚，也許就是為了耍渾而耍渾吧！

半個小時之後，兩人就像什麼都沒發生一樣，撿起地上的被子，沒羞沒臊地抱在一起睡覺了。

第二天下了早自習，白洛因就直奔楊猛的班級。

楊猛一出來，目露驚喜之色，上前拍著白洛因的肩膀，調侃道：「難得啊，你今天怎麼想起找我來了？」

白洛因把楊猛拽到一個角落裡，質問道：「你是不是把我的手機號碼告訴石慧了？」

楊猛頓了頓，反問：「你怎麼突然問起這個了？」

白洛因一聽這話就覺得八九不離十了，猛地朝楊猛的腦袋上拍了三下。

「你丫……她回國了！」

「不是吧？」楊猛驚訝萬分，「她……她……她竟然回國了？」

白洛因黑著臉怒斥，「都是你幹的好事。」

「我靠，因子你太牛了，就一通電話你就把她招回來了，本事不小啊！」楊猛樂呵呵地拍著白洛因的肩膀，「說，是不是來這感謝我的？」

「我感謝你姥姥！」白洛因咬牙切齒。

楊猛還是一副嬉皮笑臉的表情，「甭裝了，樂壞了吧？」

白洛因歎了口氣，扭頭要走。

楊猛這才發現白洛因的臉色是真不好，追上去解釋，「其實我也不想告訴她，是她自己一個勁地求我，你也知道，我這人心軟，她那邊哭得稀里嘩啦的，我哪狠得下心啊！」

白洛因長出了一口氣，站住問楊猛，「你都和她說什麼了？」

「沒說啥啊，她問我你最近的情況，我就如實說了。對了，我特別提了一下你的新身分，顧少將的乾兒子，嘿嘿……」

白洛因的臉都綠了，旁邊的叛徒還在不怕死地慫恿，「因子，其實你倆完全可以和好了，既然她都能為了你回國，你稍稍意思一下，肯定能把她留下。你當初和她分手，不就是因為距離遠麼？現在她回來了，距離都沒了，你還不把握住機會啊？」

「我和她分手不是因為距離，是因為本來就不合適。」

「有什麼不合適的？」楊猛眨巴著眼睛，「因為家境不同？現在也沒什麼不同了啊！她爸是當官的，你乾爹比他爸官兒還大呢！」

白洛因伸出一隻手，「行了，別說了。」抬腳便走。

回到班裡，手機在書包裡不停地震動，拿出來看到一條簡訊，石慧發來的。

「明天下午有空麼？出來聊聊吧，我過幾天就要回去了。」

白洛因想都沒想，直接拋給了後面那位。

「你給我回吧。」

顧海一看這條簡訊心就涼了，你小子太陰了，存心把難題拋給我了。我這要是不答應，是我不信任你，我要是答應了，不是存心和我自個過不去麼！

「回了麼？」白洛因問。

顧海猶豫了一下，問：「你想去麼？」

白洛因很誠實地告訴他，「我想去。」

顧海笑得臉都僵了，「那你就去吧，別辜負了人家的一番好意。」

白洛因淡淡一笑，「那你就回吧。」

顧海從沒覺得，往手機上打一個「好」字是如此艱難的一件事，這種心情，就和送兒子上戰場是一樣的，他能不能回來是一方面，最主要的是自己有沒有命等他回來。

點了發送之後，顧海把手機遞給了白洛因。然後，從牙縫裡擠出一句話。

「我無條件地相信你。」

白洛因揚起一個唇角，「謝謝。」

16.

週六下午，咖啡廳。

石慧化了一點淡妝，本來就漂亮的一張臉更顯得靚麗了。

「這段時間過得怎麼樣？」白洛因先開口。

石慧用勺子慢悠悠地攪動著杯子裡的咖啡，大眼睛不時地朝白洛因閃動著。

「你猜。」

「看妳的氣色，似乎挺不錯的。」

石慧笑得無奈，「在你面前，我敢擺出一副苦相麼？我稍微動一點兒感情，你這邊立刻就掛電話，我都怕了，真的。」

白洛因沉默。

「請問二位先生要點兒什麼？」

「我看看啊……要兩杯果汁吧。」

「請問什麼口味的呢？」

「你自己瞧著辦吧！」

旁邊的桌位上來了兩位部隊士兵，因為嗓門過大，禁不住引起白洛因側目。這兩個士兵也在東張西望，正好對上白洛因的目光，然後若無其事地轉過頭，繼續大聲聊天。

整個咖啡廳這麼大的空間，這兩個士兵偏偏擠到了這裡。

「怎麼了？」石慧問。

白洛因搖搖頭，「沒什麼。」

兩個士兵腦袋湊到一塊竊竊私語，「還別說，咱顧少將的兒子眼光就是好，你瞧這妞兒多正啊！」

「嘿嘿……是啊，這小子倒楣了。」

石慧沉默了半晌，目光在白洛因的臉上定格，痴痴地看了很久。

「白洛因，你變化挺大的。」

白洛因挺詫異的，「有麼？我自己沒感覺到。」

石慧微微一笑，露出兩個淺淺的酒窩兒。

「你變帥了。」

白洛因扯了扯嘴角，還沒回話，旁邊那兩個士兵又叫喚起來了。

「我要的是鮮榨，你怎麼給我上調味兒果汁啊？」

「先生，你明明說隨便的。」

「嘿，還和我強嘴？好像我一個當兵的存心欺負你一個服務生似的！去，把你們老闆叫來！」

「不好意思，先生，老闆不在，我現在就去給您換一杯。」

話題又被打斷，石慧挺無奈的，白洛因說：「要不我們換個座位吧？」

石慧笑著點頭，小聲朝白洛因說：「其實我也這麼想的。」

兩個人剛挪了沒一會兒，那兩個士兵又吵起來了，好像其中一個把果汁弄灑了，迫不得已又換了張桌子，直奔白洛因和石慧而來。

白洛因就是再笨，也知道這兩人啥目的了。

「要不，你坐到我這邊來吧，我們兩個坐得近一些，就不怕吵了。」石慧小心翼翼地朝白洛因問，好像很擔心他會拒絕。

白洛因瞅了那兩個士兵一眼，坐到了和石慧同一側的位置。

熟悉的氣息撲鼻而來，石慧看著白洛因那雙手，鼻子突然酸酸的，這雙手不知道拉著她走了多少條街，給她擦了多少次眼淚，如此熟悉又如此陌生。

「白洛因，如果不是看到牆上的日期顯示幕，我差點兒以為，我們沒有分手，我也沒有出國，我們就是來這裡約會的。」

白洛因眸子裡的堅定驟然波動了一下。

「白洛因，你知道我為什麼回國麼？」

白洛因硬著頭皮回了句，「因為我。」

「更確切地說，是因為你的一句話。」

白洛因的目光朝向石慧，如此近的距離，他幾乎可以看到石慧眸子裡的水波，好像下一秒鐘就會凝聚成一個水滴，順著漂亮的臉頰流下來。

「你說你已經有了喜歡的人，我不甘心，也不相信，我就想當面問問你，那個人是誰？假如你能給我一個確切的答案，我出了這家咖啡廳就去訂機票。」

白洛因動了動嘴唇，沒有說，不知道是內心猶豫，還是說不出口。

「我就知道你是騙我的。」石慧的眼淚終於掉了下來，她用柔軟的手指攥住白洛因的胳膊，聲音有些不穩，「白洛因，我不走了。」

白洛因猛然間清醒，他扭頭看向石慧，語氣又變得有些生硬。

「妳沒必要在我身上犯傻了，就算妳留在這，我們也不可能了。」

「為什麼？」

石慧終究控制不住自己的情緒，抱著白洛因的胳膊嗚嗚哭了起來，一邊哭一邊問：「你不喜歡我了麼？」

白洛因終究沒忍心把石慧推開。

旁邊的兩個士兵都看不下去了，其中一個小聲嘟囔：「他不喜歡妳，哥喜歡妳，妳到哥這裡來吧，哥一定好好疼妳。」

「這小子可夠狠心的啊！」

「哼……一會兒有他好果子吃。」

顧海站在部隊大型訓練場上，定定地瞧著不遠處的士兵艱苦地訓練。

一個年輕的軍官走了過來，立正站直，朝顧海敬了個禮。

顧海用眼神回了禮。

軍官全身放鬆，笑著朝顧海問：「最近去哪了？好久沒看見你了。」

「瞎忙。」

軍官又笑了笑，「顧少將剛出去沒多久。」

顧海沒理這茬，直接問：「有槍麼？」

軍官立刻朝營部大喊一聲，「配把好槍出來！」

顧海端著槍，去了不遠處的靶場，有兩個狙擊手正在那練習，前方百米內有十幾個流動靶位，顧海默不作聲地將子彈裝進彈殼裡，找好位置之後，跟住前方一個狙擊手的腳步快速移動。前面一槍他一槍，前面中靶之後，他在朝同一個靶位射擊，有六發子彈打在了幾乎相同的位置上，剩下的皆沒打中。

顧海皺了皺眉，儼然對這個結果不太滿意，好長時間沒摸槍了，水準下降了很多。

狙擊手放下槍，看到身後站著一個便衣青年，忍不住拍著顧海的肩膀誇讚道：「小夥子，槍法不錯啊，以前練過吧？」

顧海淡淡一笑，沒說什麼。

「你們兩個幹什麼來的？找了你們一下午！你們這是嚴重違紀行為……」

不遠處傳來一位軍官的訓斥聲，顧海側過頭，看到兩個熟悉的士兵，便朝那位軍官走了過去。

「是我讓他們出去的，有點事找他們幫忙。」

軍官剛才還嚴肅的一張臉，一瞬間恢復了平和。

「原來是這樣，那就算了，哈哈哈……」

軍官走後，兩個士兵偷瞄了顧海一眼，表情有些緊張。其實顧海的心情比他們還緊張，如果他能在家裡坐住，就不會跑到這來了。只不過在兩個軍人面前，他不好表露罷了。

「怎麼樣？」

兩個士兵相互看了一看，你推我，我推你，全都開不了這個口。

他們越是這樣，顧海的心情越是急躁。

「你先說！」顧海指著左邊那位。

士兵擦了擦額頭的汗，小心翼翼地說：「其實他們就是敘敘舊，也沒聊什麼出格的。」

右邊那位比較實誠，一聽隊友說這話，立刻反駁。

「怎麼沒說出格的？你忘了，那個女的是因為什麼回國的？」

顧海立刻上前一步，狠戾的眼神死死盯著右邊那個士兵。

「為什麼回國？」

左邊的士兵拽了右邊士兵的袖子一下，用眼神頻頻警告，你可千萬別說實話，你要真說是那個女的主動回來的，顧大少肯定得氣死了，以後咱倆還混不混了？

右邊的士兵頓時反應過來，勉強從嘴邊擠出一個笑容。

「是那男的一通電話把那女的叫回來的。」

「對對對。」左邊的士兵連聲附和，「那女的本來沒想回來，那男的死乞白賴讓她回來。」

顧海的腦袋嗡的一聲，臉色瞬間變得鐵青。

左邊的士兵捅了捅右邊的士兵，示意他勸勸顧海。

「那個，顧……顧大少，其實吧，那女的本來沒有那個意思，那男的死皮賴臉要黏著人家，還非要讓那女的留下。」

「對，那男的可不要臉了，他剛坐下就誇那女的漂亮，一個勁地盯著人家看。」

「他還強行摟著女的不撒手。」

「行了。」顧海突然打斷，面色晦暗，「別說了，我心裡有數了，你們走吧。」
右邊的士兵僵持了一陣，小心說道：「顧少，你也別太往心裡去，我們已經幫你出氣了！」
「是啊，我們幫你狠狠揍了那小子一頓，他丫三天甭想下床。」
「三天？我看他半個月都甭想坐起來！」
顧海：「……」

顧海匆匆忙忙趕到家裡的時候，白洛因正在收拾東西。
看到白洛因毫髮無損地站在那裡，行動也沒受到阻礙，顧海暫時鬆了口氣。可見到白洛因拿著衣服和洗漱用品往行李箱裡面塞，顧海不淡定了。
「你要幹什麼？」
白洛因沒回話也沒轉過身，依舊做著自己的事情，背影看起來有些僵硬。
顧海大步走過去，拽住白洛因的胳膊，硬是把他轉了過來。
然後，顧海愣住了。
烏青的眼角，因為腫脹的緣故，兩個眼睛顯得極不對稱；整個鼻樑都腫了，鼻翼上布滿了青紫色的斑點；脖子上有幾道血痕，一直蜿蜒向下，最後被領子截斷，看不清裡面的情況……
那兩個士兵的確下了狠手，好在白洛因不是孬種，雖然被打了，可還不至於到兩個士兵所說的那個地步。
「因子……」顧海的聲音裡掩飾不住的心疼。

他想用手解開白洛因夾克衫上的釦子，卻被白洛因強行按住了，眼神陌生而固執。

「別擺出一副假惺惺的面孔，我噁心。」

這句話如同一把尖刀捅進了顧海的心窩，以至於他的手指都跟著目光在顫動，白洛因很輕鬆地將他的手打掉，然後就再也沒抬起來。

顧海僵硬地看著白洛因從這屋走到那屋，從這頭走到那頭，然後拉上行李箱的拉鍊，去門口換鞋。

內心極度複雜，顧海大步跨到門口，盯著白洛因問道：「你要去哪？」

「我去哪和你沒關係。」

「你要回家麼？」顧海繼續追問。

白洛因很明確地告訴他，「我不會回家，我丟不起那個人。」

「那你要去哪？」

白洛因冷硬的目光直抵顧海的眸子深處，「我再說一遍，我去哪，和你沒有任何關係。」

顧海攔在了門口，心突然一寒。

「你要去她那是吧？」

白洛因真想給顧海兩個大耳刮子，好好讓這個虛偽、狠戾、蠻不講理的男人清醒清醒，可惜他抬不起那個手來，他覺得沒必要，真的沒必要和他耗下去。

「是，我就是去她那。」

顧海心裡受到重創，悲憤、傷心、不甘、心疼……所有的情緒統統湧上胸口。

「是你讓她回國的？」

白洛因幾乎把行李箱拉桿攥碎，咬著牙說了聲「是」。

「現在，又是你要強行把她留下？」

「是，你別問了，我統統都承認。我住在這的每一天都給她打電話，我心裡一直惦記著她，你找兩個士兵監督著我倆，我心裡不知道多高興，你知道我多想找個把柄和你翻臉麼？你丫對我真好，我心裡想什麼你都知道，你找兩個士兵來打我，打得我心裡真爽，我終於可以鄭重其事地和你說，顧海，你夠了！」

顧海立在門口，整張臉看不到一絲表情，眸子裡看不到任何情緒。

「現在可以讓開了吧？」白洛因問。

顧海僵硬的目光緩緩地轉移到白洛因的臉上。

「你說的都是真的？」

白洛因嘴角掛著一抹殘破的笑，「我說的是真是假，你自己還不知道麼？」

顧海閉口不言，眸子裡散發著陰冷的氣息。

「讓開。」

顧海一動未動。

白洛因猛地推開顧海，一腳踹開門，冷冽的背影消失在電梯裡。

外面北風呼嘯，白洛因的身體從裡到外都散發著一股寒氣，心裡很難受，難受得連呼吸都帶著幾分沉重的味道。從沒有對誰有過這種感覺，失望透頂，恨不得一棒子把他打死，都抵消不了心中的怒氣。

為什麼不相信我？為什麼明明親口承諾了，卻還是做不到。

難道是我對你的期望值太高了麼？

難道是你對我太好了，好到我沒有看到你的任何瑕疵，好到我理所當然地相信你說的每一句話。所以當我揭開你內心真正的想法時，會如此的不堪忍受？

其後的三天，白洛因沒有上學，他以在家複習為由，一直窩在旅館裡。第四天和第五天是期末考，白洛因和顧海分在兩個考場，考完試之後，白洛因沒有回班，顧海也沒有回，兩個人從分開之後再也沒有見過彼此，就這麼到了寒假。

白洛因依舊沒有回家，臉上的傷還沒好，他不想回去，再者他想過幾天清靜的日子。

白漢旗每次打電話過來，白洛因都說自己在顧海那兒，過幾天就回家，白漢旗對這兩個兒子很放心，便沒再多問。

最後是石慧先來找顧海。

兩個人見面，石慧問的第一句話就是，「你能告訴我白洛因去了哪麼？」

顧海壓封了七天的心赫然間裂開了一個大口子。

「他沒在妳那？」

石慧無奈地笑笑，「他要是在我那就好了，我已經一個禮拜沒有看到他了。」

顧海恨不得往自己的臉上抽幾個大嘴巴，果然還是誤會他了。

「也許他回家了。」

石慧搖搖頭，「沒有，我去他家裡找過他，他爸說他在你這兒。」

顧海臉色一緊，起身欲走。

石慧卻柔聲說了一句，「沒關係，他不會有事的，他是一個很理智的人。」

「既然他不在我這，我們還有聊下去的必要麼？」

「當然，我找你，並不僅僅是這麼一件事。」石慧笑得一臉真誠。

也許是有關白洛因的一切，顧海都不想輕易錯過，他還是坐了下來。

石慧覺察到了顧海眼睛裡的寒意，這種目光她很少在一個男人臉上看到。即便是一個陌生男人坐在她的對面，看著她的目光都不會這樣冷漠。

「你好像很不喜歡我？」

顧海淡淡回道，「談不上喜歡，也談不上不喜歡，只是沒感覺。」

「我會努力讓你喜歡我的。」石慧笑瞇瞇的。

顧海冷冷回了句，「妳還是說正事吧。」

石慧收回臉上的笑容，充滿靈氣的大眼睛裡很快渲染上一層無奈。

「我想讓你幫我勸勸白洛因，讓他跟我和好吧。」

顧海眼角飄過一抹諷刺，妳來找我，讓我說服白洛因跟妳和好？那妳今天算是徹底栽了。

「不可能。」

石慧眸光一抖，「為什麼？」

「他已經不喜歡妳了。」

這句話，從白洛因身邊的人口中說出來，對於石慧的打擊一點兒都不比親耳聽到白洛因承認要小，白洛因或許會因為某方面考慮而口不對心，但是他的哥們兒，石慧實在無法理解他欺騙自己會有什麼目的。

石慧咬了咬嘴唇，臉色晦暗。

「那……你能告訴我，他現在有喜歡的人麼？」

顧海回答得異常果斷，「有。」

石慧的臉色更難看了，「那你能告訴我她是誰麼？」

「他就坐在妳的面前。」

石慧的眼睛慌張地左右環顧，顧海的手指卻敲了敲桌面。

「別找了，就是我。」

石慧像是遭到雷劈一樣，身形劇震，她用不可置信的目光看著顧海。白洛因？喜歡男人？怎麼可能！雖然這種人在國外見得多了，對於石慧而言根本不算爆炸性新聞，可發生在白洛因的身上，她無論如何都接受不了。

「你……你在逗我玩吧？」

顧海漫不經心地把玩著手裡的打火機，臉上的線條硬朗霸道。

「妳覺得像麼？」

石慧整顆心都涼了，藏在鞋子裡的腳不由自主地發抖，她突然想起很多事。想起自己給白洛因打電話的時候，有個男人說他是白洛因的男朋友，那會她沒有在意，現在突然發覺顧海的聲音好耳熟；還有她第一天來找白洛因時，顧海非要一同前往；她和白洛因在咖啡廳聊天，旁邊那兩個煞風景的士兵……

「妳還有什麼要說的麼？」顧海看著石慧。

石慧原本柔和的目光突然變硬，聲音也帶著一股不服輸的勁頭兒。

「他接受你了麼？」

顧海毫不留情地反擊，「他沒接受我，我能在這和妳說這些話麼？」

「那他為什麼突然不見了？」

「那是我們兩個人的事兒，與妳無關。」

石慧不知道從哪撿回了那麼點兒自信，竟然笑出來了，一絲調皮、一絲冷冽。

「白洛因不喜歡你，他之所以會和你產生那種畸形的感情，是因為我走了，他內心空白，亟需找個人來填補。現在我回來了，他已經不需要你了，你馬上就會發現，其實他心裡面喜歡的人一直都是我。」

「妳的想像力很豐富。」顧海面不改色。

石慧又是一笑，「想像不想像都是這個道理，白洛因是個很理智的人，他有自己的原則。在他的原則裡，玩玩是可以的，但他不會真正接受男人。」

顧海幽幽一笑，「美女，我小看妳的心理素質了。」

石慧拿著包站起身，走到顧海身邊，紅潤柔軟的雙唇微微開啟：「你是爭不過我的。」

和石慧見面之後，顧海給白洛因打了無數個電話，都是無法接通的狀態。心裡一著急，直接跑到了白洛因家裡。

白漢旗剛下班沒一會兒，屁股在板凳上還沒坐熱，看到顧海後又趕緊站了起來，喜氣洋洋地走過去。結果往顧海的身後瞄了好幾眼，都沒看到白洛因的身影。

「因子沒和你一塊回來啊？」

顧海知道，白洛因肯定一直瞞著白漢旗，為了不讓白漢旗擔心，顧海沒打算說實話。

「他讓我回來拿個東西。」

白漢旗眼中的失望稍縱即逝，很快點頭笑笑，「哦，那快去拿吧。」

顧海在屋子裡隨便翻了翻，然後走出去，朝白漢旗說：「叔，能把你手機借我用一下麼？我給因子打個電話，他讓我找的東西我找不到了。」

「這孩子，跟我還說借不借的，就在我屋的床頭櫃上呢，你自己拿去吧。」

顧海拿過白漢旗的手機，又給白洛因打了一個電話。

果然通了。

這小子肯定把我的號碼加入黑名單了。

「爸，什麼事？」

很長時間沒聽見白洛因的聲音，這會兒突然聽到，顧海心裡竟有些不是滋味，一時半會兒連話都說不出來了。

白洛因又喂了一聲，問：「爸，您怎麼了？怎麼不說話？」

「因子。」

那邊久久沒有回應，過了一會兒，響起嘟嘟嘟的忙線聲。

出現這種結果，顧海倒是沒覺得意外，畢竟自己罪孽深重，白洛因那邊給點兒臉色看也是應該的。顧海嘗試著又撥了幾次，起初是無人接聽，後來乾脆關機了。

這會兒天已經黑了，顧海又開車去了警局。

「哎呦，顧大少，今兒怎麼有空上我這坐著來了？」

顧海挺著急，「幫我個忙。」

「你說。」

「我想讓你們幫我找個人，我這裡有一份剛才的手機通訊紀錄，你們幫我查一下這個人的具體位置。」

「哎呦，這個有點兒複雜，得找專門的操作人員，今兒值班的這幾個人都不會啊。」

顧海的臉色有些暗沉。

「要不我給你試試？就是慢一點兒，如果實在查不到，我就讓小姜再跑一趟，反正今晚上肯定幫你把這人找出來。」

顧海點頭，「也只能這樣了。」

白洛因接了電話之後一直心緒難平，他猜測顧海肯定把實情和白漢旗說了，他怕白漢旗著急，想給白漢旗打個電話，卻不想開機。想來想去，白洛因還是覺得明天回家比較好，反正他在旅館也住膩了。至於顧海，臊他吧，就當他不存在好了。

這麼一想，白洛因開始收拾東西。

收拾完東西已經十點半了，白洛因打算洗個澡，然後直接睡覺，明天一早起來就回家。

結果剛把外套脫下就聽到了門鈴響，白洛因身體一僵，下意識地認為外面的人是顧海。這麼快就找到這兒了？不可能吧？

懷著幾分忐忑的心情，白洛因走到了門口，通過貓眼朝外面看了一眼。

石慧的那張臉出現在視線內。

開門的那一剎那，心裡莫名地掠過一絲失落。

石慧進了屋之後，整個人都在發抖，漂亮的臉蛋凍得青紫，兩隻手凍得都無法伸直。漂亮的髮飾已經歪了，頭髮有些蓬亂，眼珠被一層水霧籠罩著，越發顯得可憐兮兮。

「妳……」白洛因一時語塞，「快，快點兒進來。」

石慧跑到暖氣旁去烤手，白洛因趕忙把空調打開，又給石慧倒了一杯熱水。

「暖和一下。」白洛因遞給石慧。

石慧喝了幾口熱水，發抖的雙腿終於恢復了正常。

「妳怎麼找到這的？」

石慧悶悶地說：「我已經找你找了好幾天了，到處打探你的消息，後來我就把附近的網咖、旅館、夜店統統找了一遍，然後找著找著，就找到這來了……我還在想，你是不是為了躲我，才……」

說著說著，石慧就哭了，默不作聲的，眼淚吧嗒吧嗒往下掉。

白洛因看到石慧用自己那凍得通紅的小手委屈地擦眼淚，心裡實在不落忍，就抽了一張紙巾遞過去，柔聲說道：「傻丫頭，別哭了，不是因為妳。」

石慧雙手伸過去摟住了白洛因的腰，頭靠在他的肩膀上嗚嗚哭出聲來，一邊哭一邊說：「如果你真的討厭我，你可以告訴我，我現在就可以走。你別這麼躲著我好麼?你知道我有多擔心你麼?」

感動和愧疚衝撞著白洛因的心，他用手輕輕拍了拍石慧的後背，哄道：「別哭了，真的不怪妳，妳再這麼哭下去，明天妳的眼睛都別想要了。」

石慧慢慢停止了哭泣，眼巴巴地瞅著白洛因，訕訕地問道：「能給我敷敷眼麼?」

白洛因點了點頭，進去拿了一條濕毛巾出來。

石慧乖乖地閉上眼睛，涼毛巾每觸到她的眼睛，她那又濃又密的睫毛都會顫動一下，十分惹人憐愛。

「以前你總是把我氣哭了，還不會哄我，就等我一個人哭完，再給我敷眼睛。」

白洛因突然回憶起那一段時光，很美好，好像就是昨天發生的，可當這個人再次坐到自己的面前，卻又變得很遙遠了。

什麼東西悄然間發生了改變？

「好了。」白洛因拿下毛巾，淡淡說道：「妳再暖和暖和，我把妳送回家。」

石慧的表情凝滯了一下，聲音裡透著幾分哀怨。

「都幾點了啊？我表哥他們早就睡了，誰會為我守門啊？」

「妳每天都找到這麼晚才回去麼？」

「也沒有啦。」石慧笑得有些靦腆，「平時都是八九點就回去，附近都被我找得差不多了，就差這幾家了，所以今天就晚了點兒。」說罷，打了個噴嚏。

白洛因摸了摸石慧的額頭，臉色一緊，「妳可能有點兒發燒，我送妳去醫院吧。」

「我不，你知道我最討厭去醫院了，沒關係，我摀著被子睡一覺就好了。」

石慧的話已經說到了這個份上，白洛因再趕她走有點兒太不近人情了，於是歎了口氣，站起身說道：「那妳就在這睡下吧，我再去訂個房間。」

石慧突然拽住了白洛因的手，攥得緊緊的，像是要把指甲嵌進白洛因的肉裡。

「我一個人睡覺會害怕的，而且……我還在發燒。」

白洛因終究還是沒走，澡洗不成了，乾脆把衣服全收進了行李箱裡。

「我習慣裸睡，沒意見吧？」石慧羞赧地問道。

白洛因頭也沒抬，「沒意見，妳想怎麼睡怎麼睡吧。」

標準的雙人床，石慧只占了一小半的位置，剩下一大半都空出來，一直到她抵擋不住睏意先睡著了，白洛因都沒有躺上去。

夜色正濃，白洛因一個人站在陽臺上抽菸，一根又一根。

「哎呦可累死我了，業務不熟練就是坑人啊。」

顧海仔細看了看螢幕，心裡默記了一下地址，笑著朝張副局說：「謝了，張叔。」

還沒等到張副局回話，顧海就衝了出去，開著車直奔旅館而去。

等到顧海趕到那個旅館，已經十二點多了，他又去前臺確認了一下白洛因的具體房間號碼，和張副局查出來的一模一樣，便放心地朝那個房間走去。

按了一下門鈴，沒人回應。

石慧睡著了，白洛因站在陽臺上沒有聽到。

顧海又出了旅館，站在樓下朝上面看了一眼，找到了白洛因的房間，發現已經滅燈了。

應該睡了吧？

要不明天再來？顧海猶豫了一下，還是走進去了，他怕明天白洛因臨時改變主意，再換個住處，到時候又找不到他了。

顧海就蹲在白洛因房間門口等著，一邊抽菸一邊等，打算就這麼等到天亮。

白洛因抽完菸從陽臺上走回來，隱隱約約聽到石慧在喊冷。

他把壁燈打開，看到石慧的胳膊和肩膀都露在外面，光潔的皮膚在壁燈的照耀下顯得更加白皙嫩滑。胸口的那條誘人的溝壑隱約可見，被子只要稍稍往下一滑，就能看到那個令男人血脈賁張的部位。

白洛因別開目光，彎下腰給石慧掖好被子。

剛把燈關上，石慧又開始喊冷了，似乎是清醒的，又像是無意識的。

白洛因用手摸了摸石慧的額頭，出了很多虛汗，他回頭看了一眼，旅館裡只有這麼一床被子。內心掙扎了一下，還是上了床，隔著被子把石慧摟在了懷裡。

半夜，石慧睜開眼，看到白洛因的身體裸露在空氣中，什麼都沒蓋，所有的被子都在自己的身上。她想把被子分給白洛因一半，無奈白洛因把她摟得死死的，她連胳膊都拿不出來。心裡溢滿了感動，看著白洛因近在咫尺的俊臉，忍不住湊了過去，在他的薄唇上偷吻了一口，然後心滿意足地閉上眼睛。

白洛因根本沒睡著，清醒的狀態一直延續到早上。

石慧還沒有醒，白洛因熬了一夜，這會兒早就餓了，他打算先下去吃點兒早餐，回來再把石慧叫起來。

門一推開，白洛因愣住了。

滿地的菸屁股，還有一個蹲在牆角，瞬間清醒過來的某個人。

顧海的臉色有些發青，鬍子拉碴地站在白洛因的面前，精神不濟，眼睛卻很有神。

「醒了？」

白洛因木然地點點頭。

七天未見，顧海雖然沒有主動聯繫過白洛因，可對他的想念早已深入五臟六腑，這會兒見到白洛因，也不管他是否原諒自己，直接摟抱上去。

「回家吧。」顧海說。

白洛因沒說話，身體僵硬，甚至比在外面待了一宿的顧海還要冷。

「我進去給你收拾東西。」

白洛因猛地伸出手臂將顧海擋在門口。

顧海溫柔地笑笑，用手捏了白洛因的臉頰一下。

「還生我氣呢？你就不能看在我在外面蹲了一宿的份上，給我笑一個？」

白洛因大腦一片空白。

顧海察覺到白洛因的表情有些異樣，但他還是覺得白洛因是在和自己鬧脾氣，直到他聽見房間裡隱約傳出來一個聲音。

「白洛因。」

石慧醒了，發覺白洛因不在，看到門又是開著的，忍不住叫了一聲。

顧海的臉剎那間變色，他看了白洛因一眼，然後，用腳踢開了門。

石慧坐在床上，用被子勉強蓋住胸口，肩膀和胳膊都露在外面，後面還露出一大片光潔的脊背。

在意識到門口還有外人後，石慧的表情明顯慌了一下，趕緊把被子往上拽了拽，然後重新躺回了床上。

顧海的眼睛從屋內緩緩地移回白洛因的臉上。

平靜得令人不寒而慄。

久久之後，顧海淡淡地說：「我昨晚十二點才打聽到你的確切住處，過來的時候你都關燈了，我怕打擾你睡覺，就一直蹲在外面等。」

白洛因終於開口，聲音蒼白無力。

「那你為什麼不按門鈴？」

「我怕吵到你睡覺。」

「那你為什麼不回去等？」

「我怕早上過來，你已經走了。」

白洛因沉默。

顧海扭頭便走。

白洛因猛跨了幾大步追上了顧海，一把拽住了他的胳膊。

顧海扭過頭，目光陰森。

「白洛因，我勸你這個時候讓我走，我不想罵你，也不想和你動手，如果你不想讓我難受，就請你放手。」

垂下胳膊的那一瞬間，白洛因心如死灰。

回到房間裡，石慧已經穿戴完畢，坐在床上等著白洛因。看到白洛因進來，忍不住問道：「剛才來的人是顧海麼？」

白洛因點了點頭，提著行李箱就往外走，石慧緊跟在後面。

她感覺到，白洛因的情緒非常不好，而造成白洛因情緒不好的原因，肯定是因為顧海，至於剛才發生了什麼，石慧稍想便知。

出了旅館，白洛因扭頭朝石慧說：「妳打個車回家吧。」

「我再陪你走一段路吧。」石慧徵求白洛因的意見。

白洛因沒有任何意見，更確切的說，現在石慧跟不跟在他的身邊，對他而言已經無所謂了。

石慧見白洛因沒有說話，就當他是默認了，心情頗好地跟在他的身邊。

走了很長一段路，兩個人誰都沒有開口，為了打破這個尷尬的局面，石慧試探性地問道：「顧海是不是很不喜歡我？」

白洛因淡淡回道：「沒有，他只是看我不順眼而已。」

石慧歎了口氣，「我不知道你們男人之間是怎麼相處的，反正我覺得，彼此多一點兒包容，任何誤會都能化解開。你呢，就是太沉悶了，什麼事都憋在心裡，如果你能把心敞開，我覺得你得到的肯定比現在多得多。」

白洛因根本沒聽到石慧在說什麼，他的心很靜，靜到只能聽見一些嘈雜細微的響動。

突然回頭，兩抹草綠色的身影消失在街道口。

「怎麼了？」石慧問。

白洛因淡淡地回了句「沒事」。

一直走到胡同口，身後那異常的腳步聲還在耳邊縈繞著。

石慧站定，笑著說：「我回家了，你好好休息。」

白洛因招手，給石慧攔了一輛計程車。

「回去記得吃點兒藥。」白洛因叮囑。

石慧笑著點點頭，又說：「我明兒早上會來找你的。」

白洛因壓根沒聽石慧在說什麼，車走了之後，他的目光一直在四周徘徊著，之前那兩道可疑的身影已經看不到了，白洛因暗忖，也許是我一宿沒睡，精神狀態不好，出現了幻覺吧，想著就進了胡同，朝家門口走去。

結果第二天就出事了。

石慧怕白洛因忘記約會的事兒，特意發了條簡訊提醒，結果白洛因壓根沒看那條簡訊，精神的疲倦和昨晚的勞累讓他很快就睡著了，一覺睡到大清早，最後是被電話吵醒的。

「喂？」

手機那頭只有雜音和亂七八糟的吵鬧聲，在這些聲音裡，白洛因似乎聽到了石慧的聲音，卻又那麼模糊，他又喂了幾聲，仍沒有確切的回應。白洛因還在猜測是不是石慧無意間按到了，結果就聽到了男人粗暴的叫罵聲，然後對方就掛斷了。

白洛因猛地清醒過來。

他翻開手機簡訊，發現石慧給自己發的最後一條訊息是早上七點，她說：「我已經到你家胡同口了，你出來吧。」再翻看之前的簡訊，看到石慧昨晚給自己發的，提醒他今天早上她會來。

白洛因看看表，已經七點半了。他又撥了石慧的號碼，結果一直顯示無法接通。

白洛因突然想起昨天跟在身後的那兩道鬼鬼祟祟的身影。

他迅速穿好衣服，臉都沒洗就衝了出去。

早上霧氣很濃，三米之外完全看不到人影，白洛因從胡同的這一頭走到那一頭，都沒發現石慧的身影。他有些慌了，喊了兩聲，仍舊沒聽到回應，心裡寒意頓生，腳步忙不迭地在各個犄角旮旯流竄，終於，他聽到了隱約的喊叫聲。

順著聲音朝外走，白洛因發現了不遠處的三道身影，眼前的景象讓他渾身上下的血液都在倒流。石慧被按倒在牆角，披頭散髮，衣服被撕扯得沒剩下多少了。她的身上是兩個蒙面的黑衣男人，一邊辱罵著一邊對石慧進行猥褻，石慧掙扎了一下，被男人一腳踢在了肚子上。

白洛因衝了過去，瘋了一般地和兩個男人扭打，撕扯過程中，他發現這兩個男人幾乎不會對他動手，他們的目標就是石慧，任白洛因怎麼踢踹，那兩個男人都是不聲不響地忍著，然後把殘暴的雙手伸向石慧。

白洛因扭住其中一個人的手腕，想朝他的胯下給一腳，結果對方一掙扎，黑色外罩的袖口被扯下來一大塊，露出了裡面草綠色的襯衫。

沒有人會穿這種顏色，這種質地的襯衫，除了軍人。

白洛因突然想起，顧海臨走前給自己的那一記眼神。

「我顧海要是狠起來，絕對夠你心悸一輩子。」

也許，眼睛看到的不一定是真的。

顧海想了一夜，除了這個說辭，沒有任何理由能讓他熬過這二十幾個小時。他發現，與其讓自己在猜疑和背叛中掙扎，倒不如選擇相信，甚至選擇裝傻。只有石慧一個人在床上躺著，白洛因衣著完好，也許是這個小丫頭乘虛而入，知道自己也會來，所以故意導演了那麼一場戲。也許自始至終，白洛因都沒有躺到那張床上。

儘管床上擺著兩個枕頭，儘管他的頭髮有明顯被壓的痕跡。

但是不這樣想，顧海就輸了，他是絕不會允許這種結果出現的！

所以顧海決定，他要去找白洛因，把所有的話都說開了，他不能給那個女孩半點兒機會，她配不上白洛因，他也捨不得就這麼放手。

重燃起鬥志，顧海去浴室洗了一把臉，隱隱約約聽到門鈴響，用手在臉上胡嚕53了兩下，就走出去開門。

站在門外的人是白洛因。

這一刻，顧海心裡還是欣喜的，如果白洛因肯主動解釋，他就不用搭上自己的老臉了。

「誰讓你回來的？」玩笑的口氣，若無其事的表情，和昨天臨走前大相逕庭。

本來，站在門外的時候，白洛因心裡還是給顧海開脫的，但是顧海的情緒表露太明顯了，明顯到白洛因找不到任何偏袒的理由。

「是你找的人吧？」

顧海一臉莫名其妙，「找的什麼人？」

52：不起眼的角落。旮旯，音ㄍㄚ ㄌㄚˊ。

53：撫摸。

白洛因突然跨入房間內，猛地將顧海推到牆角，狠厲的目光直刺著顧海的瞳孔。

「是你找人跟蹤我們倆是吧？是你找人糟踐石慧對吧？」

「我什麼時候找人糟踐她了？」顧海也怒了。

白洛因面無表情地說了句，「顧海，你也太狠了吧。」

顧海猛然醒悟，他明白了，他到現在才明白石慧那一句「你爭不過我的」是什麼意思。

「顧海，你真不是一般人，你真讓我對你刮目相看。」

顧海的大手猛地掐住白洛因的脖子，靜靜地質問道：「你認為是我幹的？」

白洛因的目光沒有任何焦距。

「我問你，你認為是我幹的對麼？」顧海怒吼。

白洛因依舊沒有任何回應。

顧海發狠地掐住白洛因的脖子，直到他的臉變得青紫，呼吸已經時斷時續，那雙倔強的眸子始終沒有半分動搖。

顧海的心徹底涼了。

「你是來找我報仇的是麼？那你趁早動手，趁我還不捨得還手的時候，你趕緊把她受的那點兒委屈折回來。」

白洛因僵硬的身軀巍然不動。

「不珍惜這個機會是吧？那我現在告訴你，過了今天，你白洛因就和普通人是一個待遇了，你想打我罵我都是天方夜譚。我以前任你為所欲為，不是因為我懦弱，是因為我愛你，現在我發現你不值。」

「你滾吧。」顧海淡淡的。

白洛因的雙腳僵硬地朝門口移動，一步一步的，聽在顧海的耳朵裡異常的揪心。

「白洛因，你記住了，是我顧海讓你滾的。從今以後，我們倆再沒有半點兒關係！等有一天你醒悟了，就算哭著跪著來求我，我顧海也不會看你一眼！」

「你說，大海他們應該放寒假了吧？」李爍問周似虎。

「早該放了，你瞅瞅今兒都幾號了？」

李爍看了下農曆日期，頓時驚訝了一下，「都二十二了，明兒就是小年了。」

「是啊，所以我說肯定放假了。」

「照理說他放了寒假，應該先來咱這打個卯[54]，哥們兒弟兄聚一聚。就算不打個照面兒，電話總得來一個吧。」

周似虎歎了口氣，懶懶地回道：「人家指不定有啥事要忙，把咱們哥幾個給忘了。」

李爍突然壞笑了一下，捅了捅周似虎的胳膊，「哎，你說，他是不是整天貓在家，和他小哥哥兩人偷著玩呢？」

54：「報到」之意。

「你瞅你這個傻德性！」周似虎拍了李爍的腦袋一下，「兩爺們兒在一塊能玩什麼啊？」

李爍又拍了回去，「上次咱倆去他們家，人家哥倆那小日子過得多帶勁啊！」

一聽這話，周似虎也笑了，好像回憶起那晚聚餐的情景，摸著下巴說：「還真沒準兒。」

「哈哈哈……」李爍站起身，招呼著周似虎，「走，瞅瞅去。」

周似虎美顛顛地跟在後面。

兩人一邊開車一邊聊，「我特喜歡看大海和因子待在一塊，兩人倍兒逗。」

「是是是，頭一次見大海那麼會疼人。」

兩人聊著聊著就到了顧海的住處，按門鈴，沒人開，拍門，沒人應，打顧海電話，沒人接……最後向社區的物業55打聽了一下，說好幾天沒瞧見這戶的主人了。

「不是出去旅遊了吧？」李爍看著周似虎。

周似虎擰著眉毛，「去旅遊也不至於不接電話吧？」

正想著，顧海的電話打過來了。

「我在部隊呢，啥事？」

「你說啥事？放假那麼長時間了，你也不吭一聲，哥幾個以為你讓人給強了呢。」

「行了，上部隊找我來吧。」

兩個人又開車去了部隊。

顧威霆站在水庫的岸邊，冷峻的雙眸盯著水面上漂浮的身影，一點一點朝遠處行進，很快就超出了他的視線感知範圍，只剩下那一條條蕩漾的水波。

孫警衛把望遠鏡遞給顧威霆。

顧威霆伸手攔住，「不用了。」

孫警衛猶豫了一下，還是開口說道：「要不我找人開個船過去，把小海叫上來吧。這麼冷的天兒在水裡游，萬一有個什麼閃失，營救起來都困難。」

「又不是只有他一個人在游！那麼多士兵都在訓練，怎麼就他會出事？」

「您不能把他和那些士兵相提並論啊！」

他可是你的兒子啊，你唯一的寶貝兒子啊，你可真狠得下心……當然，這話孫警衛是不敢說的。

顧威霆嚴肅的目光轉到孫警衛的臉上，聲音裡透著一股威嚴。

「你什麼時候變得這麼磨嘰了？要不然你也跟著下去。」

孫警衛瞧見水淺的地方結的那一層薄冰，忍不住打了個寒噤。

「我現在站在這都慎得慌56，好多年的冬天沒下過水了，想我年輕的時候，游個十公里真是不在話下。」

孫警衛還在追憶自己的輝煌過往，顧威霆已經轉身走了。

55：管理房屋租賃、銷售者。

56：害怕的意思。

他趕緊給旁邊的軍官使了個眼色。

「你趕緊派幾個人過去盯著點兒，首長說不用就不用了麼？這要真出了事兒，死的一定是咱們！」

到了屋裡，顧威霆一邊喝茶一邊問：「他在這待幾天了？」

「聽老劉說，有一個禮拜了吧，白天跟著士兵一塊訓練，晚上也住在這。那邊專門給他安排了一個三居室，條件雖然次了點兒，可總比集體宿舍強。吃飯專門有人給做，房間也有人打掃，應該還說得過去。」

在顧威霆的記憶中，自己彷彿已經很久沒有和顧海一塊過年了，以往每到過年的時候都有任務在身，顧海總會跟著他媽來部隊過年，住軍營、吃大鍋飯……別家孩子被父母領著逛街買年貨，顧海只能一個人在操練場上來回奔跑。

一轉眼，兒子都這麼大了。

李爍和周似虎趕到的時候，顧海已經游回來了。

「顧大少，那邊有人找。」

顧海擦了擦額頭的汗，打赤膊朝李爍和周似虎走去。

李爍和周似虎一人捣著一件厚羽絨衣，裡面層層保暖，這會兒站在外面還打哆嗦。再一瞧走過來這位，渾身上下就一件休閒短褲，比夏天還光溜，愣拿著一條毛巾在擦汗。

兩人各自嚥了口唾沫，用仰望神一樣的目光看著顧海。

顧海的精神頭挺足，心情看起來也不錯，大手按住李爍的腦袋，像是抓小雞子一樣，很輕易把他轉了一圈。

等李爍站穩了之後，顧海問：「怎麼著，想我了？」

周似虎縮著脖子，一張嘴吐出一圈圈白霧。

「剛去你們家遛達了一圈，物業部門的人說好長時間沒瞧見你了。」

「哦，是，我好長時間沒回去了。」顧海邊說著邊用毛巾擦擦身上的水。

「你那小哥哥沒和你在一塊啊？」李爍調侃道。

顧海的動作僵了一下，很快恢復了正常。

「以後別在我面前提起這個人。」

「喲！前幾天不是還熱乎著麼？這麼快就不待見人家了？」

顧海直起腰，神情嚴肅地說了句，「我沒開玩笑。」

李爍還要問，周似虎捅了他一下，然後樂呵呵地朝顧海說：「走，出去找個地兒消遣消遣去。」

「嗯。」

顧海作勢就要和他們一起走。

周似虎清了清嗓子，「那個，大海，你怎麼著也得穿點兒衣服再出去吧！」

顧海像是才意識過來，笑著說：「你們等我一下。」

看著顧海離去的身影，李爍忍不住搓了搓胳膊，「我看著他都覺得冷，幸好我不是他爸的兒子，要不然我早就上吊了。」

「人家顧首長也生不出你這樣的孬種來！不是我擠兌你，你自個摸摸，渾身上下軟塌塌的，連塊骨頭都找不著，還好意思同情人家呢。」

李爍用胳膊肘戳了周似虎的肚子一下，「你丫比我也強不了哪去，臉蛋兒長得比娘們兒的屁股還水靈。」

有時候，人和人之間，真的是要看緣分的。

好比白洛因一個禮拜都沒出家門，今天終於被石慧拖上街，就碰見了熟人。

李爍剛把車停下，跟著顧海和周似虎一起下車，就瞄見了不遠處的白洛因。

更確切的說，他是先注意到石慧的。

「欸，那不是因子麼？」

周似虎也看見了，朝白洛因吹了聲口哨。

白洛因的目光自然而然地轉向顧海，後者似乎並不屑與他對視，眼神一直在別處晃蕩。他看起來沒什麼不同，甚至，精神狀態更好了一點兒，站在那裡氣宇軒昂、盛氣凌人的，讓他無法想像他還會鬧小孩兒脾氣。

「因子，介紹一下唄，這位美女是誰啊？」李爍笑得色瞇瞇的。

石慧大大方方地說：「我叫石慧。」

「嘖嘖……因子，福氣不小啊！」周似虎拍著白洛因的肩膀，「偷偷摸摸搞地下情可不好啊，什麼時候請哥幾個搓一頓[57]？」

白洛因隨便敷衍了一句，眼神在顧海的臉上定格，顧海也在笑，和李爍、周似虎一樣的笑容，玩味的，調侃的，漫不經心的……一直到顧海轉身離開，白洛因都沒有瞧出任何異樣。

李爍一行三人進了娛樂城。

周似虎還在頻頻回望，唏噓道：「真尼瑪漂亮。」
李爍點頭，「兩人站在一塊特有夫妻相，大海，你說是不？」
顧海冷著臉沒說話。
周似虎捅了李爍一下，李爍這才想起顧海之前的提醒，馬上把嘴巴閉得緊緊的。
石慧發現，那三個人已經進去很久了，白洛因還站在原地未動。
她試探性地扯了扯白洛因的袖子，小聲說：「我有點兒冷了，咱們找個地兒坐坐吧。」
白洛因這才回過神來。
「小姐，您的奶昔。」
石慧禮貌地說了聲謝謝，然後，一直未動，靜靜地看著對面的白洛因。白洛因的目光一直在游離中，包括剛才在街上，白洛因也是一副心不在焉的模樣，只不過現在表現得更明顯罷了。
石慧終於慢悠悠地把自己的飲料拿過來，略有不甘地吸了一口，抬起頭，白洛因的注意力仍沒有在她這裡。
「白洛因。」石慧忍不住叫了一聲。
白洛因這才把目光轉了回來。
「你知道麼？以前我們在一起的時候，每次我點奶昔，你都會先替我吸第一口，因為第一口很難

57：為「吃一頓好吃的」之意。

吸上來。」

石慧的話沒有勾起白洛因的任何回憶，反而讓他想起了在家裡吃飯的場景，每一次調拌佐料，顧海都會先嘗一嘗，十有八九會把自己鹹到，然後再加湯加水，直到合適了才遞到白洛因面前。每次煮餃子，不知道要往垃圾桶裡扔幾個咬了一口的生餃子……

「你的意思是，我做的飯不好吃了？」

「好吃不好吃，你自己心裡還沒數麼？」

「我煮的雞蛋不好吃？」

「你怎麼不問問你燒的開水好喝不？」

「你丫……」

17.

這幾天白漢旗倆口子忙前忙後的，一直為過年做準備，以往過年都是湊合湊合，沾點喜氣兒就得了，今年不一樣了，家裡多了兩口人，顯得有氣氛多了。鄒嬸早早把小吃店關了，一心在家裡鼓搗年貨，白漢旗就給她打打下手，偶爾白洛因也會幫幫忙，但大多時候，鄒嬸是不樂意白洛因幹活兒的，她寧願使喚自己的小兒子。

一家人都是喜氣洋洋的，除了白洛因。就連一向神經大條的白漢旗都看出白洛因不對勁來了。

這天鄒嬸正在廚房裡炸咯吱盒[58]，白漢旗提著兩桶食用油進來，放下之後站到鄒嬸旁邊，眼睛瞧瞧外面，小聲說道：「我怎麼覺得我兒子最近有點兒不對勁啊。」

「什麼叫你兒子啊？」鄒嬸別了白漢旗一眼。

白漢旗訕訕一笑，「說錯了，咱兒子。」

「你稍微站遠一點兒，省得這油濺到你身上。」鄒嬸用手把白漢旗往旁邊推了推，問：「怎麼不對勁了？」

「前幾天我就覺得他情緒不太好，這兩天我特意觀察了一下，我發現他總是對著一盒首飾發呆。

58：老北京特色小吃，將麵皮成卷切段油炸。

那天他出去，我偷偷摸摸看了一下，那可都是真金真鑽。妳說，我兒子……不，咱兒子哪來那麼多錢買那些東西？他不會是搶來的吧？」

鄒嬸斜了白漢旗一眼，「你的意思，他搶了金店，所以這幾天才魂不守舍的？」

白漢旗面色凝重，「就怕真是這樣，這要是去自首，也得等過完年吧？」

鄒嬸扠著腰，一副慫氣的模樣看著白漢旗。

「你怎麼越活越抽抽[59]了？咱兒子跟著你過了這麼多年的苦日子，他都沒想著去搶劫。現在人家吃香的喝辣的，反倒去搶劫了？你可……你讓我說你什麼好？你啊，靠邊兒站吧！甭在這礙事，去去去……」

白漢旗堵在門口，一副受氣丈夫的嘴臉。

「這女人真是善變，多大歲數都這樣兒啊！妳說咱倆剛結婚幾天啊，妳立刻就變樣了，妳以前也數落我，可那會兒妳是帶著笑的，妳瞅瞅現在……」

「那是因為你以前沒說過這麼多廢話。」

白漢旗撓撓頭，歎了口氣，轉身剛要走，就被鄒嬸叫住了。

「你過來一下，我有話跟你說。」

「剛才不是還嫌我礙事麼？」

鄒嬸有點兒急，「真有話和你說，剛才沒想起來，關於因子的。」

一聽這話，白漢旗趕緊走了回來。

鄒嬸小心翼翼地說：「我覺得吧，咱們因子可能早戀了。」

「都十七了，也不算早戀了吧？」白漢旗倒是挺想得開，「我十七的時候，已經和因子他媽好上了。」

「你那會兒和現在一樣麼？現在學習競爭壓力多大啊！因子正讀高二，我聽人家說過，高二是最關鍵的一年，稍微走個神兒都要命。」

白漢旗笑笑，「我相信我兒子。」

「我沒嚇唬你。」鄒嬸拍拍白漢旗的肩膀，「前兩天我還看見一個丫頭來找咱們因子，就站在胡同口，我眼瞅著兩人一塊走的。」

「漂亮麼？」白漢旗隨口問道。

「漂亮是真漂亮……不過，你問這個幹啥？」

晚上吃完飯，白漢旗去了白洛因的屋，白洛因正在那裡鼓搗一堆木板。

「幹嘛呢，兒子？」白漢旗坐到白洛因身邊。

白洛因頭也不抬地說：「想做一個飛機模型出來，開學之後學校要舉辦一個航模會展。」

「加油，兒子！」白漢旗拍拍白洛因的腦袋。

白洛因嗯了一聲，繼續忙乎自己的事兒，沒再開口說一句話。

白漢旗覺得自己這麼乾坐著也不是個事兒，走吧……想說的話還沒說完，不走吧，又覺得自己挺多餘的。

59：為「越活越不如從前」之意。

「開學之後才舉辦啊？」白漢旗又問。

白洛因點頭。

「那你現在就做啊？」

白洛因停下手裡的動作，面無表情地看著白漢旗。

「爸，您到底想說什麼啊？」

白漢旗挺不好意思的，「我就想問問……」

「問我顧海為什麼沒一起過來是吧？」

「呃……是啊，這個我早就想問了，自打放寒假，我就瞧見過他一次，那次你倆還沒在一塊，到底怎麼回事啊？」

白洛因淡淡回道：「他在他家那邊過年。」

「這樣啊……也是，過年這麼重要的節日，還是得回自個的家。」

「還有事兒麼？」白洛因問。

白漢旗表情凝滯了一下，尷尬地笑了笑，「沒事了。」

白漢旗出去之後，白洛因也沒心思做了，眼睛朝窗外看了看，孟通天正在院子裡拿著一根棍瞎揮著，後來鄒嬸叫他進屋，視線裡什麼活物都沒有了，只有一棵棗樹，葉子都掉沒了，只剩下光禿禿的桿兒。

就這麼看著看著，時間就偷偷溜走了，等到簡訊提示音響起，白洛因拿起手機，才發現已經十一點多了。

石慧：「明天有空麼？」

白洛因把手機放在一邊，沒回，他不知道自己已經冷落了多少條這樣的簡訊了。果然，失去的東西只有在失去的時候才是美好的，一旦撿回來，那種美好就喪失了。前些日子他接到石慧的電話，還會有心跳加速的感覺，很長時間都無法平靜。現在，唯一的這點感覺都喪失了，以往的種種美好都成了過眼雲煙，突然就沒價值了。

為什麼會這樣麼？我真的是一個薄情的人麼？白洛因輕歎了一口氣，閉上了眼睛。

白漢旗進了白洛因的屋子，見他眼睛閉著，以為他睡著了，就把燈關了。

白洛因伸手去摸枕邊的手機，卻摸到一個涼涼的東西。是個指甲刀。

藉著手機的光亮，白洛因看到指甲刀上刻著的一句話。

「不想操媳婦兒的丈夫不是好老公。」

另一個指甲刀在顧海那，上面就刻了一個字，「滾」。

白洛因突然笑了，笑著笑著心裡就發出了一個疑問，這個疑問讓他的笑容裡多了那麼一抹苦澀的味道，難道我最常對他說的一句話就是滾麼？

深夜裡，白洛因又失眠了。

石慧又發來了一條簡訊，「我睡不著怎麼辦？想你怎麼辦？」

白洛因的手伸向自己的內褲，緩慢地撫慰著自己，只有在這種時候，他可以拋開一切雜念，靜靜地享受著單純的歡愉。身體慢慢變熱，心裡的溫度也在升騰，白洛因的腦海裡突然閃出顧海的面孔，他的手一抖，臉上顯出幾分慌亂。以往顧海幫他弄的時候，他的腦子裡總會把顧海幻想成女人，只有那樣他才能投入其中。

為什麼現在會莫名其妙地因他而興奮，我真的變態了麼？

焦灼、不安、空虛、擔憂……負面情緒統統湧來，抵抗著身體上的歡愉，兩種截然相反的力量相撞，進也不是，退也不是……白洛因心裡很煎熬，感覺一團火在焚燒著自己，隨著一波波的熱浪翻湧而至，那些情緒終於被淹沒。

白洛因像是自暴自棄了一般，任由自己的思緒為所欲為，他幻想著自己的手是顧海的手，幻想著平日裡顧海那舌尖在身上遊走的情形，越想越激動，越想越不能自控，甚至，他有種想在顧海體內抽插的欲望，很強烈、很強烈……

攀到頂峰的那一刻，白洛因情不自禁地悶哼出聲，「顧海……」

聽起來像是一聲低訴，更像是耳邊的呢喃，連白洛因都被自己嚇到了，為什麼在這樣的一瞬間，我會喊出他的名字？

白漢旗半夜起來解手，發現他兒子就穿了件睡衣，正蹲在院子裡抽菸。

「因子。」

白洛因站起身，看著白漢旗，「爸，您怎麼起來了？」

「我去解手啊，你在這蹲著幹什麼？趕緊進屋，穿這麼點兒，大過節的找病呢吧？」

白洛因掐滅菸頭，定定地看著白漢旗。

「爸，你解完手，來我屋睡吧。」

白漢旗瞬間幸福得滿臉紅暈，白洛因小時候，爺倆都是一被窩睡，每天晚上睡覺前且得熱乎呢。這一晃多少年了，白洛因都沒要求過和自己一屋睡，今兒是破天荒頭一次。

白漢旗上前捧住白洛因的腦袋，樂呵呵地說：「這麼長時間沒回家，還知道和你爸撒個嬌了？」

白洛因沒說話。

白漢旗在他的屁股上拍了一下，呵斥道：「進屋吧，臉蛋兒都涼了。」

18.

「爸，我問您一件事。」

白漢旗翻了個身，直朝著白洛因，後背挺得直直的，一臉的認真和嚴肅。

白洛因窘了，「您幹嘛這種表情啊？我就想跟您嘮嘮家常。」

「哦……」白漢旗立刻放鬆身體，「我以為你要和我商討國家大事呢。」

商討國家大事就不找您了……白洛因心裡頂了一句。

「我問您啊，您覺得顧海這人咋樣？」

白漢旗立刻伸出一根手指戳了白洛因的腦門一下，「我說什麼來著？你和大海指定又出問題了……」

白洛因長出一口氣，「您先別管這個，您就客觀地評價一下顧海這個人。」

「這孩子，絕對沒得說。」白漢旗伸出大拇指。

白洛因趴在床上，下巴擱在枕頭上，靜靜地等著白漢旗繼續，然而白漢旗嗯嗯了兩聲，就沒再說別的。

「完了？」

「是啊，還有啥可說的？」

白洛因垮著臉，黑眸瞪著白漢旗，「您就不能說具體一點兒？比如人品，比如性格，比如為人處事方面……」

白漢旗很慎重地想了想，說道：「人品沒問題，性格好，為人處事也挺好。」說了等於沒說……算了，還是不問了，問了也是白問，白洛因把被子往上拽了拽，打算就這麼睡覺了。

結果，等白洛因不抱希望了，白漢旗反倒慢悠悠地說起來了。

「大海這個孩子吧，出身好，還不虛榮，有志氣，能吃苦，而且大方。我最喜歡他的一點就是這孩子實在，從不玩那虛頭巴腦的，以前我總覺得你們這麼小歲數的孩子沒啥心眼，現在我發現不是了。現在的孩子心眼特多，有的孩子心眼還不好使。可大海這孩子絕對是直脾氣，什麼都表現在外邊，喜歡就是喜歡，不喜歡就是不喜歡，愛恨分明，說一不二。」

白洛因靜靜地聽著，又把眼睛睜開了，張口問道：「您看人準麼？」

「當然了，別看我腦瓜沒你好使，看人絕對比你準。我活了多少年了？我和多少人打過交道了？你才活到哪啊，你遇到的那幾個人掰著手指頭都能數得過來。」

白洛因又問了，「您覺得，像顧海這種人，要是被惹急了，是不是什麼事都幹得出來？」

「比如呢？你舉個例子。」

「比如他要是看哪個姑娘不順眼，會不會找人糟踐她之類的？」

「怎麼可能呢？」白漢旗輕易就否決了，「大海這孩子心眼絕對正，那種缺德事兒他肯定幹不出來。」

「假如他特討厭那個姑娘呢？」

「他再怎麼討厭那個姑娘，也比不上你媽吧？他把你媽怎麼著了麼？要說孟建志這人也夠招人膈應的吧？大海不就給了他幾拳麼？他把孟建志弄死了麼？」

白洛因緩緩地將目光移到牆上，沒再說話。

後來白漢旗睏了，將睡未睡的時候拍了白洛因的被窩一下，嘟囔道：「我以自個項上人頭擔保，大海肯定幹不出這種事兒來，你就別瞎琢磨了，趕緊睡覺吧。」

難道我真的誤會他了？……白洛因的眼皮沉重地閉上了。

後半宿睡得很淺，耳旁一直是白漢旗的呼嚕聲，迷迷糊糊的，白洛因也不知道是作夢還是回憶，他看到了白漢旗結婚的那個晚上，顧海把自己背到了樓頂的天臺上，抱著他說：「我敢保證除了你爸，沒有人比我對你更好。」

在孫警衛苦口婆心的勸說下，顧海破天荒地答應要和顧威霆回家過年。

已經臘月二十八了，街上越來越冷清，一路暢行無阻，堵車的情況基本消失。居住在北京的人都知道，每到春節，北京就成了一座空城。保留下來的傳統和習俗越來越少，人為的東西越來越多，年味兒也越來越淡了。

顧海已經半個月沒回自己的住處了，這次回來，也是拿點兒東西就走。車庫裡還停著白洛因的那輛車，顧海看都沒看一眼，拔下車庫的鑰匙就進了電梯。電梯徐徐上升，顧海一個人站在電梯裡，突然間覺得，自己這半個月活得根本不像個人。

每天除了吃飯、睡覺就是訓練，根本不給自己一點兒思考的空間，偶爾走個神，還得找個老兵，聽他聊聊自己的從軍經歷，然後偷偷摸摸把魂兒拽回來。

和訓練場上狂奔的軍犬沒雞巴什麼區別！顧海這樣形容自己。

顧海去櫃子裡翻衣服，打算回家多住幾天，自從被白洛因狠狠傷了這麼一下之後，顧海對什麼事兒都沒感覺了。以前他認為最難以忍受的就是和姜圓同住在一個屋簷下，現在覺得那根本不叫事兒，果然人的承受能力都是練出來的。

衣櫃翻到底兒了，看到一件疊得整整齊齊的校服背心，還用衣服包裝盒盛放著。那是白洛因親手給他洗的背心。當初稀罕得和什麼似的，再也捨不得穿了，就一直放在櫃子裡。

顧海愣了一陣，猛地撕開包裝盒，拽出那個背心就扔到地上。狠狠踩了三腳，感覺就像是自己踐踏著自己的心。

心痛再也擋不住了，一下子猛衝到心口窩兒，疼得顧海直想用腦袋撞牆。

你個傻逼，你就和她在一塊膩歪吧，你就讓她騙著耍著玩吧，早晚有你丫吃虧的那一天！

「明天就大年三十了。」石慧說。

白洛因靜靜地看著她，問：「妳什麼時候回去？」

「回去？回哪？」石慧明亮的眸子一閃一閃的。

「回國外，妳的學業不能就這麼荒廢了吧？」

石慧一副滿不在乎的表情，「荒廢了就荒廢了唄，反正我就要待在你的身邊。」

「妳……」

「什麼都不用說！」石慧摀起耳朵，「我不想聽，我不想聽。」

白洛因點起一根菸，沉默地抽著。

石慧直視著白洛因，從他們坐到這個地方開始，這已經是白洛因抽的第五根菸了。她聽別人說過，男人抽菸是用來打發時間的，白洛因頻繁地抽菸，是不是就意味著這段時間對他而言很難熬？石慧不願意這麼想，可事實逼迫她不得不這麼想，從她回來到現在，白洛因臉上的表情越來越少，最初還能看到幾分驚喜和悸動，現在，只剩下漠然了。

本以為自己受了這麼大的委屈，白洛因會心疼，會百般憐惜她，可除了例行其事的關心，石慧什麼都感覺不到。

有時候她也覺得累，也會偷偷掉眼淚，也想過放棄。可一想到自己犧牲了那麼多感情和精力，又覺得特別不甘心。

感情可以再營造，但是人找不到第二個了。

「白洛因，你和我一起出國好不好？這樣一來，我的學業不會荒廢，你也能有更好的發展前景。以前你是沒有這個條件，現在你有了，為什麼不出去闖一闖呢？你知道麼？國外的高中生活可好了，根本不會過你們現在這種非人的日子。如果不是因為想你，我說什麼都不會回來的，你就考慮一下吧，好不好？」

一家三口吃飯的時候，姜圓興沖沖地說：「洛因出國的事，可能有戲了。」

顧海的臉色變了變，裝作沒聽見一樣地繼續吃飯。

「他自己想通了？」顧威霆問。

「八九不離十了吧。」

姜圓越說越高興，順帶著給顧海夾了塊魚，勸道：「小海也一起去吧，哥倆兒有個照應。」

「我不去。」

「欸？你們小哥倆不是關係特親，誰也離不開誰麼？」

顧海冷冷回道：「我不想去。」

姜圓還要說話，顧威霆在一邊開口說：「他不願意去就別讓他去了，他留在這，以後入了伍，待在部隊也是一樣的。」

「也是啊……」姜圓笑了笑，沒再說什麼。

顧海又開口了，「我不會入伍的。」

「你不入伍？」這次顧威霆的眉毛挑起來了，「你為什麼不入伍？你從小在部隊長大，沒事就往部隊跑，你不入伍你要幹什麼？」

顧海靜靜地看著顧威霆，面無表情地說：「我整天往那跑，不代表我喜歡。」

說完，放下筷子回了臥室。

顧威霆也要起身，被姜圓強行按住了。

「大過年的，就別給孩子施加壓力了，有話咱等年後再說……」正說著，旁邊的手機響了，姜圓拍了拍顧威霆的肩膀，「我先去接個電話，你慢慢吃。」

手機剛拿到耳邊，就聽見甜甜的一聲祝福。

「阿姨過年好。」

「啊，是慧慧對吧？」姜圓眉開眼笑，「阿姨剛吃完飯，妳也替阿姨向你們全家人問好。」

「好的，阿姨。」

姜圓立刻把話題轉到自己最關心的問題上面。

「對了，妳和洛因聊得怎麼樣了？上次妳不是說，洛因可能會為了妳出國麼？」

「是啊，可是遇到了一點兒困難，白洛因說他不捨得他爸。」

姜圓皺眉，「我就知道那個礙事兒的準是老白，放心吧，回頭我找老白一趟，好好給他做做思想工作。」

「阿姨真厲害。」

「哪有妳這個小丫頭厲害！我以前不只一次說過這件事，他都不搭理我，現在他肯考慮這件事，全是妳的功勞。」

「可是……我覺得我特沒用。」

「哎喲，我的小福星，妳可夠有本事了。記住阿姨的話，最近多和他聊聊，多提提這件事，他也就能聽進去妳的話了。阿姨這邊呢，就在他爸身上下下工夫，總之，咱們一起努力吧。」

「嗯，一定不會讓阿姨失望的。」

19.

從大年初二到初五，姜圓一直忙著走親訪友，白洛因出國的事兒暫時被擱置了。初六這一天難得有了個閒工夫，結果又在路上碰到個剛回國的老同學，熱情難卻又去陪著吃了一頓飯。聽著老同學講她在國外的各種好待遇，姜圓更加堅定了自己的信念，一定要讓白洛因出國，最好讓他在那邊定居下來，等老了就過去陪兒子。

姜圓把一切都幻想得很美好，她不覺得這是一件難事，她認為凡事只要努力，沒有做不到的。就像她當初放棄白漢旗，打算嫁個有錢有勢的男人，身邊人都覺得她痴心妄想，結果現實還不是偏袒了她這一邊。

沒有命苦的女人，只有不求上進的女人。姜圓常常這樣對自己說。

回到軍區別墅的時候天已經黑了，姜圓匆匆忙忙做了些飯，等顧威霆和顧海坐上桌，姜圓卻拿著自己的包去門口換鞋，一邊換一邊說：「我有事要忙，你們爺倆慢慢吃。」

顧威霆不動聲色地看了姜圓一眼，「這麼晚了要去哪？」

「洛因的出國手續該辦了，我得去那邊瞅一眼。」

「這麼快？」顧威霆微斂雙目。

姜圓笑：「還快啊？我都嫌慢了。」

「明天再去不成麼？這麼晚了人家會接待妳麼？」

「我怕明天又有事耽擱了，放心，我已經提前打好招呼了。」

姜圓穿好鞋，正準備開門。

顧威霆說：「這種事找個人幫妳打理就行了。」

「那我也得去看看啊，不然我不放心。」說罷笑笑地朝顧威霆和顧海打了聲招呼，美滋滋地出了門。

事實上，她現在還沒和白漢旗打招呼，白洛因那邊也完全沒個信兒，但是姜圓覺得這都是小事兒，等她把硬性條件都備齊了，有大把的時間來對付這爺倆。

這一天，顧海在他母親的房間坐了整整一夜。

白漢旗一大早就起來了，推開白洛因房間的門，和他說：「今兒我得出門兒，去通天他老姨那，午飯已經做好了，就在碗櫥裡放著呢，中午熱熱就能吃。」

說完，帶著鄒嬸、孟通天，提著大包小包的禮物出門了。

已經初七了，白洛因拿起手機看了一眼，又有石慧發來的簡訊。

白洛因看都沒看，直接回覆了一句。

「今兒有事找妳。」

沒一會兒，石慧又回過來了。

「什麼時候？」

白洛因已經去了洗手間，對著鏡子刷牙，每抬一次頭都能看到鏡子裡的那件校服背心，就掛在他的身後。大年三十晚上，白洛因料定顧海不會待在他的住處，就回去了一趟，其實也沒幹什麼，就是想去看一眼，畢竟那也曾經是他的半個家。

一切都如他離開時的模樣，唯一的區別就是衣櫃被打開了，腳底下有一件被踩得髒爛的校服背心。

白洛因還是撿起來了，拿回家，又洗了洗。

一直到今天還沒乾。

白洛因開始洗臉，感覺門被人推開了，因為臉上有泡沫，不敢睜開眼，就加快動作往臉上撣水。結果，突然一股大力襲向他的頭，他被人直接按在水池裡，嗆了好幾口水，等他的頭抬起來的時候，還沒睜開眼，就被人蒙上了。

其後的流程，亦如第一次被綁到顧海那裡完全相同，只不過這次是某人親自操刀。

白洛因感覺到一股熟悉的氣息，坐到車上的時候，他反覆朝身側的人問：「是顧海麼？」

旁邊的人沒有任何回應，只是冷著臉開車。

「說話！」白洛因語氣生硬。

如果真是顧海，白洛因覺得根本沒這個必要，他現在完全可以平心靜氣地和顧海聊一聊，可就怕不是顧海。

「你到底是不是顧海？」

「顧海，是你麼？」

這句話從白洛因上車一直到下車，問了不下幾十次，語氣焦急迫切。好幾次顧海聽到他喊自己的名字，看到他的表情，都忍不住想開口了，但最後都咬著牙挺住了。

白洛因被人扛上了樓，這一刻，他已經對這個人的身分確信無疑了。

可就是因為這人是顧海，白洛因的心口突然陣陣發涼。

屋子裡的溫度很高，白洛因剛一進屋就滿頭大汗，衣服一件一件被扒下來，有的甚至是直接撕的。儘管他的身上都是汗，可當身體直接接觸空氣的時候，還是感覺涼颼颼的。

褲子被扒下來了，內褲被扒下來了，白洛因終於開口。

「顧海，我知道是你，你沒必要這樣！」

顧海完全聽不到，顧自擺弄著自己的東西，直到他變大變熱變粗，變得可以侵略一切。然後，猛地將白洛因的上半身按倒，腰部抬高。

「顧海，我告訴你……唔……」

顧海用毛巾堵住了白洛因的嘴，解開他的眼罩，讓他可以清楚地看到其後的一切。沒有潤滑，沒有前戲，甚至連聲招呼都不打，長刺而入，狠到極致。

撕裂般的巨大痛楚讓白洛因一瞬間全身痙攣，他的雙手被銬在身後，顧海看到了手背上的青筋，一條一條的，每一條都在叫囂著痛苦。

疼吧，今天就是要你疼，要你記一輩子。

顧海放肆地在動，每抽出來一次，都是見紅的。他臨來之前順道帶走了白洛因的手機，現在給石慧回了條簡訊，把地址告訴她，然後讓她十分鐘之內趕過來。

顧海放緩了動作，強度卻絲毫未減。

疼！疼！疼！撕心裂肺地疼，疼得白洛因的牙齒響，疼得雙腿都在顫抖，疼得頭暈目眩。從小到大，他吃了不少苦，受了很多次傷，可和現在的疼痛相比，簡直如同牛毛。

顧海在肉體的極大刺激和內心的極度煎熬中掙扎輪迴著，感覺自己一會兒去天堂轉了一圈，一會兒又被踹下了地獄，滋味很爽又極度不好受。

白洛因的後背浮起一層冷汗，顧海隱隱約約聽到，白洛因咬著毛巾在說疼。

他用手輕柔地擦拭著白洛因額頭的汗水，小聲低語：「寶貝兒，一會兒就不疼了。」說完這句話，猛地往前一頂，完全不留任何間隙地與白洛因貼合到一起。

白洛因覺得自己的腸子都要爆炸了。

顧海開始加快速度，雄壯威猛的傢伙在白洛因狹窄的甬道橫衝直撞，每一下都要了人命。白洛因頭頂的天花板都在旋轉，太尼瑪疼了，疼得渾身上下的筋都擰成了一根麻繩，疼得五官都扭曲了，疼得他想一棍子把自己打死。

「啊！」

終於，一聲尖叫打斷了顧海的動作。

門口有個人，她已經站了快兩分鐘了，一直在劇烈地發抖。她親眼目睹過很多恐怖的場面，但都沒有眼前的這個令她膽寒。那些恐怖場面給她帶來的都是視覺上的衝擊，這個是純粹精神層面的，完完全全摧殘了她所有的意志力。

石慧拔腿想跑，卻被兩個男人架住。

「把她帶進來！」

石慧哭喊著掙扎著被強行押了進來。

顧海狠戾的笑容裡透著絲絲寒氣，「好好看著，美女。」

石慧掙扎扭動著哭號，「不……我不……」

顧海動了，就在石慧的眼皮底下，兇猛而激烈地侵略占有著她愛的人。

「看到了麼？他是我的，我顧海一個人的！」

白洛因的毛巾被拿下來了，但是他沒有掙扎也沒有叫喊，緊緊咬著牙關，一聲不吭，豆大的汗珠從額頭上滴下，他把臉轉向了另一邊。

顧海又把白洛因的頭扭了回來。

其後的場景，成了石慧後幾年的惡夢，每每想起，都會一身冷汗。

她是被人抬出去的，臉上沒有半點兒血色，眼睛失焦，身體不停地抽搐，被丟在樓下的一條小過道兒裡，好長時間才被一個大哥送去了醫院。

顧海瘋狂抽動了一陣，猛地拔出來，擼動幾下，射了。

白洛因趴在床上一動不動。

過了很久之後，顧海開口，剛才的霸氣統統不見了，剩下的只有苦楚。

「我知道，我這麼做，你會恨我一輩子。

「但我寧願讓你恨我，我也得那麼做，那丫頭心術不正，你不能和她在一起。我必須這麼治她，我不這麼治她，她不會善罷甘休的，我不能眼睜睜地看著她禍害你！我寧願讓你疼這麼一次，也不願意讓你後悔那麼多年。

「我知道，我們走到頭了，我顧海沒有別的奢求，你只要不和她在一起，和誰在一起，我都不再干涉你。」

顧海慢慢解開白洛因的手銬，看著上面勒出來的血痕，眼圈紅了。

「白洛因，我顧海沒少為你掉眼淚了，我承認在你面前，我就是個孫子！我說話不算話，說信任你卻找人盯著你，說和你斷絕關係卻又把你綁來了，說尊重你卻把你強了……我不是人！可我是真的真的特心疼你。」

白洛因沒有任何回應，甚至都沒有轉過頭。

「白洛因，這麼長時間了，你就沒想過我麼？」

白洛因依舊靜靜的。

顧海顫抖著手去撫白洛因的頭髮，沙啞著嗓子問：「剛才疼壞你了吧？」

白洛因的眼皮都沒有跳一下。

顧海的動作突然僵了僵，他猛地將白洛因的身體正過來，發覺他沒有任何反應。又捧著他的臉叫了好幾聲，「因子，因子，醒一醒。」

白洛因的頭都垂下去了。

顧海大聲吼了句，「還不快點兒給我找個醫生來！！」

旁邊站著的兩人這才反應過來，抽腿就朝外面跑。

顧海趕緊給白洛因蓋上被子，緊緊摟著他，心痛至極。

20.

來的醫生是個很有經驗的外科大夫，又出國留學多年，這種情況見過不少。可傷到白洛因這種地步的，他還是第一次見識到。濃眉緊皺，表情血乎，對著傷口看兩眼，再朝顧海看兩眼，再對著傷口看兩眼，再朝顧海看兩眼，就是一句話都不說。

顧海急了，「大夫，他到底怎麼樣啊？」

「沒事，不用擔心，就是皮外傷。」

顧海心裡沒有絲毫放鬆，仍舊拽著大夫問：「不會留下什麼後遺症吧？」

「這個……」醫生為難了一下，「盡量別來第二次了。」

醫生的意思是，別再用這種粗暴的手段來第二次了，顧海會錯意了，他理解成以後都不能再做這種事了。臉色瞬間灰暗了不少，但是當前也無暇顧及這些了，白洛因傷得這麼重，怎麼讓他盡快好起來才是正事。

「大夫，既然是皮外傷，怎麼會暈啊？」

醫生同情地看了白洛因一眼，歎了口氣，幽幽地說：「你說怎麼會暈？疼的唄。」

顧海一聽這話嘴唇都白了，「有……有這麼疼？」

醫生很耐心地給顧海解釋，「肛門周圍組織的神經末梢比較豐富，而且是由具有痛覺纖維的脊神經組成，血管分布密集，所以對痛最為敏感。你應該去那些做過痔瘡手術的病房看一看，像你這麼結實健壯的大老爺們兒，一個個都在那鬼哭狼嚎的。不是我嚇唬你，這種疼應該已經到了正常人忍耐力的極限了。」

顧海像是一根木頭樁子杵在那，僵著臉算計著時間，剛才我進行了多久？二十分鐘？半個小時？還是……一個小時？回憶裡白洛因那張扭曲的臉，讓顧海恨不得把自己千刀萬剮。

「你幫我按著點兒他，我先處理一下傷口。」大夫說。

顧海回過神，趕緊去洗手，回來按照大夫的指示，按住了白洛因的腰身。大夫輕輕扒開臀瓣，顧海看都不敢看一眼，光是觀察大夫的眼神，就知道裡面的狀況何等慘烈。

「一會兒他要是掙扎起來，你按住了，免得被刮傷。」

顧海臉色一變，開口問道：「他都暈了，還怎麼掙扎？」

醫生又說了句讓顧海生不如死的話，「他很可能被疼醒。」

事實果真如此，就在醫生打算輕微擴張，伸進器皿對腸道內壁進行消毒時，白洛因的身體猛地動了一下，眼睛還沒睜開拳頭就攥起來了，臉上浮現痛苦之色，額頭浮起一層細密的汗珠。

顧海心疼慘了，對著醫生狂吼道：「你就不能輕點兒？你是來這止疼的還是殺人的？」

醫生歲數不小了，被個混小子這麼罵，臉色肯定不好看。

「我告訴你，換哪個醫生，這個過程都得有。你要是覺得我治得不好，可以立馬換人。」

白洛因由於脫力再次暈了過去。

顧海面如死灰地看了白洛因一眼，手再次朝他的腰上按下去，眼神示意醫生繼續。

其後的過程大概持續了五分鐘，醫生盡量把動作放得緩慢輕柔一些，可這也意味著白洛因受罪的時間延長了一些。這個過程中白洛因醒過來四、五次，每次都會疼得扭動身體，顧海只能按住他，按不住也得按，直到暈過去，然後再醒過來，就這麼折騰，一直到大夫說了聲好了……

像是經歷了一次煉獄般的折磨。

顧海的眼淚控制不住地往下掉，和汗水混在一起，看著異常揪心。

醫生忍不住瞧了顧海兩眼，這小夥子看著挺皮實60的，怎麼這麼脆弱？人家生病的還沒怎麼著呢，他倒好，哭得都快不像個人了。早知如此，當初幹嘛去了？

「行了，我剛才是嚇唬你的，就是讓你長個教訓。他現在身體虛，對疼痛比較敏感，沒事，這麼大個小夥子疼不死！你啊，以後長點兒記性吧！」

說完給白洛因扎針輸液，並叮囑顧海：「這幾天別讓他進食了，腸內壁損傷嚴重，如果排便的話可能會感染。我給他輸的液足夠他維持正常生活所需的能量了，其他的東西都忌口吧。」

顧海苦著臉點了點頭。

過了一會兒，有個護士送來藥，內服外用都有，具體服用方法都寫在藥盒上了。醫生把藥遞給顧海，也把自己的聯繫方式給了顧海，讓他有特殊情況就給自己打電話，然後留下護士在這照料，自己匆匆忙忙趕去了別處。

結果營養液剛輸完，護士都要走了，顧海卻發現白洛因發燒了，又趕緊叫住了護士。護士給白洛因測了下體溫，確實燒得不輕，趕緊打電話給醫生，醫生又趕回來了。給白洛因打了退燒針，服了退燒藥，叮囑顧海別讓他著涼，很晚才離開。

顧海赤著身體緊緊抱著白洛因，這樣可以直接感受到他的體溫，也能提高被窩裡的溫度。兩個人身上蓋了兩床厚厚的大棉被，加上屋子裡的溫度本來就高，顧海和白洛因的身體都讓汗水濕透了，一直折騰到後半夜，顧海才感覺白洛因身上的體溫漸漸回落了。

早上，顧海讓人送來了新的床單和被子，把潮濕的那一套全都撤下去了。

大夫過來檢查了一下，囑咐了幾句就走了。護士給白洛因打上點滴，輸完之後也走了。
一直到臨近中午，白洛因才醒過來。
在這之前，顧海滴水未進，一直在旁邊守著，熬得兩眼發黑。心裡念叨著白洛因趕緊醒過來，可又害怕看見他睜開眼，害怕聽到他說滾，害怕不能為自己的惡行贖罪。
白洛因倒是沒什麼感覺，睜開眼的第一反應還是疼，怎麼這麼疼？從腦袋到腳丫子，從皮肉到骨頭縫，到處都叫囂著疼痛。
這二十幾個小時，好像重生輪迴了一次。
二十幾個小時之前的場景，他不敢去回憶，他寧願相信那是一場夢。現在，這場夢魘的製造者正躺在旁邊，用布滿血絲的眼睛打量著他。
「你醒了？」
顧海試著用手摸了白洛因的肩膀一下，「好點兒了麼？」
「別碰我！」
白洛因現在特怕有人碰他，他感覺自己身上到處都是傷口，哪裡都碰不得，就是這麼大聲說一句話，都覺得臉上的神經在疼。他現在趴在床上，臉朝著顧海的方向，待久了覺得脖子疼，很奮力地轉過頭，朝向另一邊，腦袋嗡嗡作響。

60：身體結實，不容易受傷或生病。

從白洛因開口制止自己到他把頭轉到另一邊，顧海每一個細節都看在眼裡，他知道，白洛因是在用這種方式表露著他內心對自己的厭惡和仇視。雖然早已有了心理準備，可當這一場景出現在自己的眼前時，顧海還是難受得心臟扭曲。

「我知道，你現在巴不得我在你眼皮底下消失，我現在承認我後悔了。你有權利選擇自己喜歡的人，有權體驗一段可能我很不看好的感情，有權選擇出國……是我固執地認為自己是對的，是我自私地想把你留下。如果我知道你會受這份罪，打死我我都不會這麼幹了！我寧願你被她騙，就算將來你受傷了，起碼我看不到……

「等你好了，你想把我從樓上踹下去，我都不會吭一聲的。但是現在，你讓我留下吧，你也不希望多一個人看到你的傷，對吧？

「我毀掉了你在她面前的所有尊嚴，你特別難以接受吧？我不想重新揭開你的傷口，可是你也不用太往心裡去，真的，像她那種人，連自己都捨得糟踐，她又知道什麼叫尊嚴呢？當然，我不是為我自己開脫，我只是怕你想不開。

「因子，等你好了，你給我幾刀吧。」

久久之後，白洛因實在忍受不了了，開口說道：「你能不能別說了？」

他現在全身酸痛，精神高度疲勞，特別想安靜一下。可自打他睜開眼，這人沒完沒了地在一旁磨嘰，他的腦袋都炸了。他現在大腦一片空白，身體的不適已經超出他能控制的範疇了，他已經沒精力去想那些問題了。

「為什麼不讓我說？」顧海還在堅持。

白洛因耐著最後一絲性子回了句，「我煩。」

顧海不吱聲了，就在旁邊一動不動地躺著，靜靜地看著白洛因。

白洛因又睡著了，睡了將近兩個小時，醒來之後精神稍微好了點兒，身上還是疼。

顧海看見白洛因醒了，很自覺地從床上下來，走到窗子那去了。他是怕白洛因膈應自己，不願意把頭扭過來，導致脖子酸痛。其實白洛因根本沒想那麼多，脖子怎麼舒服他怎麼來，現在他所有的行動都是由身體上的感覺支配的。

「有點兒餓了。」白洛因嘟囔了一句。

顧海恍惚間聽到了白洛因對自己說話，轉過身的一瞬間，臉上帶著淡淡的驚喜。

「你說什麼？」

白洛因開口問道：「有吃的麼？」

顧海臉上的笑容慢慢凝滯，不由得心酸了一把，好不容易對我說了句話，好不容易向我提了個要求，好不容易有了個表現的機會，竟然是……要吃的。

「沒有？」白洛因舔了舔嘴唇。

顧海別過臉，不敢看白洛因的表情，「醫生不讓你吃。」

「哦，不讓吃啊……」白洛因蔫不唧唧[61]地嘟囔了一句。

顧海安慰道：「放心，有我陪著你，你不吃我就不吃，咱們倆一塊輸營養液，在你能開口吃東西

61：虛弱、懶洋洋的樣子。

之前，我絕不碰任何食物。」

白洛因剛想回一句話神經病，就看到顧海把屋子裡所有看得到的食品都收集起來，直接從窗子扔出去了。

21.

其後的三天，顧海真的是什麼東西都沒吃，更確切的說他壓根沒有離開過這間屋子。白洛因輸營養液的時候，顧海也在旁邊跟著輸液，醫生都有點兒看不下去了，忍不住埋怨了兩句：「小夥子你怎麼懶到這份上了？下去吃個東西能多大會兒的工夫啊？」

顧海不發一言，直接伸出胳膊，朝醫生揚揚下巴，讓你扎你就扎，又不是不給錢。

經過三天的治療，白洛因的身體已經恢復得差不多了，只是行動還有些不便。體力一旦恢復，食欲就隨之而來了，所以他很明白餓著肚子的感覺。像他這種天天躺在床上的還好一些，每天餓了就睡，時間也就慢慢熬過去了。對於顧海這種健健康康的大活人，每天還伺候著一個病號，餓著肚子簡直就是活受罪。

「你去吃東西吧。」白洛因開口說。

顧海搖搖頭，後背靠在床頭上，眼睛微微瞇著，不知道在想什麼。

「到了這份上，苦肉計也沒用了，該吃就吃吧，你就算餓死了，也改變不了什麼。」

顧海的側臉有些蠟黃，大概是這幾天熬的。

「我沒用苦肉計，就是沒胃口。」

白洛因不再說什麼，閉上眼睛，感覺有一雙手在自己的腰側活動著。

醫生要給他上藥了。

最開始的幾次上藥過程，對於白洛因而言是最煎熬的時段，畢竟醫生是個男人，被一個男人擺弄屁股確實不是什麼光彩的事兒，尤其他這傷還受得那麼屈辱窩囊。所以每次醫生過來，他就用枕頭把腦袋蒙起來，醫生問他話他都不開口。

好在這位醫生有良好的醫德和態度，不僅沒有嘲諷白洛因，還說了很多情事中的注意事項，告訴他們怎樣才能健康、和諧地做愛，又說了很多以前遇到過的類似情況。雖然現在說這些有些不合時宜，但確實打消了白洛因的不少顧慮。

現在他已經不用枕頭蒙著頭了，醫生走的時候他還會說兩句客氣話。

只不過他和顧海之間的交流還是少得可憐。

三天，對話不超過十句。

白洛因若不主動張口，顧海也不會說什麼，偶爾會問他想不想去廁所之類的。白洛因若是不回答，就代表不想，若是想了，就直接挪一下身子，顧海自然而然會去另一側扶他。

晚上睡覺前，顧海照例打來一盆熱水，要給白洛因擦身子。

白洛因開口說道：「今兒不用擦了，反正也快回家了，髒點兒就髒點兒吧，等回家了再好好洗個澡。」

顧海拿著毛巾的手停在半空，猶豫了一下，還是掀開了被子。

「反正也快走了，能擦幾回算幾回吧，以後想擦也擦不著了。」

白洛因沒說話，閉上眼睛，在熱毛巾的不斷按摩下，很快就進入了夢鄉。

擦完之後，顧海盯著白洛因的睡臉看了很久，忍不住吻了一口，突然覺得這個時候做這種事情只能讓他更難受，於是下了床。

半夜，白洛因醒過來，顧海睡著了，熟睡的面龐近在咫尺，白洛因卻睡不著了。

這是自他住到這裡來，第一次看到顧海睡覺。以往無論何時醒來，顧海都是睜著眼的。有時候立在窗前，有時候坐在床上，大部分時間都躺在他旁邊，睜著一雙烏七八黑的眼睛盯著他看。

有天半夜，白洛因問了顧海。

「你為什麼不睡覺？」

當時顧海沒有回答，後來白洛因都睡著了，顧海才告訴他。

「我想延長和你在一起的時間。」

今天，他大概真是熬不住了，幾天幾宿了，又沒吃東西，能撐住才怪！

第二天一早，醫生過來看了看，很高興地拍了白洛因的屁股一下。

「小夥子的身體素質就是棒！我以為照你這種傷勢，怎麼也得趴幾天，現在我瞅沒啥問題了。回去多注意休息，記得按時抹藥。」

白洛因第一次站起身，直面醫生，問了一個自己最想問的問題。

「我能吃東西麼？」

「這……」醫生猶豫了一下，「應該沒事了，盡量少吃，多吃流質食物，蔬菜水果的可以多吃，易上火的東西少碰。」

白洛因笑著點點頭，「我知道了。」

醫生拍拍白洛因的肩膀，「那我就回去了，以後有事打我電話就成。」

白洛因把醫生送到門口，「您慢走。」

「行，不用送了，回去吧。」

回到屋子裡，顧海就站在牆邊，紋絲未動。從醫生進來一直到離開，他都沒換過一個姿勢，也沒開口說一句話。

白洛因正要收拾東西，顧海指著床頭櫃上的一個包說：「你的東西都收拾好了。」

白洛因背著包去門口換鞋，能離開這張床，離開這個房間的感覺真好。

顧海也把自己的東西收拾好了，這是他表姐的一套房子，他借用過來的。現在白洛因要走了，他也就沒必要留在這了。

兩個人一起走到樓下，誰也沒開口說話，前面就是一條馬路，每隔幾秒鐘就會開過一輛計程車，想攔車只要招手就可以。

白洛因又往前走了幾步，胳膊剛要抬起來，就被顧海拽住了。

「你真的要走？」

白洛因扭頭看向顧海，眼神刻著幾分堅定。

「既然在做這件事之前，你已經預料到了後果，那就心甘情願地接受吧。」

顧海遲疑了幾秒鐘，果斷把手鬆開了，然後從口袋裡拿出錢包，掏出一些零錢塞給白洛因。

「忘了往書包裡裝錢了，留著坐車用。」說完，自己轉身先走了。

白洛因望著顧海的背影，堅毅、落寞，又帶著那麼一點點的憔悴，就這麼從自己的視線裡漸漸模糊了。

上了計程車，白洛因打開書包。

裡面有藥，藥盒和藥瓶全都給替換了，可能是怕白洛因的家人看到；還有幾件衣服，全都洗乾淨了；再下面熱呼呼的，白洛因掏出來一看，是幾個餐盒，被一層又一層包裹得很嚴實。打開瞧了一眼，正如醫生所要求的，都是些清粥小菜，但是對於白洛因這種三天未進食的人來說，已經是極品美味了……

吃飽喝足後，白洛因沒有直接回家，而是去找了一個人。

那天的事情發生後，石慧一直走不出那個陰影，整個人變得異常消沉，不願意和任何人交流，就只是自己默默地發呆。他的父母看到寶貝女兒這樣，心急得不得了，找了很多個心理醫生來疏導，結果還是沒有一點兒起色。

直到家裡的保母跑過來對石慧說，外面有個人找妳，他說他叫白洛因。

石慧蒼白了幾天的面孔，終於浮現了幾分血色。

她迅速換了鞋，跑了出去。

白洛因看到石慧，看到那天目睹了自己被男人×的前任女朋友，並沒有想像中的慌張和羞愧，相反，他很淡定。

反倒是石慧，情緒一時收不住，看到白洛因就哭了。

「你告訴我，那天我看到的都是假的。」

白洛因沉默了半晌，靜靜說道：「妳看到的都是真的。」

石慧瘋了一般地朝白洛因的胸口打去，一拳又一拳發洩著心中的憤懣。

「為什麼？為什麼你會變成這樣？我不相信，我死都不相信。」

白洛因拽住了石慧的胳膊，再也沒了那種憐香惜玉的表情，說話毫不留情面。

「妳不相信也得相信，事實就是如此，我喜歡的人就是顧海。」

石慧顫抖著雙肩，溢滿淚水的雙眼直直地看著白洛因。

「你不覺得你這樣做特別殘忍麼？」

白洛因淡淡一笑，「我覺得，妳有足夠強大的心理來承受這件事，畢竟，妳也曾導演過一場當街被人羞辱的戲碼。」

石慧的臉一下變得慘白，她不敢直視白洛因的雙眸，所有的幻念都被吞噬殆盡。

「你是什麼時候知道的？誰告訴你的？」

「沒人告訴我，我是自己想明白的，妳比顧海聰明，顧海撒了謊，從來都不會圓。」

石慧的聲音有些發抖，「既然你……早就知道，為什麼不拆穿我？」

「我不想拆穿妳，我知道女孩兒臉皮薄，我不想讓妳在我面前下不了臺。我本來想把這事一直藏在心裡，就裝作不知道，然後把話和妳說清楚，讓妳死了這條心。結果還沒來得及和妳說，就發生了這種事，可能他比我更心急……」白洛因苦笑了一下。

石慧丟了魂兒一般，愣愣地坐到旁邊的石凳上，身下的感覺冰涼刺骨。

「石慧，妳不用這樣，我不是侮辱妳，我尊重每個女孩，特別是喜歡我的女孩。我可以理解妳為什麼這麼做，也可以理解妳讓我出國的動機，妳為我所做的一切我都記在心裡。但是，不喜歡就是不喜歡，我希望妳同樣尊重我，尊重我的選擇，如果妳能做到，我心裡會對妳多一份感激的。」

「白洛因，你變了，你的理智都哪去了？你的原則呢？」

「現在，我更相信自己的心。」

如果前幾天目睹的場面對於石慧是致命打擊的話，現在對她而言就是世界末日。

白洛因最後以朋友的口吻奉勸了一句。

「善待自己，畢竟在這個世界上，妳才是自己最重要的人。」

22.

白洛因不在的這五天，白家被鬧得人仰馬翻。

本來，姜圓把白洛因出國的手續都辦好了，正在緊鑼密鼓地聯繫那邊的學校，一切都在計畫中有條不紊地進行著。姜圓也找到了白漢旗，把自己的想法和白漢旗一說，白漢旗沒說行也沒說不行，就說尊重兒子的意見。

結果，到了這個節骨眼兒上，白洛因不見了。

到處都找不著。

問石慧，石慧說不知道；問楊猛，楊猛也說不知道；想問顧海，結果發現顧海也不見了。

最後姜圓就鬧到了白漢旗的家裡。

她一口咬定是白漢旗出於私心，把兒子偷偷藏起來了，白漢旗怎麼解釋都不聽。竟然找來了員警，說如果不交出兒子，就把白漢旗關到局子裡。這麼一鬧騰，白漢旗沒進去，白奶奶卻住進了醫院。姜圓還嫌不夠，派了很多人過來，一部分跟蹤白漢旗，一部分在白漢旗家門口盯梢，直到白洛因出現為止。

姜圓整天這麼鬧騰，街坊鄰居全都煩了，警報聲隔三差五地響幾下，中午晚上都睡不好覺，大過年弄得人心惶惶。

白漢旗不想找到白洛因麼？他比姜圓還著急呢！可著急有什麼用？白洛因和顧海一起失蹤的，誰都聯繫不上，想找也找不到啊！

眼瞅著就要正月十五了，人家個個悠哉悠哉地去買元宵，白漢旗卻連個站腳的空兒都沒有。每天都得定點兒去醫院，幸好有鄒嬸在那照看白奶奶，不然白漢旗根本抽不開身。回到家裡還得防著那群「土匪」來鬧事，給街坊四鄰賠不是，最讓他鬧心的一件事無非就是白洛因了，這孩子怎麼不打一聲招呼就走了呢？

事實上這也是顧海的疏忽，因為事發突然，忘了和白漢旗打招呼。白洛因以為自己昏迷的時候，顧海早就編瞎話瞞過白漢旗了，也就沒再多此一舉。

一大早，白漢旗揣著幾根油條就出門了，想著今天早點兒去醫院，回頭也有足夠的時間去找他兒子。

結果，走到胡同口就被姜圓截住了。

姜圓這幾天也被折騰得夠嗆，鬧事和生氣都消耗體力，何況她還擔心自己的兒子。

「洛因呢？」

每天，姜圓幾乎都會問白漢旗這句話，不是當面問，就是電話裡面問。

白漢旗就是再好脾氣，被姜圓這麼問也煩了。

「我都說了他不在家，我也在找他，妳夠了沒？」

「夠了沒?!」姜圓用自己的包去砸白漢旗，「你現在知道找他了？前幾天你幹什麼去了？兒子走的第一天你幹什麼去了？肯定是你的原因，你和那個女的擠兌我兒子，才把他擠兌走的。」

「那大海這孩子怎麼也不見了？是不是也是妳給擠兌的？啊？」白漢旗怒瞪著姜圓。

姜圓臉色變了變，把幾萬塊的包扔到地上，恨恨地喘了兩口粗氣，不說話了。

白漢旗鐵青著臉看著姜圓，「他都十七了，話說就要十八了，他就算真的離開家，也有生活自理能力了，妳用得著這麼鬧麼？」

「白漢旗，你聽聽你說的是人話麼？」姜圓漂亮的面孔因為憤怒顯得有些扭曲，「你把我兒子當成什麼了？當成你們家豬圈裡的一頭豬麼？想放養就放養，想圈起來就圈起來！這麼多年了，你教育過他麼？你看看他現在成什麼樣了？冷漠無情、是非不分，連自己的親媽都不認。」

白漢旗直接將油條扔到地上，怒罵道：「那是妳自己作孽！」

姜圓見白漢旗要走，上前就去攔，白漢旗推了她一把，她一個趔趄摔到地上。

車上立刻下來兩個年輕人，架著白漢旗就往車裡塞。

姜圓頭髮都亂了，噙著眼淚喊道：「別傷著他，不然我兒子會和我玩命的。」

下午白洛因才到家，一到家他就發現不對勁了，家裡一個人都沒有。就連一貫不出門的白爺爺和白奶奶，此時此刻都沒了影兒了。阿郎一直在籠子裡狂吠，白洛因走過去摸了摸牠的頭，阿郎安靜了一會兒，又開始朝門口狂叫，一邊叫一邊往籠子上撲。

白洛因起身朝門口走去，剛一出門，就看到三個身影朝西邊竄了。

到底出什麼事了？

正想著，鄰居張大嬸從東邊遛達過來了。

白洛因趕緊跑過去問：「嬸兒，我們家人都哪去了？」

張大嬸一看到白洛因，猛地瞪大眼睛，隨後拽著他的胳膊，朝肩膀上給了兩下。

「你這個混蛋孩子，出去玩怎麼也不言語一聲啊？這兩天你爸找你都快找瘋了，你奶奶也急得住院了。」

白洛因的臉色立刻變了，他給白漢旗打了個電話，結果沒人接，又給鄒嬸打電話，鄒嬸說她在醫院，白洛因匆匆忙忙去了醫院。

看到白洛因，白奶奶的病就算好了一大半，白爺爺、鄒嬸和孟通天都在，就差白漢旗了。

「因子，給你爸打電話了麼？」鄒嬸問。

白洛因搖頭，「還沒，打不通。」

「你再打一次試試。」鄒嬸有點兒急了，「怎麼能打不通呢？這個老白，肯定又忘了帶手機出去了。」

白洛因又試著撥了白漢旗的號碼。

白漢旗被姜圓「請」去了，關在了一個屋子裡，好菸好茶伺候著，就是不讓出去。

手機在姜圓手裡把著，剛才白洛因打電話的時候，姜圓正好出去。這會兒剛回來，聽到手機響，趕緊跑過去接，發現是白洛因的名字，激動得手機都拿不穩了。

果然這招兒好用，關上老白，小白立刻就待不住了。

「洛因，你終於出現了，媽媽都快急死了。」

怎麼會是姜圓接的？白洛因心裡納悶，怕被鄒嬸聽見，趕緊走出病房。

「我爸呢？」

「你爸和我在一起，你要是想見他，就來我這吧，我派人去接你。」

二十分鐘過後，白洛因到了姜圓那。

姜圓看見白洛因就抱了上去，一把鼻涕一把淚的。

「洛因，你這幾天去哪了？媽媽都快急死了。」

白洛因直接推開她，問：「我爸呢？」

白漢旗站在門口，面色鐵青地看著白洛因，白洛因剛一走過去，他立刻怒斥了一句。

「這幾天幹什麼去了你？」

白洛因還沒回話，姜圓先惱了。

「你吼他幹什麼？」

白洛因沒搭理姜圓這茬，逕自地走到白漢旗身邊，問：「爸，您怎麼在這啊？」

白漢旗看了姜圓兩眼，朝白洛因說：「兒子，咱們回家再說。」作勢要走。

姜圓攔在兩個人面前，語氣生硬地朝白漢旗說：「你走可以，把我兒子留下。」

「他憑什麼留在妳這？」

姜圓這會兒也顧不得形象了，直接挑明。

「我費了這麼多心思，還把你請過來，我為了什麼？你以為我真是請你來這喝茶啊？我好不容易把我兒子盼來，你就這麼把他拉走？然後你再把他藏起來是吧？再讓我五天五夜見不到兒子一面是吧？白漢旗，你也忒沒人性了！」

「姜圓，妳別欺人太甚……」

「爸！」白洛因突然打斷了白漢旗，「您先走吧，我想知道她到底要幹什麼。」

「因子，爸怎麼能留你一個人在這呢？」白漢旗急了。

白洛因扭頭看著白漢旗，「放心吧，爸，我一會兒就回家。」

姜圓掃了白漢旗一眼，「好走不送。」

白漢旗走後，姜圓拉著白洛因進了屋，給他看了自己這些天的成果，每說三句話就會把石慧掛在嘴邊，好像當成一個致勝的法寶，生怕白洛因不知道她和石慧私下裡串通一氣，想盡各種花招要騙白洛因出國。

姜圓這麼一說，白洛因知道白漢旗為什麼被請到這了，也知道白奶奶為什麼住院了，更知道為什麼白家院子裡一個人都沒有，阿郎會在籠子裡狂吠了，甚至，他還隱隱約約地猜到，為什麼顧海會突然做了那麼一個荒唐的決定……

23.

姜圓見白洛因一直在沉默，以為他在思考自己的建議，愁了幾天的面容終於浮現了幾絲笑容。

「兒子，媽這麼做全是為了你好。你不要想顧海怎麼怎麼樣，他畢竟是老顧的親生兒子，他就是留在國內，也會有一個相對穩妥的位置。但是你不一樣，雖然老顧也會考慮到你，但是他將來給予你的待遇肯定和顧海相差十萬八千里，媽不想讓你屈居人下。」

久久之後，白洛因突然開口。

「姜圓。」

聽到這個稱呼，姜圓臉上的笑容一下就僵住了。

「洛因，你剛才叫我什麼？」

白洛因冷漠地看著姜圓，「那我應該叫妳什麼？姜阿姨？顧太太？還是顧夫人？」

姜圓姣好的面頰浮現一層難以掩飾的蒼白。

白洛因看著桌上的一疊疊文件，靜靜地說道：「妳能不能別讓我噁心妳？」

「噁心」兩個字如同兩把鋒利的冰刀，狠狠刺向姜圓的心口窩，剛剛得到調和的情緒驟然間再度潰堤，雙唇好似霜打的蒼白，顫抖著朝向白洛因，一開口便帶上了濃濃的哭腔。

「噁心？你說我噁心？我為你做了這麼多，你竟然說我噁心？白洛因，白漢旗到底給你灌了多少迷魂湯藥，讓你可以這樣不痛不癢地詆毀自己的母親？」

「別再用妳那醜陋的心去衡量別人的所作所為，我的身邊除了妳，沒有一個缺德的人。」

姜圓用力將白洛因從座位上拉起，嘶聲哭喊質問道：「你說我缺德？你竟然把我對你的好說成是缺德？白洛因，你是要把我傷死了才心滿意足麼？」

白洛因冷冷地甩掉姜圓拽著自己的手，一字一頓地說：「別再用母愛去包裹妳那顆虛榮的心了，我自始至終都沒有把妳當成我媽，以前不是，現在不是，以後更不可能是！」

姜圓癱倒在一旁的沙發上，手搗著胸口，臉上的表情痛不欲生。

「還有，關於妳說的這些出國的事。」

白洛因一邊說著一邊將桌上的檔案和資料拿起來，慢悠悠的，在姜圓的眼前撕碎。

「別再浪費精力做一些根本完不成的任務，妳以為區區一個小丫頭，就能把我哄騙到國外？妳真看得起她，妳真看得起妳自己！我白洛因就是將來要出國，也不會通過妳這雙骯髒的手！」

一大疊的碎紙條猛地砸到姜圓的頭上，在她的眼皮底下慢慢地散落到四周，她辛苦了十多天的成果，就這麼毀於一旦。

走到門口，白洛因又轉過身，看著面如死灰的姜圓。

「別再傷害我的家人，被我發現第二次，我讓妳十倍償還！」

腳步邁出屋子，身後轉來撕心裂肺的痛哭聲，好像天空中隆隆響起的悶雷，一聲接著一聲，將整個世界都籠罩在陰霾之中。

白洛因的腳步微滯，眼睛輕輕閉上，再次睜開時，已經看不到任何情緒。

正月十四，白奶奶出院了，白家又恢復了以往的平靜。

下午，白漢旗和鄒嬸從超市回來，買了很多禮物，打算挨家挨戶給鄰居街坊賠不是。白洛因也想跟著去，事兒是他惹出來的，理應他替父母出面去道歉。結果鄒嬸死活不讓他去，說是沒成家的孩子出去露臉不吉利，他只好和孟通天待在家裡。

孟通天這麼大的孩子就喜歡舞刀弄槍，白洛因走出屋的時候，瞧見孟通天正端著一架模擬機關槍，噠噠噠噠地對著院裡的幾棵樹掃射。

白洛因瞧他玩得挺歡實，自個也走了過去。

「給我瞅瞅。」

孟通天很大方地把槍遞給了白洛因。

白洛因掂量了一下，還挺沉的，做工精細，不論大小、重量，還是樣式、構造等都幾可達到以假亂真的地步。

「槍不錯。」白洛因忍不住誇讚了一句。

孟通天一副引以為傲的表情，「當然了，我同學老是要和我換著玩，我都不樂意給他們。就他們買的那些破槍，和我這個根本沒法比。」

白洛因瞧著孟通天這副牛哄哄的樣子，心裡直想樂。

「挺貴的吧？」

孟通天撲愣62了下小腦袋，回道：「不知道，顧海哥哥送給我的。」

聽到「顧海」兩個字，白洛因的臉色變了變，他又把槍還給了孟通天，自己坐在旁邊一邊抽菸一邊瞅著他玩。這個年齡段的孩子真讓人羨慕，無憂無慮的，想當初白洛因這麼大的時候，也整天在胡同口打打鬥鬥的，那會兒哪想過單親、貧窮這些問題啊，整天就知道傻玩，滿腦子想的都是怎麼讓自己活得更帶勁兒。

單純而充實。

「顧海哥哥還給我買了好多好東西，都擱廂房那兒存著呢，我不捨得拆，我得等我同學來了再拆，到那個時候還是新的。我告訴你，你別偷偷摸摸給我拆了啊！」

白洛因還在走神，孟通天的拳頭都比畫到鼻子前邊了，一臉防賊的表情。

白洛因輕笑一下，拽著孟通天褲腰上的帶子，把他翻了一個跟頭。

站穩之後，孟通天表示他很爽，還想再來。

白洛因反正也閒得無聊，陪他玩了很長一段時間，最後孟通天累了，坐在旁邊的小椅子上擺弄盒子裡的子彈，一邊數著一邊朝白洛因問：「顧海哥哥為什麼最近都不來了？」

白洛因神色黯然，淡淡回道：「他在自己家裡過年。」

「等過完年他還會回來麼？」

白洛因扭頭瞅著孟通天，他一臉期待的表情。

「你這麼待見他啊？」

孟通天用力地點點頭，「因為我們同病相憐。」

同病相憐？白洛因琢磨了半天，也沒想出來孟通天和顧海有什麼類似之處。

「我們都是被愛情折磨的人。」

白洛因被雷到了，顧海自己造孽還不夠，還非要拉扯上一個孩子。

「上次我們聊了很久，顧海哥哥說了他心裡的苦，我也發現了我心裡的苦，顧海哥哥說，我們是同病相憐的人，後來我想了想，他說的很對。」

尼瑪混蛋玩意兒！竟然和一個孩子聊這些?!這種事也就顧海能幹得出來。

白洛因故意逗孟通天，「那你說說你心裡有什麼苦。」

「哎……」孟通天又惆悵了，「我喜歡我們班一個女同學，她好像也對我有意思，可她老是不承認。」

孟通天這麼一說，白洛因大概明白顧海當初所謂的「苦」是什麼了。

「那你苦盡甘來了沒？」白洛因問。

孟通天晃了晃頭，「啥意思？」

白洛因這才意識到，孟通天才七歲，哪能理解這麼多成語啊！

「就是問你，那女生最後承認了沒？」

孟通天搖搖頭，「我忘了，我都換了好幾個了。」

白洛因：「……」

沒一會兒，楊猛找過來了，因為白漢旗和鄒嬸去了他們家，提了一大堆的東西，還一個勁地道歉。問題是楊猛和他父母這程子一直待在他姥姥家，今兒剛回來，壓根都不知道這事。莫名其妙收到一大堆東西，送禮的人還點頭哈腰的。

「你爸受什麼刺激了？」楊猛嘿嘿笑。

白洛因歎了口氣，手搭上楊猛的肩膀，一副懶洋洋的模樣。

「前兩天姜圓來我們家鬧，鬧得這一片兒都不得安生，我爸覺得大過年的，讓街坊四鄰聽到挺不好的，就挨家挨戶地去道歉。」

「這還用得著道歉？你爸思想覺悟也太高了！我和你說，我媽整天在院子裡大吼，沒一天不吼的，而且專門吼給街坊四鄰聽。她要是大晚上和我爸吵吵起來，隔四、五條街都能聽見，第二天早上和沒事人一樣，大搖大擺地出門，該怎麼著怎麼著。」

白洛因習慣性地保持沉默。

楊猛瞧見白洛因不吭聲了，眼珠子轉了轉，用胳膊肘捅了白洛因一下。

「對了，我還沒問你呢，你和石慧怎麼樣了？」

白洛因就回了兩個字，「完了。」

「完了？」楊猛目露驚詫之色。

白洛因挺不願意說起這個話題的，只是告訴楊猛，石慧大概年後就出國了。

楊猛一臉惋惜之色，「你說你怎麼不珍惜這個好機會啊？」

白洛因拽了楊猛的領子一下，淡淡說道：「不說她了，你來找我幹什麼？不會就因為我爸去了你們家吧？」

「不是，明兒不是正月十五元宵節麼！一起去逛廟會吧，待在家多沒意思啊！」

白洛因想了想，也是，反正待在家也沒事做，還不如出去散散心。

「成，那我明兒早上去找你。」

24.

消停了將近半個月的街道總算是熱鬧起來了，白洛因和楊猛一早就趕到了前門，整條前門大街被極具傳統特色的燈飾裝點成燈的海洋。到處走走看看，有戲曲表演、魔術、雜技……還有極具老北京特色的吆喝叫賣，日頭正足的時候，擠到了人群中，觀看舞龍舞獅的走街表演，跟著一群人拍巴掌叫好。

琳琅滿目的小吃看得人眼花繚亂，白洛因和楊猛就這樣走走嘗嘗，就把肚子塡飽了。

「哎，那邊有猜燈謎送禮物的。」

白洛因跟著楊猛走了過去。

眼前有個巨大的題板，上面貼著紅紙，剛勁有力的毛筆字寫著一個又一個燈謎。凡是猜出來的人，都能免費得到一袋湯圓或元宵，多猜多得，但是猜錯了一個，就沒有第二次猜的機會了。輪到白洛因的時候，他把第一排和第二排剩下的燈謎幾乎都猜光了，楊猛在一旁負責拿禮物，拿到最後都拿不下了。

工作人員面露尷尬之色，再這麼下去，用不了五分鐘，他們這塊展牌都可以拆了。

「第三排第五個燈謎，那個成語是勝友如雲。」白洛因繼續說。

負責審核答案的小姑娘面露窘迫之色，小聲說道：「答錯了。」

旁邊的工作人員高喊了一聲，「答錯了，下一位！」

「不可能！」

白洛因堅信自己的答案是對的，硬是把小姑娘的答案本搶了過來，一看果然是對的。

「有你們這樣的麼？我們明明答對了，愣說我們打錯了，是不是給不起啊？」楊猛狐假虎威地在一旁嚷嚷著。

最後活動負責人走了出來，笑呵呵地看著白洛因和楊猛。

「過年圖個吉利，我們不是不樂意送，我們是想讓更多的人參與進來。兩位帥哥，我知道你們是高手，你們想要禮物，想要多少都可以進去拿。關鍵是旁邊那麼多人等著呢，你們也得給別人一點兒機會是不是？」

白洛因笑了笑，盡顯君子之風度，轉身朝外走。

「等下，這個拿著！」

白洛因一轉身，對方拋過來一個東西，趕緊伸手接住。

等拿穩之後，才看清楚是什麼，楊猛忍不住驚呼了一聲，「好大的元宵啊！這……煮得熟麼？」

白洛因的眼神凝滯了片刻，腦中有個片段一閃而過，很快淹沒在街道的喧囂中。

一直到天黑，街上所有的彩燈都亮了，白洛因和楊猛站在街頭，將燈光照亮的美麗街景再次欣賞一番之後，才心滿意足地回家了。

白洛因回到小院的時候，飯菜都已經備好了，全家人都等著白洛因，孟通天見到白洛因回來，還給他搬過來一把椅子，示意他趕緊坐下來。

「來來來，開飯了。」白漢旗喊了一聲。

所有人舉起手裡的杯子，不管是酒還是飲料，先乾一個再說。

「吃菜、吃菜。」

「不對，得先吃元宵。」

「對，還是我們通天最機靈。」

一家人圍在一桌，一邊吃一邊聊著，每個人臉上都洋溢著幸福，絲毫沒有被前幾天的不順波及到情緒。好像商量好了一樣，對之前的事情閉口不提，今天是過年的最後一天，只聊開心的，一定要把這個歡樂和諧的氣氛延續到最後一刻。

白洛因靜靜地看著每個人的笑臉，聽著他們說著彼此的樂事，吃著酥軟香甜的元宵，濃濃的溫暖滲透到心底。

他是不幸的，有那樣一個母親；他又是幸運的，有這麼一群包容疼愛他的親人。

白洛因眸子裡的波光閃動了一下，放下筷子走了出去。

鄒嬸先發現白洛因出去了，捅了捅白漢旗，問：「因子今天怎麼吃得這麼少？」

「我去看看。」白漢旗也跟了出去。

白洛因回了自己的屋，把東西簡單地收拾了一下，拉著行李箱，提著一個超大號的元宵，推開門走了出去。

白漢旗就站在門口，驚訝地看著白洛因。「這麼晚了你要去哪？」

白洛因靜靜地看著他，「爸，我得回去了。」

「今兒正月十五，萬家團圓的日子，怎麼也得過完節再回去吧？」

白洛因沒動。

白漢旗看到白洛因的眼神，知道他是非走不可了，但還是想挽留一下。

「怎麼也得把飯吃完了再走吧？」

白洛因內心掙扎了一下，還是朝白漢旗說：「我吃完了，您和我爺爺奶奶說一聲，就說我過兩天就回來。」

白漢旗歎了口氣，心裡有些不捨，但還是拍了拍白洛因的肩膀，給了他一個肯定的眼神。

「去吧，這有一家子人呢，少一個照樣熱鬧。大海他爸去了部隊，別讓他一個人在家過年。」知子莫若父。

白洛因沒說什麼，轉身走出了小院。

白漢旗站在呼嘯的北風中，看著白洛因漸行漸遠的背影，不禁掬了一把辛酸淚。都說女大不中留，怎麼兒大也不中留了呢？

顧海從沙發上醒過來，屋子裡的燈開著，窗簾拉著，分不清是白天還是黑夜，更不清楚今天的具體日期。

不知道這樣渾渾噩噩地過了幾天，雙目無神地四處張望，滿屋的狼藉，到處都是酒瓶子，整瓶的，半瓶的，空瓶的，倒著的，立著的，歪著的……胃裡除了酒精，沒有任何存糧，經常一陣一陣燒灼著疼痛，灌下幾瓶冰啤酒，直到沒了感覺，再繼續倒頭大睡。

顧海站起身，全身上下的筋骨都是酸痛的，拖著疲倦的步子走到窗口，拉開窗簾，天已經黑了。冷峻的目光掃著窗外的街景，外面的燈很亮，人很多，西南方的夜空上，一朵朵綻放的煙火騰空而起，落下星星點點的餘暉……

顧海木然地拉上窗簾，打開冰箱一看，什麼都沒有了。眼睛在地上搜尋了一下，終於發現一瓶還未開啟的紅酒，在沙發縫裡摸到開酒器，熟練地擰了幾圈，拔下木塞子，嘴巴對著瓶口喝。

咕咚咕咚的，剛喝了兩大口，門鈴就響了。

喉嚨處停頓了一下，裝作沒聽見，繼續往嘴裡灌酒。

門鈴又響了。

顧海沉著臉把酒瓶子摔在茶几上，起身朝門口走去。

額頭傳來一陣陣刺痛，幾天沒活動的手指也有點兒笨拙，擰了好幾下都沒擰開，到最後也不知道怎麼就開了。

一個人站在外面。

顧海愣住了。

白洛因還穿著臨走前的那身羽絨服，拉著臨走前的那個行李箱，戴著平安夜那晚顧海送給他的手套，提著一個超大號的元宵，頂著兩隻通紅的耳朵看著顧海。

時間在這一刻靜止了。

兩個人誰也沒有開口說話，靜靜地看著彼此，眸底暗流湧動。

終於，顧海往外跨了一大步，猛地將白洛因摟進懷裡。

沒人能形容這種失而復得的滋味給顧海那顆搖搖欲墜的心帶來了多大的衝擊，也沒人能體會此時此刻的白洛因對於顧海而言究竟有多珍貴。他一條胳膊緊緊箍著白洛因的後背，像是要把他嵌進自己的身體裡，另一隻手輕輕扣在白洛因的後腦勺上，臉微微側著，微涼的嘴唇在白洛因的耳側周圍廝磨著，感受著他的體溫。

本來，白洛因心裡是很平靜的，包括按門鈴的時候，都沒有過多的思慮。可就在顧海抱住他的這一刻起，突然間什麼滋味都湧上來了。

過了許久，白洛因先開口。

「顧海，我記你一筆。」

顧海的身體僵了一下，暫時放開白洛因，目光裡帶著男人特有的剛毅。

「我會讓你還回來的！」

白洛因淡淡一笑，似乎是釋然了，催促著顧海把他的東西拿進去。

顧海看到白洛因手裡提著的袋子，問道：「這是什麼？」

「元宵，我猜燈謎贏來的。」

顧海接過來，看了看牆上的電子日期，才發現今天是元宵節，一瞬間心裡特別感動。

「那我去煮，你坐這等著吧。」說著進了廚房，剛把火打開，就看到白洛因跟進來了。

「我提醒你一句，最好一次煮熟了，你要是嘗了一口扔了，咱倆就沒得吃了。」

25.

收拾好屋子，吃完湯圓，洗了澡，躺在床上，十二點已經過了。

「又一年了，真快。」顧海忍不住感慨。

白洛因就趴在他的身邊，兩條胳膊環抱著枕頭，下巴舒服地搭在上面，眼睛微微瞇著，似乎很享受這寧靜的時刻。屋子裡只有兩個人，眼睛裡只有彼此，耳朵裡只能聽到對方的聲音，外界的一切都與這裡無關……

顧海把手放在白洛因的脖頸處，感覺到血管有力的跳動，心裡說不出來的舒服。好像一個犯了毒癮的人，在苦苦忍受了數天之後，終於一管液體注入到了他的靜脈。清晰的快感順著血液流淌到全身，骨頭縫裡都洋溢著舒暢的感覺。

白洛因瞇起眼睛打量著顧海。

人還是那個人，不過貌似瘦了一點兒，下巴尖削了不少，側臉的輪廓更加清晰。

「你該刮鬍子了。」

顧海用粗糙的手指摸了摸自己的下半張臉，很明顯的戳刺感，好像是很久沒刮鬍子了，具體的日期早就忘了，甚至他連自己上一次洗臉都不記得是什麼時候了。

「留點兒鬍子更有男人味兒。」顧海給自己的懶惰找藉口。

白洛因哼笑一聲，「別人留鬍子興許好看點兒，你，還是算了，本來長得就老。」

顧海氣結，「你怎麼總說我長得老？我哪長得老了？」

「哪都老。」

顧海磨牙，想從白洛因的身上找點兒缺陷反擊回去，結果發現哪個部位都如此養眼，根本挑不出一點兒毛病來。

白洛因起身朝浴室走去，不一會兒，胳膊上搭了一條毛巾出來。

「躺這來。」白洛因指指靠近門口的雙人沙發。

顧海微微直起上身，問：「幹什麼？」

白洛因晃了晃手裡的剃鬚刀，意思很明顯。

顧海眸色一動，像是才恍過神來，臉上的笑容順著濃密的鬍碴一點點地向外滲透。以前都是顧海給白洛因洗腳，給白洛因刮鬍子，顧海哪享受過這種待遇啊！白洛因肯回來，顧海就已經向天狂磕五百個響頭了，要是白洛因還能對他好，那爽歪歪的滋味就甭提了。

白洛因瞧見顧大少的嘴角都快咧到耳叉子那兒了，知道這廝心裡又開始蕩漾了，本來還想用毛巾給他潤潤臉的，為了防止他蹬鼻子上臉，還是讓他自個擦吧。

想罷，毛巾扔到了顧海的臉上，自己去浴室拿剃鬚膏。

白洛因往手上擠了一點兒剃鬚膏，均勻地抹到顧海的臉上，等待鬍鬚軟化。

顧海的眼睛睜著，頭頂上方就是白洛因的臉，起初距離很遠，隨著白洛因手上動作的開始，他的臉越來越近，甚至能感覺到他嘴裡的熱氣吐在剛剃好的光潔皮膚上。白洛因的表情很認真，也很謹慎，似乎是第一次給別人刮鬍子，生怕一不小心刮出一道口子。

顧海的手漸漸抬起來，伸到了白洛因的臉頰旁邊。

白洛因躲了一下，「你別亂動。」

顧海的手在空中僵持著，一直到白洛因的動作停下來，突然按住他的後腦勺，把他的臉按到了自己的臉頰上。

剃鬚膏淡淡的麝香味兒在鼻息間散開，白洛因的意識也有些模糊了，只是彎腰成這樣大的幅度，讓他很不舒服，於是從顧海大手的束縛中掙脫開。

「刮完了得擦擦，不然不舒服。」白洛因說。

顧海的眼睛裡閃動著暗紅色的火焰，嗓音低啞暗沉，「不用了，我等不及了。」

說罷猛地一股大力將白洛因拽到身前，又一個出其不意的別腿摔，讓白洛因重重地砸在自己的身上，不等白洛因反應過來，就捧著他的臉吻了上去。

雙唇貼合的那一刻，兩個人的呼吸瞬間就變得急切粗重，分別了將近一個月的身體在這一刻找回了彼此的味道。起初是顧海含著白洛因的薄唇，輕咬著不鬆口，後來白洛因逮住了顧海的舌頭，嘬了63一口，顧海整個人都燒起來了。

兩個人像是嘴饞了好多天的孩子，一下看到了母親的乳房，玩了命地吮吸啃咬，津液在口中混合融化，那是一股想念到了極致的味道。舌尖交纏頂撞，口中滋滋作響，兩隻手在尋覓了很久之後，終於握在了一起。

分離，是一件痛苦又折磨人的小事兒，可是不分離，你永遠體會不到感情的濃度。

63：咬，音：ㄔㄨㄞˋ。

原來，我是如此想念你。

在每一個孤獨的夜裡，每一個冰涼的被窩裡，我才知道我有多需要你。

白洛因漸漸停止了自己的動作，緩緩地將自己的臉從顧海的臉上移開，頭枕在顧海的肩窩上，輕輕喘著氣，眼睛直視的方向是顧海跳動的喉結。

顧海微微側頭，佯怒著看著白洛因，眉頭輕輕擰著，口氣中透著膩死人的抱怨。

「這一個月，你都快把我折騰死了！」

白洛因今天算是見識到了什麼叫惡人先告狀，難得溫柔下來的面孔立刻繃了起來。

「你丫還有臉說我？這事賴誰？」

顧海思前想後，都沒找到一條對自己有利的理由，最後不得不承認，「賴我。」

白洛因冷哼一聲，狠狠朝顧海的胸口給了兩下。

顧海攥住白洛因的手，拉到嘴邊親了一口，心裡還是有點兒不平衡。

「就算賴我，你也不能那麼狠吧？說不見我就不見我，說和別人上街就和別人上街，咱倆分開那麼長時間，你就一點兒都不難受啊？」

白洛因把自己的手拽出來，坐起身說道：「我難受也不會讓你看出來啊！」

顧海坐起身，從身後環抱著白洛因，下巴擱在他的肩上，饒有興致地問：「你怎麼個難受法兒？和我說說。」

「這有啥可說的？」白洛因氣惱。

顧海用嘴蹭了蹭白洛因的脖子，輕聲說道：「我就想聽聽。」

「我發現你這人特可恨，老是把別人的痛苦當成你的樂趣所在。」白洛因又扯回了剛才那個話題，「你還說我狠，我有你狠麼？你找兩個當兵的把我揍一頓，你說我怎麼難受？擱你身上，你自己怎麼想？」

平時最體貼照顧你的人，就因為一個誤會，說揍你一頓就揍你一頓……白洛因每次想起這件事，心裡頭都得翻騰一陣子。

顧海猛地坐直了身體，目光迫切地看著白洛因。

「這事我得解釋一下，那兩個小兵是我派過去的沒錯，可我絕對沒讓他們打你。他們是會錯了意，以為我喜歡的是石慧，結果看見你倆親密，就……」

白洛因感覺自己被兩個爛柿子砸中了腦袋，心裡這叫一個膈應！這叫什麼事啊？就好比大街上被人平白無故地抓進局子裡，毒打了一天一夜，結果第二天早上告訴他，我們抓錯人了……

看到白洛因黑著臉起身，沉默著走回自己的床上，顧海心裡也挺難受。

「這事兒是我混蛋！後來我想著也特心疼，可當時就為了那麼一口氣，咬著牙沒去看你。明天我回部隊，那邊還有東西沒拿回來，你跟我一塊去吧，我把那兩個小兵找回來，任你整，你覺得怎麼樣？」

白洛因斜了顧海一眼，「我覺得最該整的人是你！」

顧海躺到床上，肆意伸展著修長的四肢，眼睛瞄著白洛因。

「來吧，隨你整。」

白洛因沒搭理他，自己鑽進了被窩。

顧海用腿捅了捅白洛因，「我可給你機會了，是你不珍惜的。」

白洛因慵懶的聲音從被窩裡傳來，「算了，過去的事就讓它過去吧，我也有錯，我們誰也不必說誰，看以後的表現吧。」

顧海也鑽進了被窩，手搭在白洛因的肩膀上。

白洛因警告了一句，「睡覺。」

「我也沒想幹別的啊！」

顧海說著，把白洛因的身體轉了過來，面朝著自己，抱著他，心滿意足地閉上了眼睛。

一個多月了，第一個安穩覺。

26.

晚上，白洛因睡得很不踏實，一個勁地翻身。有幾次因為動靜過大，都把顧海吵醒了，顧海試探性地叫了白洛因一聲，結果發現他根本沒有醒。顧海把兩個人肩膀上的被子往上拽了拽，又把白洛因露在外面的胳膊塞了回去。

沒一會兒，白洛因突然又動了，而且還把眼睛睜開了。

「怎麼不睡了？」顧海問。

白洛因愣愣的，目光沒有焦距，手在被窩裡畫拉兩下，像是在找東西。

撒夜症64呢？顧海覺得挺逗，摸了摸白洛因的腦袋。

白洛因的眼睛裡透著幾分恐慌和焦急，瞪得比平時都大，乍一看能把人嚇一跳。腦袋也跟著抬了起來，額頭前面的幾撮毛翻鬈出一個幽默的弧度。

「寶貝兒，你找什麼呢？」顧海又把白洛因按下去了。

白洛因閉上眼睛，眉頭皺著，表情看起來有點兒焦躁，嘴裡嘟囔了兩句，顧海沒聽清。

沒一會兒，手又開始在被窩裡折騰，好幾次都打到了顧海的肚皮。

64：泛指晚上作夢、夢遊、說夢話。

這孩子今兒是怎麼了？顧海心裡納悶著，試探性地拍了拍白洛因的肩膀，感覺到他平靜了一點兒，又拍了拍，他的呼吸慢慢變得均勻，顧海把胳膊伸進了被窩，不料被白洛因的手緊緊地攥住。

過了一會兒，顧海柔聲朝白洛因說：「因子，我在這呢。」

就在那麼一剎那，白洛因的身體突然放鬆，若有若無地嗯了一聲，就徹底沒動靜了。

顧海的心卻在隱隱抽痛著。

他明明這麼需要你，這麼在乎你，為什麼你一早就沒感受到呢？假如你能多給他一點兒耐心和信任，你們之間還會有那個相互傷害的過程麼？……顧海苛刻地自我檢討著，好在他現在意識到了，還不晚，他們還有很長很長的路要走，他還可以愛他很久很久……

顧海的手指在白洛因的臉頰上摩挲著，目光專注且痴迷地盯著白洛因看，好像怎麼看都看不夠，一直看到眼皮沉重地再也抬不起來。

這一覺一直睡到第二天下午，兩個人前段時間都沒睡好，今天終於逮著這麼個好機會，不睡覺幹嘛去？

顧海先醒的，醒了之後看了一眼鬧鐘，又放下了。

白洛因迷迷糊糊地朝顧海問：「幾點了？」

「早著呢，剛四點。」胳膊順著白洛因的胳肢窩插了進去，又把他往自己的身邊帶了帶。

白洛因眯縫著惺忪的睡眼朝外面看了一眼，嘟囔道：「怎麼剛四點，天就有點兒亮了？」

「可能下雪了。」

一聽「下雪」這兩個字，白洛因睡意更濃了，下雪正是睡覺的好時候，接著睡！

六點多鐘，顧海又朝外面瞅了一眼，天還黑著呢！怎麼感覺這一宿睡了這麼久？尼瑪睡得老子肚子都有點兒餓了。

貪戀被窩的溫暖，顧海又一次沉沉地睡了過去。

最後白洛因是被一泡尿憋醒的，不得不鑽出被窩，去了洗手間。

透過窗戶往外看，依舊是漆黑的夜空。

白洛因明明記得自己睡覺的時候就一點多了，然後作了無數個冗長的夢，怎麼到現在天還沒亮？他又鑽回了被窩，拿過鬧鐘瞅了一眼，已經八點多了，照理說早該亮了。就算是陰天，也不至於黑得這麼徹底吧？

白洛因心裡突然有個不祥的預感，他拿起手機看了一眼。

「20：26」

已經是晚上了，睡了快一輪了，再瞧瞧旁邊這隻豬，毫無察覺，睡得比他還香。白洛因的腦袋跌回了枕頭上，一咬牙一跺腳，算了，再忍忍吧，這會兒要是起了，晚上就睡不著了。乾脆一狠心睡到明早上，絕對不能打亂自己的生理時鐘。

結果，顧海先忍不住了，半夜爬起來，做賊一樣地摸到廚房，打開冰箱看了兩眼，什麼都沒有，翻箱倒櫃地找了一通，終於發現兩捆掛麵。

隨便煮了煮，放了點兒佐料，就著榨菜就開始狂塞。

人一旦餓極了，吃什麼都是美味。

白洛因走進廚房的時候，顧海正在那狼吞虎嚥。

最後一筷子麵條被顧海吸溜到嘴邊，剛要端起碗喝湯，就看到了門口的白洛因。

白洛因眼巴巴地瞧著顧海，「分我一碗。」

顧海喉結處動了動，好長時間才回了句，「沒了。」

白洛因嚥了口唾沫，表情特痛苦。

顧海笑得挺尷尬，「我以為只有我半夜會餓得睡不著，可能是前幾天沒吃什麼東西，今兒胃口好了，半個元宵沒起作用。那個……我要早知道你也沒吃飽，我就給你留一碗了，我估計天也快亮了，你再忍忍。」

我他媽都忍了一天了，白洛因頂著一張受傷的臉回了臥室。

結果，半夜三更的，顧海穿上衣服，開車轉了好幾條街，終於看到了一家二十四小時營業的快餐廳，買了一大包的飯菜給白洛因提了回去。

第二天一早，確切的說應該是第三天一早，顧海帶著白洛因去了部隊。睡了二十多個小時，兩個人的精神頭兒出奇的好，若是穿上軍裝，站在隊伍裡，絲毫不比那些士兵遜色。

白洛因跟著顧海去了軍區宿舍，路上碰到的那些老兵一般都會和顧海打招呼，有一個人還特意停了下來，盯著白洛因看了好幾眼，問顧海：「這誰啊？」

顧海一腳踹在那人小腿肚兒上，厲聲喝道：「你管他是誰呢？該幹嘛幹嘛去！」

此人倒吸了一口涼氣，縮著脖子走開的時候，還偷瞄了白洛因一眼。

白洛因瞧見顧海那囂張跋扈的勁頭兒，以為他故意在自己面前耍威風，忍不住調侃了一句，「還真有點兒首長兒子的範兒啊！」

「不是，你沒看見他剛才看你的眼神麼？」顧海沉著臉。

白洛因還真沒注意。

顧海用手推了白洛因的後腦勺一下，語重心長地說：「傻小子，長點兒心吧，這爺們兒一旦進了部隊，十個裡邊就得有一個變異的。」

「我說你前陣子怎麼一直在這待著呢！」

顧海沒聽出白洛因話裡有話，還在顧自哼哼著，「還不是讓你給氣的。」

「讓我給氣的，到這來找那十分之一的概率來了？」

「你丫……」顧海猛地朝白洛因的屁股上給了一下，「除了你，我對哪個公的都不來電。」

兩個人說著鬧著，就到了顧海之前住的房子。

「進來吧。」

進去之後，白洛因掃視了一下屋內的環境，小小的驚訝了一番，裡面收拾得很乾淨，地面上連個紙屑都沒有。被子疊成整齊的方塊形，床單拽得平平整整的，看不見一絲褶皺。想想家裡那張床，再想想家裡的環境，心裡忍不住唏噓了一下，這軍人作風還分場合啊？

顧海看出了白洛因心裡所想，特意解釋了一下，「是個勤衛兵給打掃的。」

白洛因若有所思地點點頭，「要不，你也把他請到咱家算了？」

「你敢！」

顧海拿起一把槍對準白洛因的腦袋，因為想不起來槍裡有沒有放著實彈，顧海的手很小心，生怕走了火。

白洛因把槍拿了過來，放在手裡擺弄了一陣，這是他第一次摸真槍，難免有些興奮，手抬起來，對準窗戶，扣扳機。

只聽「砰」的一聲！

玻璃上驟然出現一團蜘蛛網似的裂口。

顧海正在收拾東西，聽到這聲音猛地一驚，敢情這裡面真有子彈啊？幸好剛才白洛因沒把自己當靶子，這一槍，太突然了。

白洛因的眼睛朝槍口裡面瞄了兩眼。

這個動作嚇了顧海一跳，他趕緊走過來，拆掉了彈匣，朝白洛因說：「先別玩了，以後我送你一桿更好的槍。」

「不要。」白洛因拍拍腿站了起來，在屋子裡東瞧瞧西看看。

「為什麼不要？」顧海問。

白洛因揚唇一笑，「我怕哪天忍不住就給你一槍。」

27.

從軍區大院走出來，顧海帶著白洛因參觀了就近的軍火倉庫。看到了重型坦克、大口徑火炮、各類防空火力以及作戰飛機、空戰飛機等先進的武器配置，顧海在一旁給白洛因詳細講解著這些武器的性能和優勢，白洛因這次算是徹底開了眼。

臨近中午，兩個人一起到軍區大食堂裡面吃飯。

白洛因看著餐桌上的美味，有魚有肉有菜有湯的，忍不住感慨了一句，「我以為軍隊裡的伙食很清苦呢，沒想到還挺豐盛。」

「那也要看具體情況，有的軍營待遇好，有的稍微次點兒，這還算不錯的。」說罷，往白洛因的碗裡夾了一塊鴨肉，「嘗嘗，和我的手藝比起來，你覺得怎麼樣？」

白洛因吃了一口，香味四溢，葷而不膩。

實話實說，「簡直沒法比，根本不是一個檔次的。」

顧海謙虛地笑了笑，把嘴湊到白洛因耳邊，小聲說：「別說得那麼直接，炊事班的弟兄們也會兩下子，到時候再揮著炒勺和你玩命來。」

白洛因差點兒把嘴裡的飯吐出來。

剛才顧海問這個問題的時候，白洛因就挺佩服他的勇氣，這種問題也就顧海能問得出口。哪想到嚇人的還在後頭呢，這傢伙竟然還得瑟起來了，理所當然地把自個當成那個好的，心裡都沒磕巴65一下。
「顧大少，介意我坐過來和你們一起吃麼？」
白洛因抬起眼皮，看見一位相貌英俊的年輕軍官。
顧海連頭都沒抬，冷冷地回了句，「介意。」
軍官無奈地笑笑，端著自己的餐盤和飯碗去了別的桌，一邊吃還一邊往這裡瞅。
白洛因問顧海，「你經常來部隊麼？我感覺這裡的很多人都認識你。」
「現在不常來了，小時候就住在軍區大院裡，天天和這些士兵打交道。」
「那你打算以後還回這麼？」
顧海想都沒想就說，「不回了，我堅決不入伍。」
和很多人一樣，白洛因心裡也挺詫異，以顧海的身體條件和家庭背景，若是入伍，必大有作為。
「為什麼你們都覺得我會入伍？就因為我爸是軍幹？」
白洛因頓了頓，說道：「也不完全是，我覺得你從小在這裡長大，應該對這一片土地有很深厚的感情。」
「你錯了。」顧海暫時擱下筷子。
白洛因看著顧海。
「就因為從小生活在這兒，對這兒的環境過分的熟知，才讓我感覺到厭倦和麻木。從我記事開始，就和一群部隊士兵一起訓練，土地是硬的，軍用器械是冷的，除了我媽的手是暖的，其他的一切在我眼裡都沒有溫度。」

「我能理解。」白洛因淡淡地回了一句。

顧海滿不在乎地笑笑，「我和別人不一樣，別人是擅長什麼就去做什麼，我是不擅長什麼偏要去做什麼。我喜歡挑戰，喜歡冒險，喜歡刺激，喜歡挫折——更喜歡你。」

說前面幾句話的時候，顧海的表情還算正常，到了最後一句，眼睛裡突然放出賊光。

白洛因輕咳了兩聲，悶頭繼續吃飯。

吃過午飯，兩個人來到專業的訓練場地，看著部隊士兵在這裡進行艱苦的訓練。

距離白洛因最近的這塊場地上，十幾個士兵穿越三十米的鐵絲網，來回不知道跑了多少趟。白洛因就是坐在這裡觀看，都能感受到那種勞累和痛苦。

「他們每天都這麼練麼？」白洛因問。

顧海把手搭在白洛因的肩膀上，慢悠悠地說：「這是最基本的體能訓練，對於他們而言就屬於熱身了，真正鍛煉技能的訓練，比這個要殘酷多了。」

「我能感受到你童年的悲慘了。」白洛因表示同情。

顧海笑，「其實累不累倒沒有多深的體會，主要是環境對人的壓迫和磨練。」

「你前段時間一直在這磨練？」

顧海一臉自豪地說：「是，每天和他們一起作息，每個任務都不落。」

65：結巴，講話不流暢。

「我也沒看見什麼效果啊。」

顧海表情滯愣了一下，目光朝向白洛因，沒明白他的意思。

「你每天在這磨練，心裡不還是那麼脆弱麼？」

顧海眸色一沉，猛地將白洛因推倒，胳膊墊在白洛因腦袋下面，另一隻手扼住白洛因的喉嚨，又愛又恨地逼視著白洛因，質問道：「我脆弱是因為誰？嗯？你見過我為別人的事兒愁眉苦臉過麼？小兔崽子，還敢拿這事擠兌我！」

「是你本來就不行。」

「我不行？」顧海目露邪光，手在白洛因的身上撓癢癢，好幾次故意捅到了白洛因身下的寶貝兒，一個勁地追問：「你說我不行，我怎麼不行了？」

白洛因使勁兒推了顧海一把，想把這個惡棍甩開，結果顧海窮追不捨，兩個人在地上翻滾了好幾圈，最後白洛因氣喘吁吁地低吼了一聲，「別鬧了，到處都是人。」

「人，哪有人啊？我怎麼沒看見？」

白洛因想坐起來，顧海偏不讓，就要這麼壓著他。

臉對著臉，不足一公分的距離，兩個人的呼吸都有些變了味兒。

顧海的手指在白洛因的後腦勺上抓撓了兩下，目光中隱含著兩個人心照不宣的那點兒小心思。

「我想你了。」

白洛因表情凝滯了片刻，突然來了一股狠勁兒，猛地把顧海推開了，再不推開就要出事了。他站起身，拍拍身上的土，又伸手把賴在地上的顧海拽了起來。

「你不是說今天有實戰演習麼？帶我去看看吧。」

顧海臉歸正色，「行，咱們是坐車去還是走著去？」

「離這多遠？」

「大概五公里左右吧。」

白洛因掐指算了一下，五公里，才五千米，算不上遠。

顧海看見白洛因一派輕鬆的表情，存心想為難為難他，提議道：「不如咱倆就來個五公里負重越野吧，讓我瞧瞧你有多大的能耐。」

白洛因看見顧海那不屑的眼神，心裡面的戰鬥欲望立刻被點燃了，他本來就是個練體育的好苗子，初中的時候還得過業餘組的萬米冠軍。爆發力雖然沒那麼出色，但是耐力很強，一般不訓練都能順利跑完幾公里。五千米，對他而言算不上什麼難事。

背著二十公斤的負重包，兩個人上路了。

起初還算輕鬆，白洛因展示出了良好的身體素質，一邊跑一邊和顧海聊天。結果過了兩公里之後，發現不是那麼回事了，他徹底理解了「負重」的含義，後背已經有點兒直不起來了。而且越野和平地跑的差異也慢慢顯現出來了，最開始都是平坦的路段，到了後面起伏越來越大，不停地爬坡下坡，而且路上的石子越來越多，硌得腳底板鑽心得疼。

顧海感覺到白洛因的速度開始慢了，扭頭朝他一樂，調侃道：「怎麼著？累了吧？」

聽顧海的口氣，完全像沒事人一樣。白洛因咬咬牙，繼續堅持。

轉眼間已經四公里開外了，白洛因感覺自己的雙腿像是灌了鉛，身體搖搖欲墜，每一步都是那麼艱難，前面又是一個大坡，白洛因差點兒被身後的重力牽得滾下去。

好不容易爬上了坡，白洛因擦了擦額頭的汗，瞧見顧海站在坡下對著他一臉輕鬆的笑容。心裡一惱，恨恨地甩掉身上的負重包，小跑著衝下坡，一下竄到了顧海的背上。

八、九十公斤的重量掛在顧海的身上，顧海仍舊站得挺直。

白洛因嫌顧海背上的負重包太礙事，直接扯了下去，自個伏在他的背上呼呼喘著粗氣。其實咬咬牙還能再忍個半公里，估計也就到了，可顧海跑得太輕鬆了，白洛因心裡這個羨慕嫉妒恨啊！乾脆就賴在他的身上不下來了，你不是體力好麼？那你就掛著我繼續往前衝吧，我倒是要看看你會不會累。

其實，白洛因完全想擰66了，從他竄到顧海背上的那一刻起，顧海就不知道什麼叫累了。滿滿當當的都是幸福。

白洛因從沒有過這樣的感覺，一個人背著他漫山遍野地跑，耳邊是呼嘯的寒風，眼睛下面卻是豆大的汗珠，呼吸聲透過寬闊的脊背傳到他的胸口，一聲一聲很是震撼。

到達目的地，顧海才把白洛因放下來。

兩個人躺在光禿禿的土地上，頭頂上方是藍得通透的天空，幾架戰鬥機轟隆隆地飛過。

「累吧？」顧海伸手捏了白洛因的臉頰一下。

白洛因把顧海的手拿下來，放在腿邊握著，很誠實地點了點頭。跑的時候累，顧海背著他的時候也累，一直到現在都沒歇過來。

「以後你要是不聽話，我就這麼罰你，五公里負重越野，跑到你認錯為止。」

白洛因斜了顧海一眼，眸底盡是疲倦和不滿。

顧海呵呵笑了兩聲，寵暱的目光追隨著白洛因英俊的面孔。

「逗你玩的，我哪捨得罰你啊？」

白洛因輕輕舒了一口氣，野外的空氣真清新。

28.

開學日期臨近，兩個人貓在家裡正式不出門了，每天對著厚厚的幾疊卷子發愁。答案很噁心，只給了一個最終結果，老師揚言一定會看過程的。

兩個人分工，一人做一半。

白花花的卷子鋪得滿床都是，旁邊有兩個嶄新的書桌，自買回來之後總共沒用過三次，大部分作業時間都在床上膩歪。

白洛因趴在床上，手背支著下巴，一邊看著密密麻麻的文字一邊打哈欠，哈喇子67都快滴到紙上了。

顧海瞅了他一眼，心疼地說：「你要睏了就睡吧，剩下的這幾張都歸我寫。」

白洛因搖了搖頭，又拍了拍身邊的位置，「趴過來。」

「幹嘛？」顧海扭頭看向白洛因。

白洛因不耐煩，「讓你趴過來你就趴過來。」

66：「錯」的意思。

67：口水。

顧海帶著疑惑的目光，按照白洛因的要求趴了過去。

結果，白洛因把頭枕在了顧海的屁股上。

敢情是拿我屁股當枕頭，顧海似笑非笑地看了白洛因一眼，瞧見他那一副舒坦的模樣，忍不住問：「那不是有枕頭麼……你怎麼不躺枕頭上？」

「枕頭不是沒你的屁股軟乎麼。」白洛因說著說著自己樂了起來。

「你瞧你那傻樣兒……」顧海寵暱地回頭看著白洛因，看他躺在自己身上，認真做題的模樣，心裡癢癢的，還撓不到。

過了一會兒，白洛因感覺到旁邊某個人注意力不集中了，凌厲的目光掃過去，警告了一句，「趕緊幹正事。」

顧海把頭轉過去沒一會兒，又轉了回來，「我這麼趴著有點兒累了。」

白洛因很體諒的把自己的腦袋挪開了。

顧海清了清嗓子，厚著臉皮說：「我不是那個意思，我是想說剛才你在我身上躺了半天，這會兒是不是該輪到我躺你屁股上了？」

「不給躺。」白洛因斷然回絕。

「憑啥不給躺？」顧海炸毛了，「我都讓你躺了，你憑啥不給我躺？」

「你給我躺那是你樂意的。」

顧海顧自運了兩口氣，濃黑的眸子裡突然冒出兩簇暗紅色的火焰，一點點地向外蔓延。他的手在床單上輕輕敲了幾下，猛地一頓，如同一隻野虎朝白洛因撲了過去。

白洛因立刻用防狼的眼神把自己武裝了起來，冷語警告道：「顧海，你丫最好安分一點兒，咱倆沒多少時間了，你這一鬧，指不定又得折騰到幾點。」

顧海就三個字，「我樂意。」說完就親了上去，舔耳朵，揉撚胸口，解褲子，動作一氣呵成……等兩條筆直的長腿露出來的時候，那腿間的小內褲已經撐起個小山丘了。

顧海發現了，白洛因就是典型的悶騷男，嘴硬身子軟，每次都裝得正經人似的，結果一旦弄幾下，感覺來得比誰都快。

一個多月沒碰小因子了，顧海著實有點兒想，隔著一層薄薄的布料，耐心溫柔地親吻著，舌頭將白色的內褲弄濕，隱隱約約透出來的色澤讓顧海喉嚨發緊，他用嘴自上而下地勾勒著它的形狀，直到翹起的軟頭已經在內褲邊緣若隱若現。

白洛因很舒服也很急迫，總是隔著這麼一層布料，終究搔不到裡面的癢處。

「想讓我直接舔麼？」顧海語言粗俗直接，「那你就自個拿出來，放到我嘴邊。」

白洛因惡狠狠地瞪著顧海，終究撂不下那個面子，沉悶地回了句，「你趕緊著。」

顧海偏不，就這麼用舌頭在內褲外邊耗著，眼睛色情地盯著裸露在內褲邊緣的軟頭，手指伸到了中間的冠狀溝處，輕輕搔刮了兩下。

白洛因腰部抖了抖，呼吸粗重急促，臉都憋紅了。低頭看了顧海一眼，他還在不依不饒地盯著自己，舌頭魅惑地在嘴角舔了兩下，赤裸裸的勾引。

白洛因受不了了，掏出自己的那活兒，猛地將顧海的腦袋按了下去。

熟悉的溫度包裹著白洛因，是他每天夜裡都在幻想著的，懷念著的，每每想起就會欲罷不能的……

他突然拽了下顧海的腿，起初顧海沒明白什麼意思，後來感覺褲子被人扯下來了，心裡猛地一陣激盪，白洛因這是主動要……那個麼？第一次，第一次感覺自己被他如此渴求著！！

白洛因側過身，調整了下姿勢，近距離地欣賞顧海的私處，雄壯的，恐怖的，曾給他帶來惡夢般疼痛的，專屬於他的男人象徵物。

他的目光灼視就給顧海帶來了非同小可的刺激，顧海含含吐吐的頻率驀地加快，白洛因悶哼了一聲，意識的狂熱讓他暫且忘記了自身的恐懼和排斥，試著用嘴含住了顧海的分身，輕輕抽動了兩下，就感覺到了顧海腿根的顫抖。

「爽……」顧海毫不忌諱把自己所有的感受都說出來，「寶貝兒……真爽……」

白洛因送了顧海三個字，「你真騷。」

顧海還了白洛因一連串的刺激，先是大力吮吸下面的兩個小球，一聲一聲嘬出響兒來，又一路向下，順著密口四周舔，感覺到白洛因臀部的肌肉連著整條腿都在顫動，鼻腔裡發出哼哼聲，心裡反問了句，咱倆誰更騷？

白洛因感覺到，很多時候刺激不是來自於直接的感官接觸，而是來自於彼此的回應。顧海每哼一聲，他心裡都有股熱浪在翻滾，恨不得現在就把顧海壓在身下，搞得他嗷嗷爽叫。

顧海何嘗不這麼想，嘴饞地在密口周圍徘徊半天了，看著那緊窒的密口一縮一縮的，好了傷疤忘了疼的罪惡心理又一次侵上心頭。忽略掉那件事所帶來的所有負面影響，單純地談身體感受，真的是絕頂的快感，簡直不敢想，一想就恨不得捅進去一而再再而三地犯罪。

白洛因先下手了，手指戳了戳顧海的密口，惹得顧海呼吸一緊。

「我記得某個人還欠我一筆呢。」

顧海尷尬地笑了笑，「來日方長。」

白洛因卻趴到了顧海的身上，嘴貼到他的耳邊，輕聲說道：「擇日不如撞日，就今兒吧。」

顧海的眼神四處逃竄，最後落在地上那些白花花的卷子上，做著困獸般的掙扎。

「你瞧，咱們還那麼多作業沒做呢。」

白洛因狠狠朝顧海的腿間頂了一下，目露精光，「老子寧可回去罰站，今兒也得把這仇報了！」

顧海的脊背挺了一陣，想到躺了五天的白洛因，瞬間洩了氣，不動彈了。

白洛因比顧海仁慈多了，還知道抹點兒油，鼓搗了好久才進去，然後猛地吸了一口氣，連呼吸都帶著顫慄的快感。

太緊了，爽翻了……白洛因迫不及待地動了起來。

屋子裡立刻響起顧海宰豬一樣的嚎叫聲。

「我草……疼死我了……你丫太狠了吧？……」

白洛因用手朝顧海的屁股上拍了兩下，毫無憐惜之意，「你丫給我消停點兒！都沒出血你喊什麼？那天我疼成那樣也沒照你這麼喊啊！」

顧海繼續哀號，疼是一方面，心裡面膈應才是最主要的。想他顧海一個人能單挑三個壯漢，如今卻被媳婦兒壓在下面，這要是讓別人知道了，他這張老臉往哪擱啊？

白洛因卻已經爽得忘乎所以了，甚至發出斷斷續續的哼吟聲，兩側的頭髮隨著律動搖擺著，汗珠被瀟灑地甩開，那張英俊的臉頰，比平日還多幾分性感和魅惑。

從沒在白洛因的臉上看到過如此鮮明的情緒表達，整個人像是被注入了強大的活力，青春昂揚，瀟灑不羈……顧海把頭扭了過去，咬著牙忍著，疼也忍著，窩囊也忍著，只要想到白洛因這副激動的表情，就覺得什麼都值了。

終於，白洛因吼了一聲，一股灼熱的激流噴射在顧海的臀瓣上。

倒在床上，呼吸還未平息，白洛因的胸口以上全是紅的，隱隱透著一股喜悅。

顧海黑幽幽的目光盯著白洛因看了好一會兒，最後輕咳了一聲，示意白洛因看自己的身下。

原本鬥志昂揚的小海子，這會兒又蔫了。

白洛因挺不好意思的，剛才光顧著自個爽了，把這廝給忘了。想罷，把手伸了過去。

顧海卻攔住了他，露出半張臉，嘴角帶著淫邪的笑容。

「現在咱倆誰也不欠誰了吧？」

白洛因很快明白了顧海的意思，但他也很理智地提醒顧海，「大夫說了，盡量別有第二次。」

顧海一驚，「大夫說這話的時候，你不是昏迷著麼？」

「你忘了，我睡覺的時候都能聽講。」

顧海：「……」

29.

白洛因把手伸到軟塌塌的小海子上面，一邊套弄、一邊親吻著顧海的脖頸。

顧海很快又有了感覺，一條腿搭上了白洛因頗有彈性的臀部，腳心在上面摩挲了一陣，腳趾緩緩地朝中間的溝壑裡伸去，直到碰觸到某個部位，白洛因條件反射地抖了一下，手裡的動作停止了，陶醉的目光凝滯了，整個身體都變得很僵硬。

完了……顧海心底驀然生出一股寒意。這是真的有了心理陰影啊！以後的日子還怎麼過啊？

正想著，白洛因又欺身壓了上來，英俊的臉頰歪在顧海的腦袋右側。

「我好像又有感覺了。」

顧海已經意識到了事情不妙，因為抵在尾骨上的某個淘氣的小傢伙又開始蠢蠢欲動了，跳動的神經一下下地衝刺著顧海的腦膜。一次還不夠？還要來第二次？多麼殘忍的一個請求，顧海就是體力再好，也架不住白洛因這麼折騰啊！

「寶貝兒，你歇一歇吧，留點體力，咱們還有那麼多作業沒寫呢。」

白洛因賴皮地趴在顧海的身上不下來，不停地蹭啊蹭的，一邊蹭一邊說：「就一次，這次我保證也能讓你舒服，大海啊……你不是說要對我好麼？」

顧海被蹭得身上冒火，心裡也冒火，你說你平時不撒嬌，偏要這個時候和我撒嬌！腦袋被人扳過去，看到與平時截然不同的表情，眼睛滴溜溜的，裡面溢滿了渴望和期待。若是用這種表情求顧海來上，顧海絕對會立刻瘋了。

可惜他不是啊！

顧海深吸了一口氣，算了，反正今兒這罪也受了，也不在乎多來一次了。既然本意就是想讓媳婦兒爽，乾脆就讓他爽個徹底吧，一次吃夠了，以後都沒這個念想了。

誰讓你愛他呢？

結果，白洛因的保證一點兒都沒生效，不僅沒讓顧海真正舒服起來，也沒做到就這麼一次。整個晚上像是打了雞血一般，翻來覆去地折騰，折騰到最後一次，幾乎已經射不出什麼東西了，胯下隱隱作痛，可意識還是那麼興奮。

結果，第二天，兩個人皆嘗到了惡果。

顧海的狀況自然不用說，做一次中國式鐵人三項都沒這麼累，拿釘子往骨頭縫裡釘都沒這麼疼。白洛因放縱了一宿，疲倦過度很快就睡著了，本想藉此機會好好休息一下，結果一大早就被難受醒了。

去了浴室，掏出小鳥，發現都腫了，用手一碰就疼，排尿的時候更疼。白洛因一隻手費力地撐著牆壁，另一隻手小心地扶著鳥兒，既要忍受前面的刺痛，又要忍受後腰的酸痛，整個過程像是打了一場仗。

好不容易躺回床上，情況也沒好到哪兒去，全身上下沒有一處不難受的，又累又睏卻根本睡不著，昨天晚上的歡愉早已遠去，剩下的是無盡的懊悔和折磨。

顧海就趴在旁邊，一動不動的，看似睡得挺香，其實一直在默默忍著，一宿都沒怎麼睡。白洛因想起前段時間自己的遭遇，想起顧海那一次暴行給自己帶來的惡夢般的痛楚，反觀自己的所作所為，豈止是一次，四五次都有了！

顧海的狀況可想而知。

白洛因現在後悔了，心疼了，也能體會到當初顧海的心情了。

他伸手試探了一下顧海的體溫，好在是正常的，沒有發燒。

感覺到白洛因的觸碰，顧海把眼睛睜開了，面前是一張疲憊不堪的面孔，和昨晚那瀟灑不羈的派頭簡直判若兩人。

看到顧海這麼快就把眼睜開了，白洛因才意識到顧海本來就是醒著的。

「你……昨晚沒睡好吧？」

顧海反問，「你說呢？」

白洛因一臉愧色，「是不是特疼啊？」

「你這不是廢話麼？我有多疼，你心裡還沒數麼？」

白洛因像是一個做錯了事的孩子，臉一垮，腦袋扎到兩個枕頭中間的縫兒，不吭聲了。

顧海瞧見白洛因這副德性，自個沒出息地先心疼上了，手伸過去摸摸他的頭髮，安慰道：「行了，別難受了，沒啥大事，我這體格扛得住。」

白洛因還是把臉悶在枕頭中間，只露出一個後腦勺，頭髮亂糟糟的像鳥窩一樣，不知道的還以為挨欺負的人是他呢。

顧海艱難地挪了下身體，一股刺痛從尾骨順著脊柱一路延伸到腦門，擰著眉頭忍了好一會兒，才把臉貼到了白洛因的脖頸子上。

「現在你的前邊後邊都是我一個人的了，我疼點兒也樂意。」

白洛因這才把臉側過來，直直地看著顧海的雙眸。

「昨天晚上，你一點兒舒服的感覺都沒有麼？」

這句話一下把顧海問住了，到底是說舒服呢還是說不舒服呢？做為一個男人，顧海深深地理解這種亟待受到肯定的心情，如果否認了，弄不好白洛因得難受一陣子。可真要說舒服，把這傢伙哄樂了，回頭再來一次，他還活不活了？

看到顧海猶豫的目光，白洛因瞬間領會了，原本低落的面孔這會兒顯得更加陰鬱了。

顧海就是瞧不得白洛因難受，他一難受這邊立刻就服軟。

「其實有一陣還是挺舒服的。」

白洛因露出一隻眼瞄著顧海，悶悶地說：「下次，我一定不這麼幹了。」

「別！」顧海斷然回絕，「沒下次了，僅此一回！」

對於這個問題，顧海已經想得很清楚了，這事不能讓，關鍵得看適合不適合，不能因為心疼他，就勉強自己承受這種痛苦。做愛畢竟是兩個人的事，只要有一方是痛苦的，這個過程就沒有存在的必要了。他堅信自己上一次是失誤了，只要他這段時間不斷學習、不斷進步，總有一天會讓白洛因接受自己的。

當然，這種想法白洛因也有。

只不過現在他暫時拋開了這些念頭，昨晚元氣大傷，他已經無心去想這些事了，早點兒養好身體才是關鍵。他費力地支起上身，伸著胳膊去拉床頭櫃的第二個抽屜，裡面有一管藥，本來想扔了的，幸好當時手下留情，這會兒又派上用場了。

「你幹什麼？」

顧海看到白洛因掀開了被子，於是一臉防備地看著他。

白洛因也挺尷尬的，「我給你上點兒藥吧，這是那個大夫給我開的藥，沒用完。」

「不用！」顧海倒豎雙眉，兩隻手護著自己的睡褲，語氣生硬地說：「我沒事，用不著上藥！」

「你還覺得丟人啊？我受傷那會兒，還是外人給上的藥呢，我不也忍了麼？而且那會兒你也在旁邊看著，我都沒吭一聲。你以為我樂意給你上啊？我不是看你行動不便麼……」

顧海依舊梗著脖子，「我說沒事就沒事。」

「把手拿開！」白洛因黑臉了。

等了一會兒，見顧海還不退讓，白洛因乾脆用強的，直接趴在他的身上，狠狠地壓著他，一把脫掉他的褲子，扒開就抹藥，還好，沒自己想像的那種爆炸似的慘景，只不過是腫了，但是腫得也挺厲害，白洛因盡量讓自己的動作輕柔一點兒。

顧海也慢慢放鬆了，放鬆之後他敏銳地察覺到，白洛因給自己抹藥的時候，也在不停地吸氣，好像疼的是他一樣。

如果這種體貼的照顧是在他英勇負傷的情況下，而不是現在這種悲哀的境地，他該有多幸福。

白洛因稍稍往下挪了挪，結果一不小心，受傷的小因子撞到了顧海的膝蓋骨，疼得他蜷起了身子，不停地咧嘴。

顧海關切地詢問：「怎麼了？」

白洛因緊蹙著眉毛擺擺手。

顧海察覺到了不對勁，看到白洛因手摀著的部位，細想想也猜到大概了。

「把褲子脫了。」

這次換成顧海命令了。

白洛因死活不脫，昨晚雄風大振、樂不思蜀，今兒能讓人家瞧笑話麼？

「有什麼可害臊的？舔都舔過了，還怕我瞅啊？」

顧海說著就下了地，這一陣撕扯的疼痛啊，他都想罵娘了！好不容易挪到了浴室，用溫水泡了一條毛巾，擰乾之後往回走，到了臥室門口還歇了歇。

沒他這麼悲催的了，昨晚被折騰個半死，醒了以後還得伺候別人！

白洛因看到顧海手裡的毛巾，知道他要幹什麼，嚇得直接滾下床，踉踉蹌蹌地朝門口跑。

顧海本來就行動不便，這個傢伙還到處亂竄。

「你給我回來！」顧海大聲訓斥。

白洛因也是扶著腰貼著牆壁走，齜牙咧嘴地反抗。

「你別讓我逮著你！」顧海拿起皮帶詐唬著，「趕緊給我乖乖躺回去！」

白洛因非但不聽話，還一個勁地往門口挪，開門的時候用力過猛，身體發飄，差點兒順著門縫出溜到地上。

顧海急了，大步朝白洛因追過去，結果撕扯到傷口，走路直打晃。

最後在距離白洛因不到一米的地方停下來，喘了兩口粗氣，自嘲地問了句，「白洛因，你說咱倆這是折騰啥呢？」

白洛因擦擦額頭的汗珠子，突然有種哭笑不得的感覺。

顧海勉強直起身體，咬著牙挺進浴室，毛巾已經涼了，還得用溫水泡一泡。

看到顧海這樣，白洛因心裡不落忍，乖乖地回到了床上。

顧海強忍著身體的不適，溫柔地給白洛因擦拭著腫痛的小因子，擦完之後給它塗了一點兒藥，白洛因別過臉，整個過程都沒低頭瞅一眼。

完事之後，顧海用力扯了小因子一下，似怒非怒地對它說：「這就是你做壞事的下場。」

白洛因疼得直薅顧海的頭髮。

褲子還沒穿上，手機就響了。

顧海拿起來一看，李爍打來的。

「哈哈哈……大海，我就在你們家門口，趕緊給哥開門來！」

30.

到底誰去開？

兩個人你瞅瞅我，我瞅瞅你，全沒動。

白洛因剛抹完藥，褲子還沒穿上，顧海負傷在身，走路像是在受刑。

最後，顧海咬牙挺起上身，「我去吧。」

白洛因按住顧海，「我去，你好好躺著，別動彈。」

「你丫是不是存心要讓他們看我笑話？」顧海豎起眉毛，眼神中滿是戒備。

白洛因無奈了，「現在我和你是拴在一根繩上的螞蚱，我要是和他們說了實話，豈不是把自個也搭進去了？用你那殘破的菊花好好想一想！」

「你……」顧海恨恨地用被子把自己武裝了起來。

白洛因扶著腰，表情隱忍地朝門口挪，一小步一小步的，門鈴不知道響了多少遍，他才走到門口。深吸了兩口氣，猛地挺直了腰板，一臉輕鬆的表情開了門。

「來了？」

周似虎挺驚訝，猛地拍了白洛因的肩膀一下，差點兒把他拍到地上。

「哈哈哈……因子，你在這啊？」

李爍也挺納悶，前幾天顧海還不允許他們提起這個人呢，怎麼這麼快又住到一塊了？

「大海呢？」李爍問。

白洛因勉強擠出一個笑容，「臥室呢。」

「不會還沒起床吧？」

兩人一邊說一邊往臥室走，白洛因故意走在後面，等他們把目光轉過去，就趕緊弓下腰，齜牙咧嘴好不痛苦。等他們側頭或者回頭，白洛因又立刻把腰板挺直，裝作一副若無其事的樣子。

「大海，你丫夠懶的，都幾點了還不起？」

李爍說說笑笑的，猛地朝顧海的屁股上給了一下子。

顧海脖子上青筋爆出，嘴裡發出艱難的呼吸聲，幸好有被子擋著，不然想裝都裝不下去。

白洛因在一旁笑得特痛苦。

過了好一陣，顧海都沒反應，周似虎朝白洛因問：「大海這是怎麼了？」

白洛因只能胡扯，「他有一隻腳崴[68]了。」

「腳崴了？」李爍一副輕描淡寫的表情，「不至於吧？大海以前手臂骨折了都沒反應，還和我們一塊打球呢，腳崴了還用躺著？」

「就是啊！」周似虎走上前，掀開被窩，拽起顧海的一條腿，大聲問：「是這隻腳麼？」

這麼一拽，兩條腿之間的最大間隙起碼有二尺來長，可以想像顧海所遭受的痛苦。

「不是這隻腳？那是這隻？」

68：扭傷。

說罷又抻起另一條腿。

撕裂般的疼痛讓顧海忍不住怒吼出聲，「你丫的別拽了！」

白洛因在一旁站著，既心疼又想笑，但又覺得這會兒笑太沒良心了，於是乾脆忍著，忍到最後牙根兒都酸了。

李爍和周似虎見顧海不像是裝的，立刻開始蹲在旁邊噓寒問暖。

「大海啊，你平時挺皮實的，怎麼崴個腳還鬧得這麼血活啊？」

「是啊，前陣子不是還冬泳麼？鍛煉那麼長時間，怎麼越鍛煉越慫了？」

「你到底哪隻腳崴了啊？我剛才捏了半天，沒發現哪個腳腕腫了啊！」

「大海啊，你能不能轉過來啊？你腳崴了，也不至於趴著和我們說話吧？」

「對對對，你坐起來，趴著待著不累麼？」

顧海陰森的面孔轉向旁邊聒噪的兩個人，幽幽地回了一個字，「滾！」

李爍壓根沒把顧海這話放在心裡，推推周似虎，「你扶大海一把，讓他坐起來，他腳丫子疼，吃不上勁兒。」

周似虎作勢就要上前。

顧海怒喝一聲，「都給我滾遠點兒，誰敢碰我一下試試！」

這兩人僵了僵，彼此交換了一個眼神，顧海好像真發火了，難道他膈應咱倆碰他？

「要不這樣吧……」李爍一副體諒的表情，「因子，你把大海扶起來。」

白洛因正在旁邊瞧熱鬧呢，聽到這話，整個人都石化了。

「怎麼了？」周似虎推了白洛因一把，「麻利兒的啊！他就樂意讓你碰。」

這一推，差點兒把白洛因推一個跟頭。
「非要讓他坐起來啊？」白洛因表情窘迫。
「那當然了，我們瞅他這麼趴著忒費勁！」
這要是放在平時，白洛因很可能不搭理他這茬，該幹嘛幹嘛去了，關鍵是現在他心虛啊！人越是心虛越要強，越怕別人看出貓膩兒來，所以只能打碎的牙往肚子裡嚥，越是艱難的任務，越要拚盡全力去完成。
老爺們兒就是苦啊！這要是個小丫頭，哭哭啼啼也就混過去了。
白洛因走到顧海身邊，顧海扭頭看著他，白洛因多希望顧海也罵他一句，然後他調頭走人，這屋就沒他什麼事了。可顧海剛才看見他笑了，這會兒趴得特老實，白洛因要把他扶起來，他沒有一丁點兒不樂意，瞧這樣還等著白洛因扶呢。
你夠狠……白洛因用口型朝顧海比畫了一句。
顧海假裝沒看見，故意放鬆身子，把全部力量都依附在白洛因的胳膊上。
行，你丫故意整我是吧？那我就把你扶起來，我倒要看看，是我扶你一把難受，還是你坐在床上更難受！
李爍和周似虎在旁邊看著，越看越納悶，扶個人而已，至於這麼費勁麼？磨嘰了好長時間才動手不說，這過程也太艱難了吧？白洛因把兩條胳膊插到顧海的臂彎，弓著腰不停地運氣，一寸一寸地往上面提，顧海起初是不配合的，但後面發現自己也難受，於是不得不配合。兩個人像是兩頭田間耕作的老黃牛，一個勁地在那呼哧亂喘，到最後臉都憋紫了。
「我覺得，大海病得不輕。」李爍湊到周似虎耳邊說。

周似虎表示贊同，「弄不好是粉碎性骨折了。」
「那他怎麼不去醫院？」
「你忘了，他有病就喜歡扛著，從小就那樣。」
顧海終於坐起來了！！
白洛因如釋重負地直起腰，偷偷擦了擦額頭的汗，一副勝利者的姿態看著李爍和周似虎。
「那個，我們先走了！」
白洛因：「……」
顧海瞪著腥紅的雙眼看著李爍和周似虎，「不是要我坐起來和你們聊天麼？」
「我們瞅你也不太方便，改天吧。」
顧海要不是行動不便，這會兒早就竄下床，一個人狂扇二百個大耳刮子了，為什麼不早說？為什麼不早說?!!
中午，白洛因叫了兩份外賣。
一份特素，看著就寡淡；一份特葷，看著就大補。
顧海聞著旁邊飄過來的肉香味兒，再看看自個碗裡的菠菜粥，忍不住開口問道：「我就吃這些了？」
白洛因嘴邊沾著油光回了句，「你別吃油膩的，容易上火。」
那你就別在我面前吃啊，這不是故意饞我麼！顧海心裡挺不平衡的，「你當初有傷在身的時候，我可是陪著你輸了四天的液，什麼都沒沾。」
「我不能學你。」白洛因用牙齒撕下一大塊肉，大口大口嚼著，「你已經垮了，我不能再把自己整垮了，到時候誰來照顧你啊！」

多麼美麗的一個藉口。

白洛因看到顧大碗公裡的東西一點兒都沒動，問：「你不想吃啊？」

顧海都快笑哭了。

顧海沒說話。

白洛因把顧海手裡的碗搶了過來，又拿起一旁的勺子，盛了一勺，送到顧海的嘴邊。

顧海目光帶笑地看著白洛因，故意問：「您這是要幹什麼？」

白洛因冷冷地瞥了顧海一眼，淡淡說道：「張嘴。」

顧海乖乖地張嘴，入口的清粥立刻變成了珍饈美味。

兩個人你一口我一口餵得正起勁兒，突然傳來一陣叩門聲。

白洛因轉過頭，看到兩道魁梧的身影立在門口。

一邊是顧威霆那張不怒自威的面孔，另一邊是身著正裝、不苟言笑的警衛員。

白洛因手裡的粥差點兒扣在床單上。

剛才去門口取外賣的時候，忘了關門了……

四個人僵持了一下，最後還是警衛員笑著先開口，「可以進來麼？」

顧海淡淡說道：「進來吧。」

顧威霆先走進來，表情嚴肅，但目光是關切的，警衛員走在後面，臉上一直帶著柔和的微笑。

「小海，首長聽說你病了，專門趕回來看你的。」

顧海，白洛因：「……」

31.

顧威霆走到顧海身邊，看了看白洛因手裡的粥碗，嘴角難得掛上幾分笑容，大概是很滿意剛才看到的「兄弟情深」的場面。

白洛因把粥碗放在一旁，艱難地站起身，勉強走了幾步，站到稍微遠一點兒的地方，好給這對不尋常的父子一個大的相處空間。

「我看看，哪條腿骨折了？」顧威霆作勢要掀被子。

顧海趕緊壓死被角，一副堅決抗拒的表情。

「我很好，哪都沒問題。」

顧威霆的手頓了頓，看向顧海的目光中帶著幾分寬慰。

「你這種不畏傷痛的精神我很欣賞，但是有病是要瞧的，這麼拖下去也不是辦法。老孫，剛才你電話聯繫的那位軍醫什麼時候到？」

孫警衛看了看表，「快了，不堵車的話應該不超過十分鐘。」

顧威霆濃眉微蹙，「這個點兒、這個路段，哪天不堵車？」

「那……要不派直升機過來接應一下吧。」

顧海的臉噌的一下變了色，心裡暗暗道，我草，我真受傷那天也沒見你這麼著急啊！現在我不過是菊花腫了，你們竟然要出動直升機，這是存心跟我過不去麼？

「不用！」顧海語氣很堅決，「我壓根沒病。」

「沒病你為什麼躺著？」顧威霆質問。

顧海沉著臉，「我身體不舒服，想休息一下不成麼？」

顧威霆給了孫警衛一個眼神，示意他按照自己的吩咐去做就是了，不用搭理顧海。

孫警衛拿著手機朝外面走去。

白洛因豁出去了，急走了幾大步，終於追上了孫警衛。

「叔叔！」

孫警衛一扭頭，看到了白洛因，臉上立刻露出淡淡的笑容。他聽顧威霆提起過白洛因，也知道白洛因和顧威霆的關係，自然會對他多幾分尊重。

「顧海沒什麼大事兒，您別讓醫生過來了。」白洛因說得挺誠懇。

孫警衛一把握住白洛因的手，上下晃了幾下，直接把白洛因晃懵了。

「辛苦你了。」孫警衛語重心長地說，「我是看著小海長大的，深知他的脾氣，你能同床相伴，無微不至地照看他，我代表首長對你表示感激。」

白洛因的太陽穴突突跳了兩下，我能和你說，其實他是被我折騰成這樣的麼？

「不過有病就得看，鐵打的身體也扛不住病痛的折磨，身體才是革命的本錢。現在年輕人太嬌氣，你們這樣的已經算是難得了，所以你們更要保住自己的身體，以後保衛國家的重擔就落在你們這批人身上了。」

白洛因茫茫然，這話題怎麼越扯越遠，越繞越大了？

「好了。」孫警衛鬆開白洛因的手，示意他要接著打電話。

白洛因還沒來得及阻攔，就聽到了顧海的嚎叫聲，只能暫時捨棄這一邊，趕緊回屋去看顧海。

顧威霆正用手屈起顧海的一條腿，試著往胸口壓，想通過他疼痛的程度來判別骨頭受損的程度。

白洛因彷彿聽到了撕裂聲。

過了一會兒，顧海大汗淋漓，顧威霆才鬆開手。

「還說沒骨折，你瞧你都疼成什麼樣了？」

我疼是因為骨折麼？顧海目光痛切地看著顧威霆，你真是我的好爸爸，我感謝你每次在我痛不欲生的時候，都微笑地給我一刀！

「孫警衛，電話打了麼？」

孫警衛從另一個屋子裡走進來，「打完了，估摸著一會兒就到了。」

白洛因蔫頭耷腦地垂立在一旁，顧海——我幫不了你了。

過了十分鐘，直升機真的在樓頂上降落了，隨即下來兩名軍醫，用最快的速度趕到了顧海所居住的樓層，提著大包小包的醫護用品匆匆走進來。

先朝顧威霆和孫警衛敬了一個禮，然後走到床邊，詢問了一下顧海的情況。顧海一口咬定自己沒問題，兩名軍醫按照顧威霆的指示，上前脫掉了顧海的褲子，對著他的兩條腿一陣折騰，疼得顧海死去活來的。後來折騰了半天，發現果真沒啥問題，懷疑顧海的胯骨出現了損傷，又對著腰側進行按壓排查。

不愧是軍醫，下手就是比一般醫生狠，每次用勁兒都能換來一聲嘶吼。

白洛因的身體本來也很難受，不能長時間站立，現在看著顧海活活受罪，他已經對自己的身體沒有絲毫感覺了，站在那都木了，只求醫生能趕緊住手，顧海你要挺住！

最後，顧海實在受不了了，一把推開兩名軍醫，猛地從床上站了起來。

疼也忍會兒吧，只要能讓這兩人早點兒滾蛋！

顧海若無其事地在屋子裡走了兩圈，看起來和正常人無異，只是臉色有點兒蠟黃。

「這……」

除了白洛因，剩下的人都是一臉驚訝的表情。

「看見了麼？」顧海恨恨地看著兩名軍醫，「你們覺得我有什麼毛病麼？」

兩名軍醫面露尷尬之色，其中一個開口說道：「你要是一開始就走幾步，不就省得我們給你檢查了麼？」

我他媽也想走幾步，關鍵是疼啊！我要知道你們這麼折騰我，我剛才就咬著牙做二百個俯臥撐了，起碼不用把腿掰開啊！

顧威霆臉色有些難看，孫警衛也是一臉尷尬。

軍醫杵在那，好久才開口。

「首長，骨頭沒有受損，可能是神經性肌肉疼痛，畢竟他還在長身體，偶爾高強度訓練，可能會造成身體不適，調整一段時間就好了。」

另一名軍醫好心給顧海蓋上被子，叮囑道：「小心不要著涼。」

然後，兩名軍醫悻悻地離開了，顧威霆和孫警衛又坐了片刻，也跟著一起走了。

屋子裡終於安靜下來。

白洛因一副驚魂未定的表情看著顧海，問：「你爸怎麼會知道你不舒服？」

「你說呢？」

白洛因還沒反應過來，顧海已經把手機扔給他了，打開一看，有一條李爍發的訊息。

「親愛的大海同志，我已將你負傷的消息告訴了顧首長，這是我為你們爺倆兒搭建的一道橋樑，希望通過這道堅實的橋樑，你們爺倆兒的關係能夠走向緩和，也希望你能通過這麼一件小事，感受到濃濃的父愛。」

白洛因：「……」

原以為顧威霆走了之後，兩人能夠鬆一口氣，結果惡夢才剛剛開始。

晚上八點多，兩個人剛吃上晚飯，門鈴又響了。

白洛因繼續弓著腰去開門，結果被外面的排場給震住了。

樓道裡擠滿了人，放眼望去都是軍綠色的制服和硬朗剛毅的面孔，為首的三名軍官手持鮮花，齊刷刷地朝白洛因敬了個軍禮。

白洛因神情木訥地看著三位軍官走了進去。

「顧海同志，我們代表北空高炮七師六團三連的所有官兵來探望您的病情，祝您早日康復。」

顧海：「……」

消停了沒有十分鐘，門鈴又響起來了，這次是武警部隊派來的幾個人，送上鮮花和祝福之後又走了。沒一會兒又來人了，不知道又是哪個營哪個連哪個排的，陸陸續續地登門探望。到後來不僅僅是部隊官兵了，附近大大小小的官員不知從哪探到了口風，也紛紛趕來送禮送祝福。甚至連校領導都要湊個熱鬧，帶著幾個老師破門而入……

白洛因第一次感覺到，首長兒子的菊花都這麼金貴！

顧海算是糗大了，心裡邊對李爍痛恨到了極點，要不是他透漏了口風，哪會惹出這麼大事啊！他要是真有傷還好，就算排斥送禮獻殷勤，起碼還能心平氣和地接受。關鍵還是那麼個見不得人的部位受了損，受損的原因更是難以啟口。每當人家小心詢問，顧海都想鑽到床縫裡面去，丟人都丟得這麼興師動眾、酣暢淋漓！

真相要是傳出去，說他顧海因為被媳婦兒操了一宿，才下不了床的，還讓不讓人活了？

「誰來也不許開門了啊！」顧海警告白洛因。

白洛因挪到寫字桌旁，在白紙上寫了幾個大字：病人需要休息，謝絕探望。然後貼到了門上，把門從裡面反鎖了。

終於消停了，一直到第二天上午，兩個人睡得正香，又被電話吵醒了。白洛因接的。

「您好，我們是物業公司的，有群眾舉報您門口外面堆放雜物過多，導致部分業主和衛生人員無法正常通行。希望您能盡快把門打開，把門口堆放的物品處理乾淨，謝謝您配合我們的工作，嘟嘟嘟……」

白洛因迷迷糊糊地朝門口走。

打開門，碼了一米多高的禮品盒子、箱子、籃子一股腦地湧了進來，白洛因因為反應遲鈍、行動不便，被一堆箱砸在了下面，有個果籃散了，白洛因的腦門上頂著一個碩大的榴槤……

32.

兩人禁欲三天，小黃瓜和小菊花都恢復了正常使用功能，與此同時假期也宣布結束，好日子沒了，又加入了起早貪黑的隊伍中去。

一大早，顧海開車出門，買好早點回來，白洛因還在被窩裡紮著。

「我說，寶貝兒，醒醒了，醒醒了。」

顧海用手拍了拍白洛因的臉。

白洛因嗯了數聲，就是睜不開眼，任憑顧海怎麼甜言蜜語地召喚，腦袋都無力地垂著，只要顧海的手一鬆開，身體馬上就倒回床上。

這可怎麼辦？顧海有點兒發愁了。

硬是把他折騰醒，實在下不了手……

就在他想轍的工夫，白洛因又睡著了，還發出了輕微的鼾聲。

顧海心裡不由得咒罵，萬惡的教育制度，摧殘身體、扼殺靈魂的玩意兒，瞅瞅你們把我媳婦兒給睏的！想罷輕輕扶起白洛因，把衣服一件一件地往他身上套，等穿到襪子的時候，卻被白洛因踢了一腳。

顧海惱了，「我給你買早飯、伺候你穿衣服，你丫還踢我？真是把你慣壞了！」

說完這句話，用拳頭狠狠頂了白洛因的腳踝一下，白洛因直接給疼醒了。

煩悶地穿上鞋，煩悶地洗臉刷牙，煩悶地吃著早餐、煩悶地出了門……

兩個人是跑著去學校的，一路上白洛因一句話都不說，一直耷拉個臉。

顧海忍不住問了句，「我給你買早餐，給你穿衣服，挨了你一腳，你還委屈了是吧？」

「沒有。」

「那你擺著一張臭臉給誰看呢？」

白洛因斜了顧海一眼，「我煩不是因為你，我就是不想上學。」

小孩兒似的……顧海笑著捏了白洛因的臉一下。

剛到學校門口，白洛因就瞧見了尤其，尤其是住校生，昨天下午就返校了，這會兒正從宿舍往教室走。雖然天還沒亮，學生成群結隊地從眼前走過，白洛因還是一眼就認出了尤其，沒辦法，太熟悉他走路的姿勢和造作的氣質了。

「尤其！」白洛因喊了一聲。

尤其停住了腳步，朝校門口這邊看了一眼。

白洛因加緊腳步走了過去。

顧海跟在後面，心裡冷哼一聲，天這麼黑都能認出來，眼神兒夠好的啊！

尤其看到白洛因，冷酷的臉上終於露出幾分笑意。

「好長時間沒見了啊，想我了沒？」

白洛因用胳膊肘戳了尤其的肚子一下，很哥們兒的語氣回道：「想了，能不想麼？」

「別扯了，我給你發了那麼多條簡訊，你一條都沒回。」

白洛因乾笑兩聲，「你知道，我最煩發簡訊了。」

尤其盯著白洛因看了好一會兒，挺納悶地說：「我怎麼感覺你好像瘦了？人家過年不都是長肉麼？你怎麼越過越瘦啊？」

「有麼？」白洛因自己沒感覺到。

尤其捏了捏白洛因的胳膊，好像又沒有太大的變化，不過下巴是尖了。

兩個人在前面你一言我一語地寒暄著，完全忽視了後面這位，其實尤其也想和顧海聊幾句，關鍵是每次還沒開口，就感覺到了一種強大的敵對氣場。

早自習，各科課代表就開始收作業。

白洛因和顧海就把班主任羅曉瑜的英語作業寫完了，其餘的都只完成一半地交上去了。下了第一節課，尤其又轉過頭，繼續和白洛因聊之前沒聊完的話題。

顧海把白洛因的書包拿過來，掏出他的手機，無聊地翻看著他的簡訊。

除了石慧的訊息，其餘的幾乎都沒刪，但是也很少打開，也不知道這個人怎麼這麼懶，你說你不樂意回覆也就算了，你總要打開看兩眼吧，他偏不，心情好的時候直接看個名字，心情不好的時候手機就是個擺設。

在這一點上，顧海很有自豪感，他給白洛因發的簡訊，白洛因幾乎每條都看，每條都回。咱不指望他整天膩著你，對你百依百順，只要能有一點兒區別對待，顧海就很滿足了。

終於翻到了尤其給白洛因發的那些簡訊。

其實無非就是些祝福簡訊，過年的那段時間發的，還有一些閒聊的問候語，每條簡訊不超過十個字，內容都很正常。

只有一條簡訊，帶著那麼點兒溫情——

「因子，有點兒想你了呢！」

有點兒想他了？……顧海咂摸著這句話，別有深意地瞟了尤其一眼。

語文老師長著一張三角臉，圓鼓鼓的腮幫子對著講臺下的每個學生。

「我只留了一篇作文，結果還有兩名同學沒有完成作業。」

底下的學生東張西望，都在猜測這兩個人是誰。

語文老師又發話了，「別讓我念出你們的名字，如果你們有點兒自覺性，就拿著課本，主動去教室外面站著。」

白洛因和顧海雙雙起立，甚有默契地走到了教室外面。

樓道裡空無一人，可以聽到很多個班老師的講課聲音，混雜在一起，有男有女，有高有低，抑揚頓挫，斷斷續續……

很多年以後，那些在記憶裡刻板教條的聲音，突然變得如此美好。

顧海就那麼看著白洛因，定定地看著，時間不知不覺就溜走了，好像比待在教室裡更容易熬過去。白洛因即使眼睛看著前面，也能感受到顧海在盯著自己，心裡毛毛的，扭頭黑了顧海一眼，把頭轉過去，過了一會兒還能感覺到顧海的注視，又給了一記警告性的眼神。

顧海暗忖，你這哪是瞪我呢，分明就是勾搭我呢！

白洛因往旁邊挪了一大步，顧海也跟著挪了過去，寸步不離。

快到下課的時候，白洛因忍不住問了句，「你老看我幹嘛？」

「你長得好看。」

白洛因一副「你很無聊」的表情把頭轉了過去。

沒想到，顧海又把手伸過來了，直接摸到了小因子。

「這還疼麼？」

白洛因的臉噌的燒了起來，猛地打掉顧海的手，怒道：「疼你大爺！」

這一聲，估計整個樓層所有上課的班都聽見了，白洛因自個都意識到聲兒有點兒大了，說完了恨不得把嘴縫上，可惜收不回來了。

語文老師慢悠悠地走出來，臉上蓋了一層冰霜。

「這樓道裡還容不下你們倆是吧？去，旗杆底下站著去，麻利兒的！」

兩個悲催的傢伙，身體剛恢復，就去瑟瑟的寒風中感受乍暖還寒的折磨去了。顧海怕白洛因被吹得感冒了，把外套脫了要給他披上，白洛因死活不要。顧海往白洛因身邊挪了挪，和他貼得特別緊，然後拉住他的手，放進了自己的口袋。沒人看得到，也不怕被人看到，只是單純地覺得，能在這手把手地罰站都是一件美事兒。

老天爺成全了顧海這一心願，其後的每節課，老師都要求沒完成作業的學生去外面站著，除了羅曉瑜沒有這樣做，可他們偏偏就完成了她的作業。

下午放學，兩個人才帶著一身冰碴子回了教室。

收拾完東西，剛要走，被尤其叫住了。

「給你，我媽親手做的，拿回去過一遍油就能吃了，這也算我們天津的特產呢！」遞給白洛因一個紙袋，已經被油浸濕了。

白洛因光是拿著就聞到一股香味兒，頓時面露喜色，拍了尤其的肩膀一下。

「夠意思啊！」

顧海在一旁不冷不熱地來了句，「你有點兒出息行不行？人家給的東西就那麼好吃麼？」

「起碼比你做的好吃多了。」

顧海牙都綠了。

白洛因轉過頭，樂呵呵地看著尤其，「代我謝謝阿姨啊！」

「你要是覺得好吃，改天去我們家啊，讓我媽給你做現成的。」

白洛因想都沒想就回了句，「成！」

回到家，顧海去廚房煮麵條，白洛因想起書包裡還有尤其給他帶來的好吃的，就把那一袋豆香齋牛肉香圈遞給顧海，叮囑他，「記得炸一下。」

說完自己去臥室寫作業。

顧海瞇縫著眼睛，嫉惡如仇地盯著手裡的香圈，恨不得現在就撇到垃圾桶裡。結果他還是沒那麼做，因為他也餓了，而且他發現這東西確實香。於是，倒了半桶油放到鍋裡，油溫夠了就把牛肉香圈放了進去。

炸著炸著，香味兒飄到鼻子裡，顧海忍不住了，自己先撈出來幾個嘗了嘗。

等白洛因被香味兒勾得跑進廚房的時候，已經看不見那些牛肉香圈了。

「欸，尤其給我的那袋好吃的哪去了？」

顧海指指盤子上那些被炸得焦黑又扭曲的東西，說道：「這就是啊！」

「你……你炸過頭了吧？」白洛因一臉心疼的表情，「我怎麼記得那香圈開始是黃色的啊！」

「別賴我，開始就是黑的。」

白洛因不信，嘗了一口，已經有點兒苦了，還帶著淡淡的糊味兒，總之吃著不如聞著好。

顧海瞧笑話一樣地看著白洛因，問道：「味道怎麼樣？」

白洛因還是一副無法相信的表情，「我剛才明明聞著特香啊，怎麼吃著不是那麼回事了呢？」

顧海恬不知恥地回道：「你肯定聞錯了，那香味兒是從我煮的麵條裡飄出來的。」

33.

白洛因發現，這幾天顧海有點兒怪。

這種怪體現在方方面面。

以前他從不上網看影片，基本打會兒遊戲就睡覺了，現在經常熬夜看電影；以前都是顧海先上床，把被窩捂暖了，白洛因才躺上去，現在基本上都是白洛因先躺上去，有時候都睡著了顧海還沒來；以前他不喜歡鼓搗手機，現在沒事就拿著一個手機在那看，上課看下課看，走路都得瞄兩眼；以前他經常趁白洛因洗澡的時候鑽進去，找個藉口和他一起洗，現在總是乖乖地自個先洗……

而且最讓白洛因不解的是，以往一向慾火旺盛的顧海，這幾天表現得清心寡欲的。路上不再搞小動作了，吃飯的時候不再說黃段子了，睡覺睡得特老實……

白洛因心裡犯嘀咕，難道真是被我搞出心理陰影了？

不像他的脾氣啊！在床上這一塊，他的臉皮絕對夠堅厚，意志絕對夠堅強，就算殘了黃瓜、爛了菊花，也雷打不動的那種人！再說了，養病的那幾天，他還苦哈哈地說想這個想那個呢，沒理由等身體恢復了才開始怕吧？

對於像白洛因這種血氣方剛的年輕人來說，這幾天其實也挺煎熬的。

吃過飯，顧海坐在一旁認真地寫作業，眼睛微微瞇著，手指頭不停地掐算著，白洛因以為他在做數學作業，結果走過去一看，他在抄英語單詞。

抄個英語單詞你還算什麼算？

白洛因很快把作業寫完了，拿著衣服去洗澡，現在洗澡都不用關門了，顧海也不會進來。等洗完澡出來，顧海果然又坐到電腦旁邊去了，作業寫到一半扔那了，眼睛盯著電腦螢幕，眨都不眨一下。等白洛因走到他身邊，他的手快速點擊幾下，白洛因就看到一個光禿禿的桌面背景……

整什麼么蛾子呢？

白洛因坐在顧海對面，打開遊戲介面，朝他問了句，「用不用我幫你掛個號？」

顧海先是機械地笑了兩聲，然後吶吶地回道：「不用了。」

白洛因的手頓了一下，質疑的目光掃了過去，看什麼比打遊戲還上癮啊？

玩了一會兒，感覺沒意思，白洛因就把電腦關了，顧海早已經不在電腦旁了，一個人坐在沙發上，端著個手機在那看著，時不時按幾下，一邊看一邊樂。

這種情況在這幾天內發生過很多次了。

而且白洛因從沒在這段時間內接到過顧海的任何簡訊，證明讓他樂呵的原因肯定和自己沒任何關係。

難得的，今天白洛因問了句，「你什麼時候睡覺？」

顧海的目光停頓了一下，思慮片刻，說道：「沒準兒。」

「看什麼呢？看得這麼帶勁兒……」白洛因走了過去。

顧海放下手機，伸了個懶腰，笑著回道：「就是瞎瞅瞅。」

說完，放下手機，自個洗澡去了。

每個人都有強烈的好奇心，白洛因也不例外，顧海每天這麼自娛自樂的，他也想知道，到底什麼東西讓他這麼上癮，以至於流氓本性都改掉了。

顧海的電腦本來就是打開的，而且用完了很少清除紀錄，因為他覺得沒這個必要，像白洛因這種人，白給他看他都不看。

結果，今兒白洛因偏偏就轉性了。

打開瀏覽紀錄，亂七八糟什麼都有，聊天室、交友社區、論壇貼吧、旅遊購物、汽車軍事……光是這些，沒有理由讓他上癮吧？白洛因選了幾個瀏覽率比較高的網頁，打開看了一眼，其中一個是付費視頻，歐美的，白洛因剛戴上耳機，看了不足一分鐘，猛地拔下來了，立刻關閉頁面。還有幾個和這個類似的視頻，口味比較輕，大多是教育性質的，拍攝比較清晰，有的上面還掛講解和字幕，介紹具體的技巧和步驟。

顧海什麼時候有了這種癖好？是藉著片子意淫？還是積攢實力準備下手？

白洛因心裡有些不安，他又拿起了顧海的手機。

翻了好久，沒發現顧海給誰發簡訊，也沒發現他登錄聊天工具，終於翻到顧海的電子書庫，裡面儲存了將近一百本書，而且從書籤進度來看，很多書都看完了。

《男男性愛寶典》、《想讓一個男人在你身下呻吟求饒麼？》、《插射的祕笈》、《捕獲一隻雄性獵物》、《男人臀部的千萬種風情》……

白洛因冷汗直流，太恐怖了。

顧海一個人在浴室裡歡樂地吹著口哨，心情甚是歡愉，他覺得，時機已經成熟了。這些天他發奮苦讀，臥薪嘗膽，就是為了充實提高自己。要知道為此他付出了很多代價，這既是一種心靈的煎熬，又是對身體的考驗。做為一個正常男人，他是不樂意看那些影片的，心裡多少有些排斥，可為了白洛因，他忍了！實在看不下去就去看文字解讀，每一條注意事項都銘記在心。

事實證明，他的心血沒有白費，通過幾天幾夜的磨練，他覺得自己渾身上下充滿了力量，自信滿滿、蓄勢待發！苦日子已經熬到頭了，他再也不用躲在浴室裡自行解決了，身下的小海子已經熬戰數日，此時正以一種飽滿的姿態迎接新生活的來臨。

邁出去，一個嶄新的猛士就要誕生了！

顧海裹著一身傲人的肌肉推開了浴室的門，拖鞋摩擦著地板，敲出振奮人心的鼓點。

顧海大步走到臥室，沒看到白洛因，又去了客廳，依舊沒看到，然後轉了儲物室、健身室、書房、陽臺……統統沒看見白洛因。

顧海身上的熱度已經開始慢慢降溫了。

一推門，門是開著的。

這麼晚了去哪了？

白洛因憑著不熟練的車技，以生命做賭注，玩命飆車回了家。

已經快十二點了，家裡的人全都睡了。因為出來得匆忙，也沒帶鑰匙，白洛因直接翻牆進去的。阿郎嗅到了白洛因身上的氣味兒，只汪汪了兩聲就消停了。

白洛因直奔白漢旗的房間，砰砰砰敲了兩下玻璃。

結果裡面呼嚕聲依舊，鄒嬸披著一件棉襖出來了。

「因子，你怎麼這麼晚回來了？」

白洛因一臉焦急，「嬸兒，要是顧海往這邊打電話，您就說家裡出事了。」

「啊?出啥事了?」鄒嬸把棉襖緊了緊。

「沒出啥事，您就這麼說就成了，記得告訴我爸也這麼說。」

鄒嬸木訥地點了點頭。

白洛因進了自己的房間，孟通天躺在他的床上睡得正香，白洛因把衣服脫了，睡在了孟通天的旁邊。被子有點兒薄，湊合著蓋吧，總比回去受那罪強多了。

沒一會兒，顧海的電話果然打過來了。

白洛因醞釀了一下情緒，盡量讓自己的語氣聽起來慌張焦急。

「因子，你跑哪去了?」

「大海，我和你說，我們家出事了，我今兒晚上回不去了，你自個睡吧。」

「出什麼事了?你別著急，我這就過去!」

「你別過來了!」

白洛因這麼一聲吼，把孟通天吼醒了，孟通天瞪大眼睛，哇地喊了兩聲，就被白洛因捣住了嘴巴，光剩下兩條小腿在那蹬踹著。

顧海隱隱約約聽見一聲叫喚，然後又沒了，心裡更沒底了。

「因子，我已經出門了，二十分鐘後就到你們家。」

白洛因心裡一緊，連忙開口阻攔，「顧海，你別來了，我現在沒在家。是我二伯家出事了，我們過去幫忙，甭擔心，沒事的。就是家庭糾紛而已，家醜不可外揚，你來了更亂，聽我的話，好好睡覺吧，明兒我照常上學，到學校再和你說。」

那邊頓了頓，柔聲說道：「那好吧，我不過去了，你自個在外面多穿點兒衣服，事兒處理完了就早點兒睡覺，別累著。」

「行，我知道了，我這還有點兒事，先掛了。」

放下手機，白洛因心裡默默念道：大海啊，我不是故意騙你的，我是真讓你整怕了！

孟通天在旁邊嗚嗚了兩聲。

白洛因這才意識到自己還摀著這個小傢伙呢，趕緊把手拿開了。

孟通天小口開著，呼呼喘了幾口氣，問道：「白哥哥，你這是幹嘛呢？」

「甭管了，睡你的覺！」

孟通天嘟了下嘴巴，乖乖地把眼睛閉上了。

白洛因突然意識到，他也得把孟通天收買了，萬一顧海哪天來了，從他嘴裡露餡了，那就不好辦了。

於是又去搖晃孟通天，結果發現孟通天已經睡著了。

沒心沒肺就是睡得快！

算了，明兒一早再和他說吧，現在說了，弄不好明一早就忘了。

白洛因長出一口氣，心煩意亂地閉上了眼睛。

34.

第二天一早，剛四點半，鄒嬸就出門了。

白洛因這一宿都睡得不踏實，大門一響，他立刻就醒了，兩隻腳露在外面，被窩裡也不暖和，索性就起床了。

白洛因到小吃店的時候，鄒嬸已經忙乎上了，店裡只有零星幾個顧客，幾乎都是學生。

「因子，這麼早就起床了？」

白洛因點點頭，要了兩份早餐，要打包帶走。

鄒嬸笑呵呵的，「今兒換你來買了？」

「我昨天不是在家住的麼，離這近，就給顧海帶一份，省得他再往這跑了。」

鄒嬸微微一愣，「對了，我都給忘了，你怎麼大半夜的跑回來了？」

白洛因接過早點，尷尬地笑了笑，『有點兒想家了。』

「你啊……」鄒嬸笑笑著沒再多問。

白洛因看了下表，才五點十分，這會兒趕回去，顧海應該還沒出門呢。

顧海依舊是那個點兒醒過來的，已經形成習慣了，雖然白洛因不在，顧海還是得早點兒出門，給白洛因買一份早餐，直接給他帶到學校去。

結果，顧海還沒來得及換鞋，門鈴就響了。這麼早會是誰呢？

打開門一看，竟然是白洛因，站在門口，提著兩份早餐，風塵僕僕的。

「你……」顧海一時愣住。

白洛因沒說什麼，直接進了屋，還是這個小窩更暖和啊！

這是白洛因第一次給顧海買早餐，顧海心裡的感動自然不用說，看著白洛因一個勁地在那搓手，忍不住上前摟住了他，溫熱的大手覆蓋上白洛因的臉頰，心疼的目光灼視著他，「昨晚上是不是一宿沒睡啊？」

白洛因都不敢和顧海對視，人果然不能說瞎話，心虛的滋味不好受啊！

「沒有，睡了一會兒。」

「你肯定沒睡。」顧海語氣中透著濃濃的關切，「你要是睡了，肯定不會這麼早起。」

我求求你了，你罵我兩句得了……白洛因臉上平靜如水，內心波濤洶湧。

顧海還在自顧自地抒發著感情，「委屈你了。」

白洛因心裡這叫一個糾結啊，為了盡快結束顧海這沒完沒了的心疼和關愛，他只好說自己餓了，想快點兒吃早飯。

路上，顧海問：「家裡到底出什麼事了？」

白洛因知道顧海肯定會問，所以昨天晚上已經想好了一個理由。

「我二伯有一個閨女一個兒子，昨天呢，他閨女和男朋友分手了，自個躲在屋裡不出來，怎麼叫門都叫不開。後來我二伯把門踹開了，結果你猜怎麼著？我堂姐喝耗子藥自殺了，臉都紫了，我二伯趕緊把我爸給叫過去了，我爸打電話和我說了這事，讓我也過去，怕萬一真有啥事，我就見不到我堂姐最後一面了。」

顧海濃眉擰起，又問：「那現在呢，情況怎麼樣了？」

「救是救過來了，還在那尋死覓活的呢！我二伯覺得這事特丟人，要不是當時怕我堂姐沒命了，他說什麼都不會給我爸打電話的。他這人特好面子，我堂姐住院，他都不樂意進病房瞅一眼，就一個人蹲在外面抽菸。」

顧海暫時鬆了一口氣，「沒事就好，你姐也夠想不開的，為了一個男的，至於麼？」

「我也這麼覺得，我二伯當時就說了，讓她死，她不是不想活了麼？那就讓她死吧，就當沒這個閨女，後來是我爸強行把我姐送到醫院去的。」白洛因說得和真的似的。

顧海拍拍白洛因的肩膀，「甭往心裡去，反正你們兩家平時交往也不多，你對這堂姐也沒多深的感情。」

白洛因歎了口氣，「我是怕我爺爺奶奶著急，我姐好歹也是他們孫女啊！」

「那你今天不用回去了吧？」這才是顧海最關心的。

白洛因遲疑了一下，挺發愁地說：「這個……還得看情況吧。」

下午上自習課，顧海一邊寫作業一邊走神，昨天晚上本來準備得挺充分了，結果沒做成，覺得挺可惜的。為了保險起見，他決定再把之前看過的內容複習一遍，以免有什麼地方疏漏了，到時候弄得不愉快。

白洛因的耳朵異常敏銳，顧海拿起手機，他的那根神經瞬間就繃緊了。

放學，白洛因轉過身看著顧海，「我還得回家一趟。」

「不是都脫離危險了麼？」

白洛因挺為難的表情，「我爸中午打電話過來，說我姐已經被接回家了，可到家還接著鬧，身邊不能沒有人。」

顧海有點兒不耐煩了，「他們家的事，你跟著操什麼心？她鬧就讓她鬧去唄，她有爸有媽有弟弟，怎麼也輪不到你去看著吧？」

「我二伯和我姐生氣呢，嘴上說不管，心裡頭指不定怎麼著急呢，不然他不會總打電話過來。嬸嬸每天早出晚歸的，還得伺候一個小的，我爸也得上班啊，他老是不回來，我奶奶也得懷疑啊……」

「那你不用上學啊？」顧海反問。

白洛因垮著臉，故意裝可憐。

「我也不是總去啊，我和我爸，我二媽輪班，今兒頭一天，我還是去看看吧。」

顧海沉著臉沒說話。

白洛因提著一包，一副著急的表情，「那我就先走了。」說完，一溜煙沒影了。

能躲一天是一天吧！

回到家，白洛因把孟通天叫了過來。

「記住，這幾天乖一點兒，聽見沒？」

「怎麼了？」孟通天繃著一張小臉看著白洛因。

白洛因蹲下身，一臉正色地朝孟通天說：「咱家出事了，你媽和我爸這兩天正著急呢，你別給他們添亂，表現好點兒聽見沒？」

孟通天一副不解的表情，「我媽挺高興的啊！今兒她還答應我，我這次考試要是考好了，就帶我去歡樂谷玩呢。」

「就知道玩！」白洛因拍了孟通天的腦袋一下，「你媽那是裝的，她能在你面前叫苦麼？跟你說你也不懂啊！」

孟通天撇撇嘴沒說話。

白洛因又警告了一句，「總之你給我記住了，咱家出事了，最近老實點兒！」

站起身，白洛因長出了一口氣，撒謊真是個力氣活兒，從他騙顧海第一句開始，就註定萬劫不復了，祈禱在這個招數被拆穿之前，能想出下一步該怎麼走。

晚上睡覺，白洛因特意多蓋了一床被子，可被窩還是涼的，無論怎麼翻滾，腳丫子都像冰一樣。這個時候，他突然有點兒想顧海了，想他那條溫熱的大腿不停地在被窩裡蹭啊蹭的，雖然有點兒煩人，可畢竟能讓他暖和啊！

正想著，顧海的簡訊發過來了。

「因子寶貝兒啊，好想抱著你睡啊，好想親親摸摸啊。」

一身雞皮疙瘩……

過了一會兒，又來了幾條。

「我真後悔啊，要知道你這幾天都不回家，前陣子說什麼都和你一起睡了。」

「因子，是不是因為我前段時間冷落了你，你才故意想出這麼一個招兒來整我啊？」

「寶貝兒，我睡了，你也早點兒睡，記得多蓋點兒。」

白洛因放下手機，忍不住歎了一口氣，真是有得必有失啊！

第三天，白洛因實在受不了那個涼被窩兒，跟著顧海回家了。

吃過晚飯，白洛因一直坐在書桌前寫作業，本來一個小時就能完成的作業，他故意拖了三個小時。做完作業洗了澡，已經十點多了，正好可以上床睡覺了。

剛鑽進被窩，就被一股暖意包裹，白洛因舒服得瞇起眼睛。

顧海微微揚起一個嘴角，手伸到白洛因的腰上，緩緩地向前摸索著前進。很快，小腹被一陣陣的摩擦蹭出異樣的熱度，他的手轉而下移，嘴裡發出溫熱而短促的喘息聲。

「因子。」親暱而魅惑的聲音繚繞在白洛因的耳畔。

一股危險信號直逼白洛因的大腦，熟悉的痛楚如潮水般席捲而來！

他猛地拽住顧海的手，儘管頭腦異常清醒，聲音仍要偽裝得模糊不清。

「前兩天真是把我累死了，特想好好睡一覺。」

顧海用舌頭去蹭白洛因的耳垂，「那就讓我給你放鬆放鬆吧。」

白洛因突然翻過身，猛地抱住顧海，手臂箍得緊緊的，像是捆活豬一樣的把顧海綁在懷裡，絲毫不能動彈，然後再用疲倦慵懶的聲音蠱惑他，「大海，我真的特睏，你讓我好好睡一覺成麼？」然後眼睛就閉上了，腦袋垂到顧海的肩窩。

顧海滯愣了片刻，較著勁的手只好鬆弛下來，放到白洛因的肩膀上，抱著他一起睡。

其後的幾天，白洛因真像那麼回事似的，輪到他的「班」，他就回家睡一宿，故意把自己折騰得很累，第二天回到顧海那，扎進被窩就睡。若是顧海有什麼表示，肯定會發生如上的一幕：我太睏了，我太累了，你體諒體諒我吧……

這種狀態一直延續到週末。

35.

週末本該是兩個人一起回去，但是礙於白洛因家裡有事，顧海只能自個留下了。週五下午剛一放學，白洛因就美滋滋地收拾書包，準備回家了。一想到週末可以名正言順地待在家裡，不需要找各種理由，不用看顧海那張失望的面孔，白洛因覺得渾身上下都輕鬆了很多。

終於可以過兩天消停日子了。

「什麼事把你高興成這樣啊？」尤其問。

白洛因表情僵了僵，反問：「我看起來很高興麼？」

尤其實話實說，「你最近情緒都很反常。」

顧海在後面聽著，心裡自然會有點兒想法，既然尤其都看出白洛因情緒反常了，顧海這個整天盯著白洛因的人，怎會看不出他的異樣。每天都是高高興興來上學，上午、下午都挺好，一到快放學的點兒，家裡的爛事兒都來了，包准開始愁眉苦臉。

顧海有時候也會想，這傢伙是不是故意躲著我呢？可他實在找不到一個白洛因躲著自己的理由。何況前些日子的挫折剛過，他不敢輕易去質疑什麼，當白洛因開始謊話連篇的時候，他卻已經將「信任」銘記於心。

寧可信其無，不可信其有。

走到校門口，顧海說：「我再陪著你走一段吧。」

白洛因沒表示出任何的不樂意。

兩個人一邊走一邊聊，期間白洛因都是樂呵呵的，壓根沒提家裡的事。

眼瞅著路程已經過半，白洛因開始收尾。

「你這兩天打算去幹什麼？」

顧海想了想，「我得回家一趟，老師不是讓交戶口名簿麼？我戶口名簿在家裡，我得回家去拿。週日沒什麼安排，可能去我姨姐那，也可能找幾個人出去玩。」

白洛因站住腳，拍了拍顧海的肩膀，「羨慕你啊，我還得去我二伯家。」

顧海在白洛因的眼睛裡看不到任何羨慕，反而是憐憫更多一些。

「你這兩天都不回去了麼？」

白洛因歎了口氣，「肯定不回去了，我上學的時候都得回去幫忙，現在放假了，這苦差事肯定成我的了，還不知道怎麼熬過這兩天呢，哎……」

「你二伯家不是挺有錢的麼？幹嘛不請個人專門來看著？」

白洛因英挺的眉毛藝術性地擰了擰，「我不是和你說過麼？我二伯家平時有錢，一出事準沒錢，我姐的醫藥費還是我爸給墊的呢。」

顧海點點頭，「那成，你就好好在家待著吧。」

白洛因嘴角扯了扯，憋了半天就憋出一個嗯字。

兩個人相視片刻，氣氛有些尷尬，白洛因覺得時機差不多了，就催促道：「那你就回去吧，打個車，省得走那麼遠的道兒。」

顧海臉上顯出不捨，這可是兩天見不到面啊！

「我再多送你一會兒吧。」

白洛因好言相勸，「別送了，回頭我爸看見了，該拽著你不讓走了。」

顧海揚起一個唇角，「那不是正好麼？」

白洛因沉默。

顧海用手捅了白洛因的腦門一下，「那我可真走了啊！」

白洛因點頭。

「我真走了啊！」顧海還是沒動。

白洛因朝顧海的小腿踢踹了一下，「你能不能痛快點兒？」

顧海臨走前的那個轉身，分明看到白洛因的眼睛裡閃動著異樣的神采。

晚上睡覺前，孟通天在旁邊擺弄著顧海送他的那把槍，沒完沒了地用指甲摳槍殼，發出難聽的吱吱聲。白洛因對這個聲音特過敏，每次聽了都會起一身雞皮疙瘩。

「給我老實點兒，趕緊睡覺！」白洛因拽了孟通天一把。

孟通天倒在被子裡，順勢擺出一個負傷的架勢，臨危不懼，眼睛瞄準，對著天花板又來了一槍。過癮了之後把槍放下，朝白洛因問：「顧海哥哥什麼時候來啊？」

白洛因斜了孟通天一眼，「甭指望了，他這星期來不了了。」

「哎……」孟通天塌下肩膀，「以前每個星期都有盼頭，一到週末顧海哥哥就會給我帶新玩具過來，他不來，我都沒心思寫作業了。」

「他來的時候我也沒見你寫作業啊！」

孟通天偷摸著瞪了白洛因一眼。

白洛因像是想起來什麼，朝孟通天勾勾手。

孟通天很乖順地爬了過來。

「我警告你，假如顧海出現，問我這幾天在哪住的，你別說我和你睡在一起，聽見沒？」

「為什麼？」孟通天眨眨眼。

白洛因語氣生硬，「你甭管為什麼，你要是說了，我讓你以後都看不見他。」

「啊？」孟通天一臉驚恐的神色，「那我絕對不說。」

白洛因放心了，關燈睡覺。

第二天有點兒無聊，上午去打球，下午找楊猛待了一會兒，傍晚回到家，正趕著飯點兒。每週六鄒嬸都會做一大桌好吃的，這是白洛因最享受的一段時光，今兒也不例外，洗洗手，坐到飯桌旁，心情甚好地盯著一桌的美味。

「今兒大海又沒來啊？」鄒嬸問。

白洛因點頭，剛要動筷子，電話就過來了。

「因子，我快到你們家了。」

白洛因心裡一緊，忙回道：「不是說不讓你來麼？」

「你真在家呢？你不是說今天得去你二伯家麼？」

白洛因沒好氣，「他們家不管飯，我得回家吃飯，吃完飯就去。」

「那正好，我就是來看看你，看兩眼就走。」

白洛因還想說什麼，顧海已經把電話掛了。

看著一桌的好菜，白洛因急了，這哪成啊？要是讓顧海看見了，你們家出了這麼大的事兒，還大魚大肉地吃著，合適麼？

「熔兒，快點兒，把桌子上的好菜都撤了，顧海就要來了。這個、這個、這個……都收到櫥櫃裡，等顧海走了再吃。」說著，白洛因端著一碗肉就要走。

鄒嬸愣住了，「因子，撤什麼啊？大海來了正好在這吃啊，我還想再加幾個菜呢！」

孟通天也在一旁叫喚，「我要吃肉。」

沒時間解釋了，你們不撤，我來撤好了，想著，又拿起一小盆排骨往回端。

鄒嬸看懵了，直直地朝白漢旗問：「這孩子咋回事？」

「不知道啊，護食？不想給大海吃？不至於吧？」

白洛因回來一趟，又端走了兩盤炒菜，臨走前還叮囑了一句，「記得我那天和你們說的，別露餡了。」

鄒嬸更糊塗了。

白漢旗拍拍鄒嬸的肩膀，「現在孩子學習壓力大，喜歡找點兒樂子，由著他吧。」

很快，白奶奶和白爺爺也被白洛因攙回房間，好飯好菜直接送進去，孟通天禁不住美食的誘惑，鑽進白奶奶和白爺爺的屋子就不出來了。

等顧海來的時候，餐廳裡彌漫著一股陰鬱之氣，只有白洛因、白漢旗和鄒嬸三口人圍著一張大桌子，桌子上只有一盆粥和兩小碟的鹹菜。

白漢旗略顯尷尬地和顧海打了聲招呼，「大海，來了？」

顧海笑著點點頭。

一旁的鄒嬸哎聲歎氣的，「大海啊，嬸兒心裡真過意不去，你看你好不容易來家裡一趟，就這麼一盆粥，也沒什麼好招待你的……」

顧海安慰鄒嬸，「嬸兒，沒事，您熬的粥都有一股肉味兒。」

鄒嬸面色一僵，尷尬地笑了笑，「你這孩子，嘴兒也太甜了。」

「我沒開玩笑。」顧海一本正經地說，「我真的聞到一股肉味兒。」

白洛因差點兒把嘴裡的粥噴出來。

兩個人在院裡聊了幾句，白洛因原以為顧海是來視察的，結果說了幾句話之後，發現顧海其實就是想來看看他，也沒故意拖延時間，也沒東張西望，全部注意力都放在白洛因的身上，看夠了之後就準備走了。

一直到顧海出了門，白洛因才鬆了一口氣。

回到廚房，朝鄒嬸說：「那些菜可以拿出來了。」

白漢旗拍了白洛因的後腦勺一下，「你這孩子啊，沒安好心眼兒。」

「通天還在他奶奶屋呢，我去把他叫過來。」鄒嬸說。

白洛因和白漢旗又把肉和菜全都端上桌了。

鄒嬸走到白奶奶房間，沒看到孟通天，白爺爺慢悠悠地說：「那孩子剛才看見大海，追出去了。」

鄒嬸知道孟通天喜歡黏著顧海，便沒再問什麼，自個回去吃飯了。

起來了。

「顧海哥哥！」孟通天喊了一聲。

顧海轉過身，看到一個小身子如同離弦的箭一樣朝他衝過來，趕緊蹲下身接住了他，順勢把他抱起來了。

「呵呵……」顧海掐著孟通天的小臉，「剛才怎麼沒瞅見你？」

「我一直在我爺爺奶奶屋。」

36.

「那你不吃飯了？」顧海摸了摸孟通天的小肚子，「肚子不餓麼？」

孟通天搖搖頭，「不餓，我在爺爺奶奶的屋子吃了，吃了好多好多好吃的，有魚有肉的，在外面吃不到。」

「有魚有肉的？」顧海朝孟通天投去質疑的目光。

孟通天樂呵呵地點點頭，「對呀對呀。」

顧海轉念一想，鄒嬸特意給二老做些好吃的，倒也沒什麼，畢竟他們不知道自己的孫女出事了。

結果，孟通天下一句話馬上說：「本來外面也有好吃的，結果你一來全給撤了。」

呃……顧海這下窘了。

「都是白哥哥的主意！」孟通天扠起小腰，一副為顧海打抱不平的架勢，「他就是不想給你吃，才把那些好吃的都藏起來的！」

顧海臉色變了變，把孟通天放到地上，蹲下來看著他。

「孟通天，你可不能背地裡說你哥壞話。」

孟通天急了，小臉脹得通紅，「我沒說他壞話，他本來就討厭，他不光欺負你，還欺負我！」

顧海饒有興致地看著孟通天，「你說說，他怎麼欺負你了？」

「他晚上睡覺總是擠我，還搶我被子，不讓我亂動，還不許我出聲兒！」

顧海微斂雙目，幽幽地問：「他什麼時候和你睡在一起的？」

「這幾天一直睡在一起。」

說完這句話，孟通天突然意識到了什麼，哇的一聲大哭出來。

顧海有點兒懵了，我還沒哭呢，你哭啥？

孟通天一邊哭一邊委屈地說：「顧海哥哥，我以後再也見不著你了。」

「為什麼？」顧海不明所以，伸手去給孟通天擦眼淚。

孟通天紅著鼻頭說：「白哥哥說了，我要是把這事說出去，他就再也不讓我看見你了。」

顧海暫時壓住心頭的怒火，柔聲問道：「什麼事？」

「就是我和他住在一起的事啊，他不讓我告訴你。」

顧海一瞬間什麼都明白了，沉著臉站起身，正欲往回走，突然被孟通天抱住了大腿。

孟通天大聲哭號著，「顧海哥哥，你可別去找白哥哥啊！你把這事告訴他，我以後都瞅不見你了！我瞅不見你了，就再也沒有新玩具了！」

顧海一隻手把孟通天抱起來，一本正經地說：「別哭，他說了不算，我想什麼時候來就什麼時候來，你這麼聽話，玩具肯定少不了你的。」

孟通天還在哭，「可是他會揍我的！」

顧海摸了摸孟通天的腦袋，磨著牙說：「該挨揍的是他。」

孟通天吸了吸鼻子，「那我就放心了。」

顧海抱著孟通天再次回了白家小院。

白洛因這會兒還沒有任何危機意識，鄒嬸也沒把孟通天去追顧海當回事兒，回了屋也就沒提這一茬。三口人吃得正香，你一筷子我一筷子地夾著肉，一邊吃一邊聊著。

然後，門被推開了。

三個人不約而同地看向門口。

顧海抱著孟通天站在那。

白洛因正嚼著的那塊肉頓時噎住了，嘴邊上的油光在夕陽的照耀下顯得光彩奪目。

「昂首挺胸，目視前方，兩手垂放，四指併攏！」

白洛因被迫對著牆壁站立，顧海表情嚴肅，不時地在白洛因身後晃悠著，手裡拿著一條皮帶，一邊走一邊甩著，發出簌簌的風聲。

「現在開始說，到底怎麼回事？」

白洛因死鴨子嘴硬，「說什麼？」

顧海站到白洛因身邊，冷厲的目光逼視著他，「你都幹了什麼見不得人的事兒，一條一條彙報。」

白洛因斜了顧海一眼，沒說話。

顧海手裡的皮帶猛地甩到牆上，發出駭人的聲響。

「屁股蛋兒還想不想要了？」口氣中透著滿滿的威嚴狠厲，「不想受皮肉之苦就趁早招，要是等我主動開口，哼哼，一條十下，打哭你為止！」

相比顧海的暴怒，白洛因此刻倒顯得很淡定。

「那你就打吧，打完了由你來說。」

顧海赤紅著雙目瞪著白洛因，咬牙切齒地說：「你以為我不敢下手？」

白洛因靜靜回道：「我沒那麼以為，我堅信你是個爺們兒，你肯定下得去手。所以盡快來吧，我等著呢，別讓我瞧不起你！」

顧海讓這個混小子給氣得啊，手直哆嗦，這不是存心找揍麼？

「你丫的褲子裡邊就穿了一條秋褲。」顧海提醒。

白洛因依舊一臉輕鬆，「我知道，不是正合你意麼？穿太厚了打著不疼。」

「你真以為我不敢打你？」顧海又重複了一遍。

「求求你了，我真沒那麼以為，你趕緊動手吧。」

顧海眼瞅著白洛因那頗有彈性的兩個屁股蛋兒，摸還摸不夠呢，哪捨得往上甩皮帶啊！

僵持了半分鐘，白洛因沒忍住，先笑出來了，原本站得繃直的腰板，也開始自然放鬆，兩條腿活動了一下，帶著笑的眼睛看著顧海。

「嚴肅點兒，別給我嘻皮笑臉的！」顧海還在拿腔作勢。

白洛因把他手裡的皮帶奪了過來，賴賴地說：「至於麼？不就背著你吃了幾塊肉麼。」

「那是幾塊肉的事麼？」顧海真黑臉了，「孟通天什麼都告訴我了，你這段時間一直在家睡的，你還威脅人家孩子，不讓他告訴我……有沒有這回事？」

白洛因依舊裝傻充愣，「我不知道。」

「你丫……」顧海連拉帶扯地將白洛因按倒在沙發上，一頓折騰過後把他拽起來，怒道：「利用我對你的信任，把我當猴耍，是不是挺好玩的？」

白洛因頭髮都亂了，依舊悶著不吭聲。

顧海呼呼喘了幾口粗氣，又愛又恨地瞧著白洛因，有點兒拿他沒轍的感覺。

「你告訴我，為什麼總往家跑？」

白洛因定定地看了顧海幾秒鐘，雙唇緊閉，面無表情。

顧海對白洛因的脾氣太了解不過了，絕對稱得上天下第一倔！他要是不想說什麼，任憑你怎麼逼他，他也不會說的。

顧海平緩了一下呼吸，用手把白洛因亂糟糟的頭髮整理了一下，語氣恢復了溫柔。

「是我做的飯不好吃麼？」

「是我沒給你家的溫暖？」

「是我說了什麼不該說的話，惹你不高興了麼？」

「是我前陣子冷落你，你故意報復我麼？」

在問了十幾種可能性，皆沒有得到回應後，顧海終於恢復了大灰狼的本色。

你不說話好辦，我有本事讓你開口，眼神一熱，強行去解白洛因的褲子。

白洛因原本淡然的眸子立刻射出無數道抵禦的冷箭，他用力去掰顧海的手腕，顧海仍舊一意孤行，白洛因猛地一腳踢在顧海的小腹上，顧海吃痛，胳膊肘抵住白洛因的胸口，整個身體下壓，沙發墊陷進去一個大坑。

「想跟你親熱一下就這麼難麼？」顧海咬住白洛因的喉結。

白洛因的手死死箝住顧海的脖梗子，費力地說道：「本來不難，是你非要把它變難的。」

顧海暫時鬆開對白洛因的束縛，眼睛定定地看著他，問：「那你說，怎麼能容易點兒？」

「你讓我上你，我就不跑了。」

顧海瞬間明白過來了，敢情這小子打得是這個算盤。

「我都心甘情願讓你上了，你就不能讓我操一次？」

「不能！」白洛因繃著臉。

顧海眯縫著眼睛盯著白洛因，像是要用眼神把他劈成兩半。

「不能？為什麼不能？我就嘗試過一次，你那天晚上折騰了我幾次？就算我讓你一次，你還欠我三次呢！」

「哪有你這麼算帳的？」白洛因終於繃不住了，厲聲控訴道：「我那是被迫的，一次都不可原諒，你那是心甘情願的，多少次都不過分。」

「得！」顧海咬著牙點點頭，「你丫還記仇了是吧？就因為我犯了一次錯，你就要判我死刑麼？我家老二長得這麼雄壯威武，你就忍心讓它廢了麼？」

白洛因薄唇動了動，「我忍心。」

顧海愣了片刻，猛地坐起身，朝著窗外怒吼三聲。然後沒事人一樣地轉過頭，繼續持著一雙龍精虎猛的眼神，披著一張大灰狼的外套，裹著一層千年老厚臉皮，軟聲軟語地哀求道：「因子啊，好媳婦兒，我這程子可努力了，為了咱倆的幸福，我秉燭夜讀、廢寢忘食，看在找這麼勤奮的份上，你就不能通融一下？」

要不是看你那玩命的學習勁頭兒，我還真不至於整天往家跑！白洛因渾身冷颼颼的。

「寶貝兒啊，不是我霸道，你看上次我也讓你試了，結果怎麼樣？咱倆都受罪不說，還惹出那麼多事來。」

「因子啊，上次是我沒發揮好，你再給我一次機會，我保證做一次就讓你愛上一輩子。」

37.

其實，從白洛因跑回家的那個晚上開始，他就已經預感到會有這麼一天。選擇了顧海，就等於選擇了一條不歸路，他不可能永遠占據主動位置，逃避就意味著關係破裂，他又不捨得顧海，種種矛盾像是無數根鐵絲擰巴著，扭不開，剪不斷，稍一碰就勒得心口窩生疼。

頭一垂，無力地搭在顧海的肩膀，好想直接把這個人掰碎了吃到肚子裡，這樣就不用擔心被他吃，也不用擔心他跑了。

顧海用手將白洛因的頭從自己的肩膀上扶起，扳正對著自己，寵暱地看著他，心裡彷彿在說：你這個小人精！整天這麼折騰我，讓我眼巴巴地瞧著，饞著，想吃吃不到嘴裡，想氣氣不到心裡，我該拿你怎麼辦？

白洛因也看著顧海，心裡頭同樣罵著：你這個小饞貓，整天就知道吃，你丫要是嘴小點兒還好，非得長那麼大，早晚撐死你丫的！

兩個人心裡對罵了兩分鐘，又沒羞沒臊地摟在一起親上了，男人的薄唇貼合在一起，少了幾分柔情和浪漫，滿當當的火熱，鬍碴摩擦著鬍碴，生出的電流從下巴湧出，順著胸口聚集到小腹，爆炸似的朝身體四周散開。

長時間這麼冷落著自己，心裡確實想了，饞蟲很快被勾了上來，顧海的手伸到了白洛因衣服的下襬處，順著平坦的小腹向上移動，白洛因則直接把手放在了顧海的腿間，隔著柔軟的布料感受裡面的勃勃生機。

身體瞬間達到沸點。

粗重的喘息聲在客廳彌漫開來，在這煽情又狂熱的時刻，顧海突然停下了手裡的動作，淡淡地說了句：「去洗澡吧。」

白洛因儼然意猶未盡。

顧海卻說：「我不勉強你了，你費盡心機折騰我，自個也怪累的，洗完澡睡個好覺吧。」說罷，自己起身先走，慢悠悠的，白洛因在顧海身後，用異樣的眼神盯著他看了好久，突然大跨步追上去，胳膊扼住顧海的脖子，冷聲質問道：「欲擒故縱是吧？沒安好心是吧？」

顧海咧開一個嘴角，「就知道你會跟過來。」

說罷一個急轉身，猛地將浴室的門關上，看著白洛因餘怒未消的面孔，顧海知道，他已經答應了。

「幫我搓搓後背。」顧海轉身對著白洛因。

白洛因沒搭理他，自個拿著花灑慢悠悠地沖洗著身體，下一秒鐘，顧海突然就躍到他的身前，不由分說地搶過他手裡的花灑，將水流調到最大，對著小因子沖去。

突然匯聚的溫熱感澆濯著脆弱又敏感的部位，像是一隻大手在上面溫柔地愛撫著。白洛因的腿顫動了一下，身體朝後移動，想躲避這種令人難耐的刺激。偏偏顧海的手反應得如此迅速，幾乎是寸步不離地澆濯著，白洛因的身體後移，觸到了冰涼的牆壁，猛地抖了一下，忍不住哼了一聲。

顧海笑得輕浮，「叫得真浪，再來一聲聽聽。」

白洛因一抬手，想給顧海兩下子，卻被顧海順勢拽住，連同另一隻手一齊束縛在頭頂。顧海微微俯下身，順著白洛因的脖頸開始舔拭，輕輕緩緩的，伴著從頭頂淌下來的水流，遊走在胸膛，腋下，腰側，小腹……

白洛因腿間濃密的毛髮被水流沖刷得柔順服貼，顧海的舌頭在裡面橫掃而過，薄唇含住幾根，牙齒輕輕拉扯著，眼睛惡劣地上挑，侮辱性地看著白洛因。

白洛因感覺到密集的疼痛和酥麻，更多的是羞恥，他粗重地喘息著，將顧海的頭下壓，卻忽視了自己的東西在人家的嘴裡，一瞬間被扯得生疼，隱忍又享受的表情甚是生動，顧海的身下無需任何觸碰，一下就脹大了幾分。

濕漉漉的兩個身體在水流的沖刷刺激下全都滾燙滾燙的，他們相互撫摸著，親吻著，摩擦著，喘息聲伴著水流聲，混合成淫靡的交響曲，刺激著彼此的耳膜。

「寶貝兒，想要你。」顧海將白洛因的手放在自己烙鐵一般火熱的分身上，讓他知道自己有多急不可耐。

白洛因動了動嘴唇，沒說什麼。

顧海抱住他，親吻了很久很久，像是一種無聲的保證，我這一次，一定會很溫柔很溫柔的。

趴在大床上，看著眼前擺放的各種味道的潤滑油，白洛因覺得自己像是上了刑場。

顧海擰開其中一個小瓶，擠一點兒在手上，牢記書中的要領，一定要耐心細緻，決不可以操之過急。

殊不知這緩慢的節奏反而給白洛因造成了強大的心理壓力，他等了很久都沒等到顧海有什麼動作，心跳一下衝到了一百八十脈，急促喘了兩口氣，開始往床下溜。

「哎，別跑啊！」

顧海拽住白洛因的一條腿，又把他逮了回來。心裡頭不住地自責，你瞧你把他嚇成啥樣兒了，做完了去廁所自個搧自個十個大嘴巴去！

白洛因用枕頭按住頭，一副任君宰割的模樣。

顧海哭笑不得，「你放鬆點兒成不成？」

白洛因這會兒什麼話都聽不進去了，全身上下都是一副備戰狀態，疼痛要來了，一定要挺住啊。

顧海兩隻手輕輕放在白洛因的臀部，溫柔地按摩著，想讓白洛因緊繃的肌肉放鬆下來，結果白洛因根本不配合，導致越捏越緊，越緊越要用更大的力才能讓這塊肉鬆弛下來，到最後越捏越疼，白洛因痛號一聲，一個勁地用手砸床。

顧海這才發現，眼皮底下地這塊肉已經被自己捏紫了。額頭忍不住冒汗，他才知道自己種下的罪孽有多深。

「因子，別再去想那天的情景了，你把這當成我們的第一次，好不好？」顧海親吻著白洛因滲出汗珠的鼻尖，小聲暗示著，白洛因的心情終於漸漸平靜下來。

顧海順著白洛因的脊背一路親吻向下，到達尾骨處，小心地在四周畫著圈。白洛因感覺到無比的癢，整個腰都麻了，他挪動了一下身體，想緩解這種「不適」，卻被更強烈的酥癢包圍，密密麻麻的，像是有螞蟻在啃蝕著他的骨頭。他一下子拽緊床單，嘴裡發出粗重的喘息聲，大腦皮層被熱浪席捲了。

顧海正在用牙齒啃咬著白洛因的臀瓣，若輕若重，若快若慢，感覺到白洛因腿部的劇烈抖動，顧海覺得差不多了，掰開臀瓣朝裡面進攻，舌頭在密口四周掃動著，緩緩向內挺進，白洛因既害怕又期待，手指在床單上擠出一朵朵的百褶花。

終於，顧海的舌頭頂到了密口處，狠狠朝內擠壓，一股強大的電流急竄而來，白洛因的腳趾一陣痙攣，腰身猛地挺動了一下，忍不住悶哼出聲。

既然一會兒要讓我疼，現在又何必讓我爽？你這是要先把我送上天堂再踹下地獄麼？

顧海再次倒了一些潤滑油在手指上，一邊對白洛因的前面進行刺激，轉移他的注意力，一邊用濕潤的手指緩緩地朝後面推送，很快，手指被溫熱的內壁緊緊地包裹住，顧海輕輕動了動，笑著朝白洛因問：「怎麼樣？我沒騙你吧？一點兒疼的感覺都沒有吧？」

這麼快、這麼輕鬆就進去了？不對啊！尺寸差著十萬八千里呢！白洛因扭頭一看，敢情剛一根手指，一根手指你跟這顯擺什麼啊？白洛因怒沖沖地扭回頭，心裡不由地叫苦一聲，還早著呢，繼續忍吧！

顧海伸到第二個手指的時候就感覺到了很大的阻力，他拍了拍白洛因的臀瓣，勸他放鬆，白洛因咬著牙不吭聲，身體卻一點兒都不配合，顧海只好又倒了一些潤滑油，加大對前面的刺激，趁著白洛因緩口氣的間隙，一鼓作氣，乘勢而入。

「感覺怎麼樣？」

白洛因實話實說，「不太舒服，有點兒脹。」

顧海信心十足，「放心吧，一會兒就好了。」

他的手指緩緩地動了起來，跟著他呼吸的節奏，由快而慢，白洛因漸漸適應了這種刺激，不適感越來越低，一種奇異的感覺湧了上來，不知道算不算舒服，起碼清晰地感覺到那滋味並不難受。

顧海已然熱血沸騰，手指每次進去，都能感覺到那份溫熱緊窒包裹著他，熟悉的快感衝上腦際，讓他有點兒迫不及待要重溫那種快樂至死的滋味。

不行，不能心急，書上說了，還差一個手指，必須要完全擴張。

這對於急脾氣的顧海而言，是多麼大的耐力考驗。

又脹了幾分，白洛因有些受不了，扭頭說道：「你拿出來一個成不成？」

顧海苦著臉，好不容易塞進去了，你再讓我拿出來，你是要憋死我家老二麼？

「再忍忍，馬上快好了。」顧海耐心地討好著小因子，終於把這位爺的嘴堵上了。

過了兩分鐘，一切都已準備就緒，顧海微微瞇起眼，再次睜開時，目光爍爍。

「下面就是見證奇蹟的時刻！」

38.

顧海將剩下的潤滑油全都倒在了自己的身下，做好了足夠的潤滑，又按住白洛因的腰身，深吸一口氣，緩緩地朝裡送去。

在那一瞬間，白洛因緊閉的雙眼驀地睜開，牙關死咬，呼吸暫停，表情僵硬，只有脖子上跳動的青筋證明他還活著。

顧海剛才也是繃著一口氣，這會兒發現白洛因也沒叫也沒吼的，釋然地笑笑。

「這回相信我了吧？我說不會讓你疼就不會讓你疼。」

白洛因愣了幾秒鐘，豪無徵兆地哀號出聲：「我信你大爺！怎麼不疼？疼死我了！」

顧海頓了頓，一臉的無法置信，「不可能吧？剛才三個手指都進去了，照理說沒問題了啊！」

「三個手指，三個手指……」白洛因咬牙切齒地朝身後怒罵：「三個手指管屁用啊？你丫那玩意兒，五個手指都有了。」

顧海挑挑眉，戲謔著問道：「你這是誇我呢還是抱怨我呢？」

白洛因無力地趴在床上，眼睛呆呆地看著床頭上的雕花，不停地鞭撻著自己：活該！不長記性的東西！他說不疼你就信了？

顧海又往前推進去一點兒，白洛因的骨頭攥得咔咔響，實在挺不住了，趴在床上嗚嗚叫喚。

顧海這下不敢動了，身體輕輕趴下，手在白洛因的脖頸處蹭了蹭，柔聲問道：「真疼啊？」

「廢話！」

「那怎麼辦？」

白洛因哭喪著臉嚷嚷，「你給我拿出去！」

顧海無奈，只好往回退了退，結果白洛因更受不了了，崩潰地叫了一聲，「停下！」

「你到底是讓我捅進去還是拔出來？」

白洛因喘了兩口粗氣，無力地說：「你別動了，就那麼待著吧。」

「我待不住。」顧海實話實說，誰到了這會兒還能待住啊？

「待不住也待著！」白洛因下狠心了，「等軟了再拿出去。」

結果，顧海真就這麼待著了，過了一會兒，白洛因非但沒緩過來，反而更難受了。這時顧海拍著他的後背說道：「嘿！好像更大了！」

白洛因的臉都綠了，他今兒是徹底上了賊船了！一瞬間無數情緒湧上心頭，平日裡那一張波瀾不驚的小俊臉這會兒也繃不住了，愁苦萬分地瞧著漆黑的夜，哪裡才是我避風的港灣啊？

顧海被白洛因這副模樣逗樂了，忍不住在他臉上親了兩口，白洛因愛搭不理的，顧海又親了一口，柔聲哄道：「得了，都到這份上了，挺一挺也就過去了，就算疼也是那麼一會兒的事。上次你弄我，開始我也疼，後面還挺舒服的，不騙你。」

白洛因眼睛一亮，「要不著咱們再換過來？」

「別啊，那你不就白疼了麼？」

哎呦喂……白洛因痛苦地用拳頭砸床。

顧海笑著又擠了一些潤滑油上去，緩緩地動了起來，速度極慢，他也難受，白洛因也難受。他盡量給白洛因的前面足夠的刺激，讓他不那麼痛苦。

第一個回合足足用了一分鐘，顧海看了下表，以他的體力，照這個速度，估計一宿都不能完事。

白洛因硬著頭皮說：「你快點兒吧。」

「我怕你疼。」

白洛因已經絕望了，「長痛不如短痛。」

顧海不聽他的，完全按照自己的節奏來，第二次好像沒那麼難了，半分鐘一個來回，第三次更順利了，十秒鐘……漸漸的，顧海的速度快了起來。

白洛因的牙齒咬得死死的，疼也不吭聲，到後面不知道是疼麻了還是怎麼的，好像沒有太大的感覺了。他試著把牙關鬆開，舒緩了一口氣，好像真的不怎麼疼了，扭頭看一眼，顧海閉著眼，享受的表情羨煞旁人。白洛因冷哼一聲，你甭美，早晚還有你受罪的那一天。

顧海已經徹底淪陷在了白洛因緊窒的甬道內，意識一片荒蕪，回想起自己奮鬥的路程，有艱辛有挫折，可真到了這一刻，什麼都值得了。太舒服了，太緊了，太熱了，爽得他都想爆粗口了。

顧海猛地頂了一下，白洛因原本放鬆下來的表情再次扭曲，手摳住床沿，哀道：「好疼……」

顧海睜開眼，仔細觀察著白洛因的臉，手輕撫著他的額頭，「你仔細感受一下，真的是疼麼？」說罷，又狠狠地頂了一下。

白洛因覺得自己像是被點住了穴道，一瞬間麻疼的感覺散布全身，說不出來的難受，過了一陣之後很快又沒了，身體又變得異常輕鬆，好像骨頭都軟了。

顧海接連來了幾下，白洛因瞬間蜷起身體，口中發出殘破的哼吟聲，身下像是被電擊，忍不住攥住顧海的胳膊，祈求他停下來。

就是這了……顧海瞬間激動不已，再一次粗暴地闖入，對著那一點狠狠戳刺上去。

白洛因揚起脖頸，表情異常痛苦，但又與疼痛表現出來的那種痛苦有著本質上的區別，顧海能夠清晰地感受到，白洛因在那一刻是絕頂歡愉的。

顧海又是狠狠一個推送，而後用魅惑的嗓音質問道：「頂到沒？」

白洛因俊臉脹紅，眉頭緊皺，死不承認。

顧海微微挺起上身，對著那個角度密集而強烈地刺激著，白洛因的腰身劇烈地顫抖著，腳趾頭緊緊摳住床單，額頭已經浮出密密的汗珠，呼吸早已雜亂無章。

「頂到沒？」顧海又問。

白洛因的表情隱忍羞憤，一瞬間將顧海迷得七葷八素，惡劣神經暴動，非要問出個結果來。他抬起白洛因的一條腿，扛在肩頭，強迫他側過身，另一條腿被牢牢壓住，更方便對那個地方進行強而有力的刺激。

白洛因的腰被顧海箝制住，雙腿大開，恥辱感還未襲上心頭，就被密密麻麻的刺激拽住了所有的情緒，快感爆炸一般地從身下湧來，一波強過一波，還未來得及消受，就被更猛的電流穿刺了身體，完全喪失思考的能力。顧海的腰身像是個發電機，頻率力度相當驚人，他傲視著白洛因，強大的氣勢像是要把他整個人吞噬。

白洛因破碎的呻吟聲從嗓子裡硬擠出來，他覺得自己要瘋了，身體完全不受控。

顧海捏著白洛因的下巴，幽幽地問道：「頂到沒？」

白洛因死守著最後一份倔強，當顧海的衝撞再次高密度地席捲而來，白洛因直覺他要挺不住了，前面已經腫得發疼，每一刻都是瀕臨爆發前的狀態，卻又差那麼一點兒，他覺得再這麼折磨下去他會死，他試著用手去解脫自己，卻被顧海眼急手快地攔住了。

然後，顧海攥住了他的分身，不過不是幫他釋放，而是阻止他的釋放。身後依舊被粗暴地頂撞著，疼痛早已變了味兒，白洛因的身體像是燒著了一樣，前面聚集了大量的能量，憋得他呼吸困難，後面的電流如潮水般源源不斷地向前面湧入，他快要承受不住了。

顧海突然放慢了動作，一下一下又狠又準，每一下問一句，每一下問一句。

「頂到沒？頂到沒？頂到沒？……」

終於，白洛因崩潰地低吼一聲，「頂到了。」

顧海額頭的汗珠順著俊逸的面頰流淌到下巴上，嘴角勾起一個驕傲的弧度，「乖，我們一起。」

一瞬間，身下似有千軍萬馬呼嘯而至，高頻率的刺激難以找到間隙，白洛因整個人置身熱浪之中，被熊熊的火苗席捲著，焚燒著……體內像是藏著一顆彈藥，在某一刻突然炸裂開來，連帶著每一根神經都在抽搐痙攣，一瞬間得到救贖，其後變成欲仙欲死的幻景，飄飄忽忽好不真實。

等白洛因回過神來的時候，某個貪婪的傢伙已經把他這副迷醉的狀態盡收眼底了。

顧海今天爽到爆了，尤其是最後一刻，抱著白洛因衝上頂峰，聽他在耳邊失控低吼的時候，簡直想把他直接幹死！

回味夠了，顧海攬住白洛因的肩膀，興沖沖地說：「寶貝兒，想要什麼，跟哥說！」

白洛因一拳掃在顧海的左臉上，「誰是哥，誰是弟啊？」

顧海摸了摸自己的左臉，戲謔著說道：「行啊，還有勁兒呢，證明剛才我操得不夠狠啊！要不再來一次？」說罷，又朝白洛因壓了過去，白洛因死死扼住顧海的脖子，恨不得把他掐死。

兩個人在床上鬧了好一陣，最後是顧海先鬆手的，柔聲說道：「好了，去洗澡吧，洗完澡早點兒睡。」

39.

也許是太累了，白洛因洗完澡沒多久就睡著了。

顧海趁著白洛因睡覺的空檔，掰開他的臀縫看了看，還好只是輕微的紅腫，把事先準備好的藥給他塗上，才放心地躺到床上。看著白洛因酣睡的臉龐，顧海心裡有種莫名的感慨，壓抑在心底的那份愧疚感減弱了很多，被濃濃的自豪感所取代，這個人終於完整意義上地屬於自己了，心裡和身體都打上了自己的標籤，再也不怕他被哪個俏妞兒拐跑了。

就這樣一直回味著，最後竟然摟著白洛因偷著樂了半宿。

早上，白洛因醒來的時候，顧海已經睜著一雙賊眼瞄他半個鐘頭了。

「還疼麼？」顧海問。

白洛因翻了一個身，貌似除了乏了點兒，真的是沒有什麼感覺。相比上一次酷刑之後的那種刻骨銘心的疼，這一次簡直算得上VIP待遇了，回想起昨天那翻雲覆雨的場面，白洛因還有點兒後怕，以後要是都這麼折騰，還不得讓他吃得死死的？

一看白洛因這副表情，顧海就知道他不疼，心裡那叫一個得意啊！怎麼著？還是為夫厲害吧？說不會讓你疼就不會讓你疼，第二天起來還讓你神清氣爽的，以後你就乖乖地在為夫的胯下承歡吧，哈哈哈……

白洛因還在想事兒，突然被一雙老虎箝子一樣的大手攬了過去，臉上被親了數口，口口帶響兒，嘴唇又被封住，狠狠吸了幾口，然後是耳朵、脖頸……他這還沒緩過神來呢，那邊兒就像人來瘋一樣地折騰上了。

最後白洛因將手扣在顧海的腦門上，使大勁兒才把他的臉推開了五公分。

「你幹什麼啊？」白洛因氣結，「大早上抽什麼瘋啊？」

顧海又黏了過來，臭不要臉地貼著白洛因的臉頰，樂呵呵地說：「我就喜歡你，越看越喜歡，你怎麼這麼招人喜歡呢？」

白洛因滿臉黑線，一拳掃在了顧海的小腹。

「滾一邊去！」

吃過早飯，顧海朝白洛因問：「我得回家一趟，拿戶口名簿，你要不要和我一起去？」

白洛因本來是不想去的，畢竟那是顧威霆和姜圓的家，可一想到顧海從小生活在那裡，那裡埋藏著很多顧海的回憶，他又對那個地方產生了濃厚的興趣。

「嗯，成。」

顧海的眼睛裡透出笑模樣，「才讓你舒服了一晚上，就離不開我了？」

白洛因馬上變臉，一條腿赫然抬起，猛的一個轉身，將猝不及防的顧海按在了沙發上，抄起除塵刷，狠狠朝他的後腰和屁股上抽了十幾下。

鎖門的時候，顧海還在叫苦：「你丫下手真狠。」

白洛因笑得雲淡風輕。

車子開到軍區別墅，一下車，就被一種肅穆冷清的感覺籠罩著。白洛因忍不住瞧了顧海一眼，顧海的表情也從嘻嘻哈哈變得冷峻漠然，他心裡一緊，突然間感覺到，也許顧海讓自己來，不光是想讓他見見自己的家，更多的是想得到某種安慰。

顧海打開門鎖，兩個人一起走了進去。

家裡一個人也沒有，房間內的裝修古樸高雅，到處都歸置得井然有序，地板擦得鋥亮，像是從未住過人。這樣的房間雖然很具觀賞性，但容易給人造成一種壓抑感，像白洛因這樣隨性的人，待在哪裡都覺得不自在。

「要不要去我房間裡看看？」顧海問。

白洛因沒說話，直接跟著顧海走了進去。

這是一個整潔規矩的房間，甚至連一張貼圖海報都沒有，被子方方正正的，床單平整，禁不住讓人想起顧海在部隊裡所住的那個房間。儘管有幾個月沒回這裡了，屋子裡還是一如既往的乾淨，窗臺擺放著一盆花，散發著淡淡的香氣。

可以明顯感覺到，這裡每天都有人來打掃。

顧海蹲下身，去櫃子裡翻找自己的戶口名簿。

白洛因則在屋子裡走走轉轉，看看書櫃裡的書，除了名著、工具書，剩下的都是一些軍事書籍。書櫃最上層有個很亮眼的書封，看起來不像是這類書，白洛因拿下來一看，才發現是一本相冊。

裡面有顧海各個時期的照片，甚至還有百日照，難以想像他也有過這麼清澈的眼神；隨後又看到了顧海少年時期，和軍區大院那些孩子們的合影，站在裡面霸氣側漏的；還有和部隊官兵的合影，和哥們弟兄混在一起的街拍照……

白洛因發現，顧海從小到大，照相都是一個姿勢，一個表情，看著很僵硬，讓人忍不住發笑，卻又有點兒淡淡的心疼。

他記得顧海和他說過，他以前是個很正經的人，白洛因對這句話嗤之以鼻。現在看到這些照片，白洛因突然就不難想像了，也許在他認識顧海之前，真的如顧海所說的那樣，生活是刻板的，心情是麻木的，性格自然就是沉穩的……

翻著翻著，白洛因的目光定在一張照片上。

照片上的顧海大約三四歲，靠在一個女人的懷裡，一副乖兒子的模樣。女人儀態端莊、溫婉大氣，眉眼間和顧海有幾分相似，白洛因猜測她應該就是顧海已故的母親。

這是顧海所有照片裡，唯一一張帶著笑容的。

白洛因還在發愣，手裡的相冊突然被人抽走了。

「瞎看什麼？」顧海佯怒的看著白洛因，「我允許你看了麼？」

白洛因沒說話。

顧海又問：「是不是特帥？」

白洛因回了他兩個字，「特傻！」

顧海笑笑的把相冊放回了書櫃裡。

「戶口名簿找到了麼？」

顧海揚了揚手裡的棕色本子，「在這呢。」

「那咱們走吧。」白洛因推開門。

顧海躊躇了一下，淡淡說道：「我想去我媽屋看看。」

白洛因點點頭，「成，那我去外面等你。」

接過顧海手裡的戶口名簿，看著他走進母親的房間，然後把門關上，白洛因的心情突然變得有些沉重，也許是感受到了屋子裡那種悲涼的氛圍。自始至終，顧海都沒有主動和他提過自己的母親，白洛因只知道他母親去世了，至於什麼時候去世的，怎麼去世的，白洛因一無所知。而關於自己的家事，顧海倒是了解得一清二楚，經常充當那個安慰的角色。

現在，白洛因突然感受到，顧海比自己苦多了。他僅僅是沒有體會到母愛，而他的母親一直都在，想什麼時候看到就什麼時候看到。顧海卻被硬生生地剝離了那個溫暖的世界，從陽光明朗的白晝直接跌入漆黑的夜。

白洛因一步步地朝樓下走去，想給顧海和母親一個安靜相處的空間。

走到樓下客廳的時候，門突然開了，一個秀麗的身影走了進來。

姜圓在看到白洛因這一刻，黯淡的眼神一瞬間恢復了幾分光亮，好像完全忘記之前兒子對她的那些不敬之語，看到白洛因，心裡除了高興別無其他。

「洛因，你怎麼過來了？」

白洛因淡淡回道：「顧海說要來拿戶口名簿，我就跟來了。」

「哦，他的戶口名簿啊！在他房間儲物櫃下面的第二個抽屜裡，收在一個書夾子裡面了，我去瞅瞅。」姜圓作勢要往上面走。

白洛因攔住了姜圓，「他已經找到了。」

姜圓站住腳，不由得笑了笑，「找到就好。」

白洛因沒再說話。

姜圓看了看白洛因，試探性地問道：「要不中午留在家裡吃個飯吧？」

「不了，一會兒顧海出來我們就走了。」白洛因說完，逕自地出了門。

車停在門口，白洛因坐在車裡等著顧海，眼睛透過落地窗朝別墅裡面看去，姜圓的身影一直在空曠的房間裡晃動著，一會兒清晰一會兒模糊。她的事情差不多做完了，就在窗口附近的桌子前坐一會兒，靜靜地坐著，眼睛看著外面，看不清她臉上的表情。

白洛因禁不住猜想，她每天都幹些什麼？難道除了收拾這麼大的幾個房間，就是這樣呆呆地坐著麼？她不無聊麼？不空虛麼？還是說只要看到眼前那些價格不菲的家具和擺設，她的心裡一下就充實了？

姜圓離開白漢旗，嫁給顧威霆，白洛因一直覺得她是愛錢愛勢，可現在看到她一個人孤獨落寞地坐在這樣一個空房子裡，突然又有了別的感受。如果姜圓真的追求奢華的生活，為何不直接傍個有錢的老總呢？為什麼要選擇一個軍人呢？像她這樣精明自私的一個女人，難道會不知道軍嫂生活有多艱辛麼？

40.

路上，顧海問白洛因：「想吃點兒什麼？」
白洛因想了半天都沒想出來，直接說：「隨便吧！」
「想不想吃麵條？」
白洛因神情一窘，眉間擰起一個十字結。
「我說，咱能不能換一樣？從我搬到你這來，十天有九天都在吃麵條。」
顧海的手在方向盤上敲著節奏，頗有興致地說：「這次不一樣，以前咱們都是買現成的麵條回來煮，這次是我親手和麵親手擀。」
白洛因痛苦地閉上眼睛，好久才睜開。
「要不咱們還是買現成的吧？」
顧海非要堅持，白洛因也不好打擊他，早知道這樣，剛才顧海問他想吃什麼的時候，就應該給個明確的答案，我想吃什麼什麼，徹底斷了他造孽的路。
兩個人回到家，正好到了午飯時間，聞到別人家裡飄出來的飯香味兒，白洛因真不想進家門兒。
顧海興沖沖地進了廚房。
白洛因坐在客廳裡玩電腦，廚房裡傳來劈里啪啦的響聲，聽得白洛因一陣陣膽寒。他每隔一段時間就要去廚房瞅兩眼，生怕顧海一不小心把菜刀架在自己脖子上了。
「因子！」

聽到顧海叫自己，白洛因趕緊把電腦放下，朝廚房走去。

門是關著的，白洛因推開一看，頓時嚇了一跳。水槽、砧板、瓦斯爐、碗櫥……到處都是白麵粉，顧海的衣服上、鞋上、脖子上、臉上……全都沾著麵粉，唯獨麵盆裡沒有麵粉。

「你……找我幹啥？」白洛因訥訥地看著顧海。

顧海晃了晃兩隻被麵粉包裹的大手，樂呵呵地說：「我就想讓你看看，我把麵和上了。」

白洛因：「……」

等到白洛因再進廚房的時候，顧海已經開始煮麵條了，白洛因看了看砧板上剩下的麵條，不由得一驚。雖然有點兒粗，可真的是一根根的，眼中露出幾分驚喜之色。哇塞，真的是麵條！不是麵糊、不是麵疙瘩、不是麵糰……它真的是麵條！

白洛因拿起一根，斷了。

顧海冷聲訓道：「瞎動什麼？有你那麼拿麵條的麼？」

「拿麵條還有講究啊？」白洛因不服，「我看鄒嬸每次都是隨便拿的，也沒斷啊！」

顧海虎目威瞪，「在你這種外行人眼裡，鄒嬸的麵條是隨便拿的，只有我們這種內行人才知道這裡面的門道兒！瞧見沒？麵條得這麼拿。」

說著將不到一掌長的麵條捧在手心，小心翼翼地往鍋裡放，結果這頭進去了，另一頭還捏在手裡，總共不到二十公分長的麵條，還從中間斷了一截。

顧海的臉有點兒掛不住了。

白洛因拍拍他的肩膀，「我啥也沒看見。」說完走了出去。

顧海在後面喊了聲，「你回來，我剛才沒演示好。」

樓下那家的飯真香啊，關窗戶的一瞬間，白洛因差點兒就跳樓了。

又過了十分鐘，估摸著差不多了，白洛因敲了敲廚房的門。

「好了沒？」

顧海在裡面瘋狂地咳嗽，根本沒聽見敲門聲。

白洛因自己把門推開了，裡面濃煙滾滾，顧海騰雲駕霧，站在瓦斯爐前，手端著炒鍋，揮舞這大勺，鍋底的火連成一片，把顧海衣服的前襟都給點著了。

「你要幹嘛啊？」白洛因被煙熏得直咳嗽。

顧海恍若未聞，動作豪邁地炒著一鍋黑糊糊的東西。

難不成是在做炸醬呢？白洛因一邊想著一邊找麵條，找了半天都沒發現，最後在一個小盆裡發現了滿滿一盆麵疙瘩，有大有小，大的拇指來長，小的指甲蓋那麼大。

不用說，這肯定是顧海煮出來的麵條。

「我改變主意了！」顧海興沖沖地瞅了白洛因一眼。

白洛因發現他整張臉黑黝黝的，眉毛還少了一小塊。

「你不是吃麵條吃膩了麼？我決定了，今兒咱不吃麵條了，改吃炒疙瘩！」

白洛因：「……」

半夜，白洛因醒過來，看到顧海靠在床頭抽菸，冷峻的側臉被燈光打出一層幽深的光圈，床頭櫃上的菸灰缸裡堆滿了菸屁股，不知道他醒來多久了，白洛因記得清清楚楚，他是和自己一起睡下的，睡之前還一臉流氓的笑容。

現在，完全變了一個人。

感覺到旁邊的動靜，顧海掐滅了菸頭，側頭朝白洛因看去。

「醒了？」

「你一直沒睡？」

顧海淡淡說道：「沒有，剛醒沒一會兒。」

白洛因也坐了起來，伸手朝顧海示意，「給我一根。」

「甭抽了，抽完睡不著覺。」

白洛因斜了顧海一眼，「那你還抽？」

「我有癮。」

白洛因沒聽顧海的話，上半身從顧海身上跨過去，撅著屁股去拿床頭櫃上的菸。顧海趁機在白洛因的屁股上色了一把，白洛因也沒在意，拿過菸之後點上，一口霧氣從嘴邊吹散。

「想什麼呢？」白洛因問。

顧海輕輕閉上眼睛，嘴角帶著不正經的笑容。

「你說那麵條怎麼會煮碎了呢？」

白洛因斜了顧海一眼，「大晚上不睡覺就想這個？」

顧海沒說話，屋子裡陷入片刻的寧靜。

一根菸快抽完了，白洛因才開口問道：「你是在想你媽麼？」

顧海眸子裡流轉的波光在那一刻悄然停滯，像是一片朦朧的水霧突然間結了冰，連四周的溫度都跟著下降了。

白洛因掐滅菸頭，淡淡說道：「我發現了，你真正難受的時候都自個忍著，等不難受了，倒上我這裝可憐來。」

顧海僵著身體沒動。

白洛因的手臂伸過去，想把顧海攬過來，顧海的身體較著勁兒，根本挪不動。最後白洛因自己微微側過身，主動朝顧海的薄唇吻了上去，絲絲涼意滲入唇齒間，白洛因知道顧海已經獨自一人坐了很久很久。他把顧海死死摟住，用薄唇給他傳遞熱量，直到顧海的身體漸漸鬆弛，肯把全身的重量壓在他的身上，白洛因揪著的一顆心才漸漸恢復原狀。

屋子裡的燈滅了，他們赤裸相擁。

很久之後，白洛因才把手伸到顧海的頭髮上，略顯生澀地撫摸著，難得的溫柔。

「我不知道該和你說點兒什麼，你知道我這人不太會說話。」

顧海懶懶的笑著，寵暱的眼神看著白洛因。

「那你就不能破個例，和我說句好聽的？」

白洛因很認真地問：「你想聽什麼？」

顧海假裝想了想，開口說：「我想聽你說，老公，你好棒！」

白洛因用膝蓋朝顧海的胯下頂去，顧海忍不住哼了一聲，哼得很矯情，讓人一下就能聽出裡面的情緒和心思。

「有我呢。」

顧海在白洛因後背上活動的手驀地停了下來。

過了一陣，白洛因又重複了一遍，「沒事，有我呢。」

顧海強撐著的心在這一刻徹底軟化下來，感動如同洪水在心底氾濫，此時此刻，沒有什麼比這三個字更能給他慰藉了。在他人生最低谷的那個階段，他無助、茫然、痛苦……他以為自己會永遠躲在那個隱蔽的空間裡獨自舔著傷口，卻冷不防地被這三個字打破了記憶裡傷痛的閘門，所有的委屈和不甘在這一刻傾瀉而出，哪怕在他不忍觸碰的那個脆弱的角落裡，都能感受到一雙手在緊緊握著他。

顧海輕輕咬住白洛因的嘴唇，白洛因把舌頭伸出來的一瞬間，嘗到了一抹鹹濕的味道。

被窩裡傳出一陣陣粗重的喘息聲。

「疼麼？」顧海趴在白洛因耳邊問，白洛因側頭吻住了顧海的脖頸。

所有的痛苦在你的懷抱裡都變得不值一提，所有的心酸在你的安慰中都悄然遠離。

最後一刻，顧海咬住了白洛因的肩膀，用了幾分力道。

「因子，我只有你了，你是我全部的幸福。」

白洛因咬緊牙關，細細感受疼痛中那沉甸甸的一份愛。

「別離開我。」顧海壓著嗓子低吼。

白洛因劇烈地顫抖，薅著顧海的頭髮重重的嗯了一聲。

41.

孫警衛萬萬沒有想到，白洛因會把他約出來，對於這個只有一面之緣的男孩，孫警衛一直都帶著幾分好奇。他和姜圓接觸很少，只知道那是一個聰明的女人，而對白洛因的所有認識，也就來源於顧威霆的一兩句念叨。

坐下之後，還是孫警衛先開口的。

「學校的課程累麼？」

「還好。」

孫警衛柔和地笑了笑，端起茶水喝了一口。

「我的女兒讀初三，成天有做不完的作業。」

白洛因微微一笑：「畢業班，難免的。」

孫警衛發現，白洛因比顧海性子平和一些，相比同年齡段的男孩，又多了幾分穩重。

「我常年待在軍隊裡，接觸最多的就是軍人，說話做事都是雷厲風行的，像這樣靜下心來聊天的機會很少，所以不善於與人交談。尤其像你這個年齡的孩子，想法和我們有很大出入，我要是說了什麼你不愛聽的，還得指望你多多擔待。」

「孫叔客氣了，您是長輩，這話應該我來說。」

孫警衛哈哈笑了兩聲，拍著白洛因的肩膀說：「咱們還是不整那虛頭巴腦的了，你今天找我來，不光是為了聊天吧？」

白洛因一臉正色地看著孫警衛，眼神明朗。

「是，我是想和您了解一些情況。」

孫警衛饒有興致地看著白洛因，「和我了解情況？關於誰的？首長的麼？」

白洛因頓了頓，「首長已故的妻子。」

孫警衛表情凝重，眼神瞬間陰鬱了幾分。

「就是顧海的母親。」白洛因又重複了一遍。

孫警衛沉默了幾秒鐘，尷尬地笑了笑。

「你怎麼想起打聽這個了？」

白洛因靜靜回道：「我認為顧海和他父親之間存在很大的隔閡，這個隔閡就是他的母親，在顧海的心裡，他母親的去世和他父親有著直接的關係。我想弄清楚顧海的母親是如何去世的，我想幫顧海徹底去掉這個心結，讓他重新認可自己的父親。」

孫警衛的臉上流露出幾分無奈，但是看著白洛因的眼神中還是帶著幾分欣賞。

「你很聰明，想從我這裡獲取消息，所以選擇了一個很具煽動性的理由。你的想法是美好的，但是我愛莫能助，我所知道的也就那麼多。我已經和小海說過無數次了，可是他根本不相信，我拿不出更好的證據來證明首長是清白的，所以，我勸你還是放棄吧。別因為這件小事，破壞了你們兄弟倆和諧的關係。」

「您說的話和我說的話在他心裡分量是不一樣的，如果我相信他父親是無辜的，那麼我可以讓顧海也相信他父親是無辜的。」

白洛因的這番話說得擲地有聲，完全不像一個不知天高地厚的孩子，更像是胸有城府的智者。孫警衛微斂雙目，眼神中帶著淡淡的驚訝，他有點兒明白為何顧威霆和白洛因見了一面，就把他銘記在心了。

「既然你想知道這些，為什麼不直接去問小海呢？我所知道的一切他都知道，你問我和問他是一樣的。」

「在沒有說服自己之前，我不想讓他知道我在做這件事。」

孫警衛長出一口氣，臉上露出妥協的笑容。

「那好吧，那我就再和你說一次，反正你也是首長的家人，這件事過去這麼久，算不上什麼機密了。」

白洛因原本很鎮定的心情，突然在這一刻變得有些緊張，也許是因為孫警衛要把顧海的傷口重新揭開，白洛因要代替顧海重新體驗這份痛楚了。

「事情發生在三年前，那時候首長負責一個武器研發的專案工程，後來被國外的軍工業巨頭打探到了這一軍事情報，派人過來交涉，想要首長出售這份軍事機密，並列舉出了種種優厚條件，首長不為所動。後來是首長親自去派送這份軍事機密的，並設計了兩條線路，其中一輛車上面運送的是假貨，但是沒人知道，就連護送要件的數位軍官都不知道，所有人都以為那裡是真東西。

「但事實上真正的軍事機密就攥在首長的手心裡，他是穿著便衣打計程車送過去的，俗話說最危險的地方就是最安全的地方，所以沒人注意到這輛計程車，首長很輕鬆就把這份軍事機密交送到了安全之地。

「但是另一輛車出事了，這件事首長早有所料，他猜測到了國外的軍工業巨頭不會死心，所以才設計了兩條線路。但令他萬萬想不到的是，夫人竟然上了那輛車，而且在交火中受了重傷，還沒送到醫院就沒了呼吸。

「那時候小海只有十四歲，他根本不相信母親離世這個消息。加上那個時候部隊裡種種消息和傳聞，都是關於你母親和首長的，這些事情更加重了小海的猜疑心。他認為夫人本不該出現在那輛車上，所有的一切都是首長安排好的，都是為了成全首長和你的母親，才惡意設計害死了夫人。」

聽到這裡，白洛因徹底明白，為何在顧海知道自己是姜圓兒子的那一剎那，會有如此失控的反應，會說出那些傷人的話。

原來，他的腦海裡和姜圓上演過如此不共戴天的仇恨。

「為什麼他母親會得知這一消息？她又怎麼在第一時間追上那輛車的？押送軍事機密的車不應該有專門設計好的路線麼？怎麼會這麼輕易被她知道？」白洛因也有些懷疑了。

「事實就是這樣令人費解，我們試著查找過諸多線索，均一無所獲。我也只能這樣理解，也許在那一瞬間，夫人突然和首長有了心靈感應，知道他有了危險，才會趕去陪著他。當然，我知道這個理由靠不住，簡直是荒謬，但是無論怎樣都說不通，我相信首長是清白的。我甚至敢拿自己的人頭擔保，這事肯定不會是首長提前設計好的。」

白洛因面色冷凝，語氣生硬。

「但是你的人頭不足以讓顧海的意念鬆動，甚至都說服不了我。」

孫警衛苦笑了一下，「這就是我剛才和你說的，我愛莫能助，即便我告訴了你，你也會持有一份懷疑的心態。所以，這件事只能這麼擱置著，我就盼望著有那麼一天，小海突然想通了，突然明白了首長的苦，也許這個謎自然而然就解開了。」

白洛因的心情變得很沉重，直到孫警衛離開。

匆匆忙忙趕到學校，幸好還沒有放學，白洛因也僅僅缺了兩節課而已。站在教室門口，白洛因深吸了幾口氣，平定了一下心情，若無其事地走了進去。

「班主任找你什麼事？」

「哦，沒什麼事，就是讓我寫一份資料。」

下課鈴響了，顧海一邊收拾東西一邊問：「什麼資料？」

「咱們班不是要評選優秀班集體麼？需要一份介紹班級基本情況的資料，班主任覺得我文筆好，可以代勞一下。」

顧海陰沉著臉，毫不避諱地罵道：「她以為學生是驢啊？想怎麼使喚就怎麼使喚？!」

白洛因沒說話，拿起書包跟著顧海一起走了出去。

顧海一邊走還一邊說著，「以後她讓你給她做事，你別應了啊。」

「為什麼？」白洛因覺得顧海管得太寬了。

顧海不出好氣，「你說為什麼？你給她寫東西，別的任課老師也不知道，他們還是讓你按時完成作業。」

「沒事，反正我寫得快，回去補一下就成了。」

「補作業不用花工夫啊？課餘時間本來就少，還得讓作業占去一大半。」

礙於前面後面都是同學，顧海就沒好意思說，你多寫半個小時作業，咱倆就少親熱半個小時，凡是占用咱倆床上時間的人，都不可饒恕！

白洛因瞧見顧海不依不饒的，忍不住回了句，「你別磨嘰了成不成？娘們兒唧唧的。」

「你又說我娘們兒是吧？」

顧海剛要使用自己的必殺技——手戳小雞雞，白洛因就反應迅速地跑開了，一邊跑一邊回頭朝顧海樂，顧海緊跨幾步追了上去。

一路上，兩個人有說有笑的，顧海今天犯懶了，直言要在外面吃，白洛因頓時露出一個興奮的表情。其實他一點兒胃口都沒有，現在給他吃什麼都一樣，但是為了不讓顧海看出來，白洛因硬是塞了三大碗米飯，還買了一大堆的零食，一邊走一邊吃。

42.

白洛因趴在床上寫作業，顧海早早地寫完了沒事幹，就在一旁騷擾白洛因。

白洛因今天心神不寧，本來挺簡單的數學題，來來回回換了很多種方法都沒做出來。正在苦思冥想之際，突然感覺一隻手順著褲子邊緣伸了進去，沿著尾骨一路向下，像是有根狗尾巴草在臀縫裡滑動著，癢得人渾身起雞皮疙瘩。

白洛因猛地拽住顧海的手，雙眉倒豎，目光淩厲。

「想不想讓我趕緊把作業寫完？想的話就離我遠點兒。」

顧海權衡了一下，果然乖乖地往旁邊挪了挪。

過了不到二十分鐘，旁邊某隻大肉蟲子又黏了過來，戳戳這、摸摸那，見白洛因沒什麼反應，膽兒又逐漸增肥，濡濕的舌頭開始在白洛因的脖頸上方作惡。

白洛因瘋了！猛地將書扣在顧海的頭上，恨恨地走下床，去旁邊的寫字桌做作業去了。

顧海大概覺得無趣，又把筆記本拿到了床上，重新打開，消磨時間。

這會兒已經晚上十一點了。

白洛因連一半都沒寫完，每天的這個時候，他已經鑽到被窩裡睡大覺了，怪不得顧海總在一旁騷擾，他應該也著急了吧？白洛因偷瞄了顧海一眼，顧海安靜地對著電腦螢幕，不知道在看什麼。白洛因突然又想起了孫警衛的那番話，從回來到現在，無數次地在頭腦中重播，關於顧夫人的死因，關於顧海這些年所經受的一切……一字不落地刻在心裡。

白洛因輕輕歎了一口氣，輕到連自己都察覺不到，他不想讓顧海看出自己的異樣。

寫完作業已經十二點了，白洛因去浴室洗了個澡，回來看到顧海盯著他看，眼神有些怪異，但是白洛因沒在意，舒舒服服地鑽進被窩，打了個大大的哈欠。

剛要關燈，手被按住了。

「起來。」顧海說。

「幹什麼？」白洛因問。

「起來！」顧海加重了口氣。

白洛因不解，「我不就睡得晚了點兒麼？你至於麼？」

「我讓你起來，你沒聽見啊？」

顧海突然變冷的語氣震得白洛因頭皮發麻，他意識到情況有些不妙，顧海的語氣不像是開玩笑，可他想不出顧海為什麼這樣，因為他很確定孫警衛不會把事情告訴顧海。

白洛因還是坐起來了。

顧海目光深沉地盯著白洛因看，像是要把他的五臟六腑給剜出來。

「說，為什麼心情不好？」

白洛因甩了顧海一眼，「誰說我心情不好？」

「你再給我裝！」顧海扼住白洛因的脖頸，猛地將他按倒在床上，恨恨地說：「從放學到現在，你丫就一直給我裝！你不累麼？」

白洛因心裡一緊，什麼時候他的掩飾在顧海這裡已經不起作用了？

「不說是吧？」

顧海的手突然伸到了白洛因的褲子裡，趁其防備不當，手指戳向敏感的密口，白洛因一躲，顧海一追，手指順勢而入，瞬間被溫暖的內壁緊緊包裹。

「說不說？」顧海威脅道。

白洛因無心和他鬧，一邊拽著他的胳膊一邊說，「本來就沒啥，你讓我說什麼？」

顧海陰惻惻地笑，手指定位很精確，一下就「突擊」到了要害之處。

白洛因身體往前一聳，難受地哼了一聲。

顧海的舌頭在唇邊勾起一個花俏的圈，吐出兩個圓潤淫邪的字眼兒。

「騷貨。」

白洛因一聽這兩個字，感覺有人當面抽了他一個大嘴巴，五指的紅痕瞬間在臉頰上暈起。他憋足了勁兒想去抽掉顧海的那隻手，卻無形中當了助推手，每次一較勁兒，顧海的手指就會不受控地按壓到某個凸起處，到最後白洛因的力氣被消磨殆盡，只剩下急促的喘息聲。

顧海勾起嘴角，「嘖嘖……這麼想要啊？」

白洛因緊閉著雙眼，也許，這樣能忘了最好。

顧海將白洛因翻了一個身，直對著他，從正面粗暴地插入，疼痛伴隨著快感，羞恥伴隨著放蕩，一點一點地麻痹著白洛因的心。他用手臂將顧海的頭猛地按下來，瘋狂地啃咬著他的薄唇，直到絲絲血痕順著唇角滑落。顧海的身體被撩撥到了沸點，他將白洛因筆直的長腿分架兩肩，大手扣著他的腰身，向後迎接自己的衝撞。每一次都是毫不留情地連根沒入，再全部拔出，滋滋聲響蔓延不絕。

顧海的手揉搓著白洛因高高翹起的分身，手指在前端溝口處搔弄逗留，惹得白洛因腰身一陣顫慄。

「寶貝兒，老公操得你爽不爽？」

白洛因用枕頭狠狠壓住自己的臉，喘息聲透過棉絮被灼燒得異常火熱。顧海將白洛因臉上的枕頭拿掉，粗重的喘息聲和壓抑不住的呻吟聲從齒間滑落，招架不住的快感焚燒著白洛因僅存的理智，嘴裡含糊不清地哼道：「……爽……」

床上一陣劇烈的顛簸過後，是很長一段時間的寧靜。

顧海剛才爽得找不著北了，這會兒清醒過來，又從猛漢轉型成了婆媽，湊到白洛因跟前，繼續追問：「到底因為什麼心情不好？」

白洛因崩潰地睜開眼睛，「你怎麼還記得這事呢？」

「你不說出來，我心裡不踏實。」

「真的沒什麼，是你神經過敏了。」白洛因懶懶地說，「我去老師的辦公室坐了兩節課，一直對著電腦打字，臉色能好到哪去？」

顧海頓了頓，「你沒騙我？」

白洛因長出一口氣，冷冷地說道：「你再這麼沒完沒了的，我不理你了。」

這句話所含的威懾力難以想像的強大，顧海聽完之後立刻老實了。

週六，白洛因在顧海完全不知情的情況下，再一次來到了他的家。

姜圓又是獨自一人待在家裡。

開門時，看到站在外面的白洛因，姜圓不由得一驚。

「你……」

「我找妳有事。」

姜圓臉色變了變，心裡有少許擔憂，但是想想自己這程子又沒幹什麼，便放下心來，拉著白洛因進了家。

「你找媽媽什麼事？」

儘管「媽媽」這兩個字聽著有些刺耳，但白洛因已經無心去糾結這些小事兒了。

「關於妳和顧威霆的事。」

姜圓尷尬地笑了笑，「這樣啊，那我去給你倒杯果汁，咱們慢慢聊。」

白洛因趁著這個時間再次打量了整個客廳，所有的家具似乎都有一種年代感，雖然不老舊，但是給人一種莊重的感覺。這顯然不是姜圓喜歡的風格，這裡擺放的所有東西，大到沙發、書櫃，小到茶具、掛飾，沒有一樣是符合姜圓胃口的，或者說沒有一樣東西是屬於她的。

姜圓坐到白洛因對面，看著他，笑得很溫柔。

「你怎麼突然對我和老顧感興趣了？」

白洛因沒回答她的問題，而是開口問道：「妳為什麼不把房間重新裝修一下？」

「重新裝修？」姜圓訝異了一下，「為什麼要重新裝修？這裡的家具都很值錢的，扔了哪一件我都不捨得。」

「妳可以把它們存到倉庫裡，或者找個地方收藏起來。」

姜圓靜默了片刻，問：「為什麼突然和我說這個？」

「我只是覺得，生活在別人恩愛溫馨過的地方，不符合妳的性格。還是說，妳就喜歡這種霸占別人東西的感覺？」

姜圓不由得笑笑，笑得悵然若失。

白洛因很少在姜圓的臉上看到這種表情，在他印象裡，姜圓的表情是模式化的，除了得意的笑容便是失意的咆哮，很少有這種模稜兩可又蘊涵深意的神情。

「我也想過換，但是換了之後，這還是別人的家。就算我把所有的家具都換了，把地板和牆壁都拆了，結果還是一樣的。誰的屋就是誰的屋，每個房間都是署了名的，我只能進去打掃，我是沒有資格占有的。」

「那妳為什麼不搬出去呢？以他的能力，給你們安置一套新房子再簡單不過了吧？」

「搬出去了，他就更不願意回來了。」

白洛因心裡涼涼的，「那妳為什麼不隨軍？跟著他去部隊？」

「你覺得我該以怎樣一個身分和他一起走進軍營呢？你認為有了一張結婚證，我就能光明正大地面對那些在背後對我指指點點的人麼？」

「妳何苦呢？」

「我愛他。」

這話從姜圓的口中說出來，白洛因覺得挺可笑的，可細想想又覺得沒什麼可笑的了，他和顧海兩個男人都可以走到今天這個地步，這又有什麼荒唐的呢？

「給我講講你們當年的故事吧。」

43.

「我和老顧是在四年前認識的，那是我人生中最艱苦的一段時光，全國各地到處跑，不知道自己想去哪，也不知道自己想幹什麼。後來我到了廈門，在一家五星級酒店做前臺服務，老顧來廈門出差，入住的酒店恰好是我們那兒。見到老顧第一眼，我就被他那種氣勢給征服了，我覺得我命中的男人就該是這樣的，霸氣、威武，高高在上……」姜圓說著說著，彷彿回到了那段瘋狂的時光，眼睛裡流光溢彩。

「後來我費盡心思和老顧套近乎，他一直都對我避而遠之，我打聽到他已經有了妻子，但是我仍舊不放棄。我甚至冒著生命危險闖入軍事基地，差點兒被一群兵蛋子給糟踐了，流言就是從那會兒傳出來的。後來老顧的夫人找過我，和我聊了一會兒，她是個很有教養的女人，沒罵我也沒諷刺我，就是平心靜氣地告訴我嫁給一個軍人的艱難，說實話我挺佩服她的，但是更嫉妒她，嫉妒她身上所有的那種貴氣和風範。

「我消停了一段時間，已經準備放棄了，結果不久後老顧居然主動聯繫了我，告訴我他的夫人去世了。我覺得這對我而言是一種機會，我在老顧最消沉的時候一直想方設法安慰他，就這樣聯繫了兩年，到了去年的時候，我才得到了老顧的認可。」

白洛因銳利的目光掃視著姜圓那張幸福的面孔。

「也就是說在顧夫人去世前，顧威霆沒有表現出對妳的任何好感？」

姜圓歎了口氣，「那會兒我覺得他對我是有好感的，現在想起來，覺得自己挺可笑的。」

「為什麼?」

「得不到的和失去的永遠是最好的,一直到現在,我始終覺得老顧愛的人是他的夫人,我不過是他寂寞時候的一個消遣品。你知道麼?老顧每次回家,第一眼看的永遠都是屋子裡的東西,而不是我。他在向別人說起自己的夫人時,眼睛裡的感情是深厚和濃重的,在別人面前說起我時,眼神是膚淺和輕佻的。也許這就是喜歡和愛的區別,喜歡是心頭一熱,愛是心頭一痛。」

其實,白洛因對顧威霆是否愛姜圓一點兒都不關心,他關心的是顧威霆對妻子的感情到底有多深厚,這種深厚又為何顧海從未體會出來。是顧海的粗心大意還是姜圓的感覺錯位?

「你不會懷疑我說的話是假的吧?」姜圓一下看出了白洛因心頭所想。

白洛因沉默。

「你覺得我有說假話的必要麼?故意把自己說得可憐,博取你的同情心?還是故意把自己說得無辜,撇清老顧前妻的死和我的關係?」

白洛因絲毫沒有因為姜圓的直率和坦蕩減輕自己說話的口氣。

「關於顧海母親的死,妳了解多少?」

姜圓很直白地告訴白洛因,「我什麼都不知道,也從未想去了解。如果我說,我是在老顧前妻死後,才慢慢接近他的,你相信麼?」

白洛因想從姜圓的話裡尋找漏洞,但是一無所獲。

姜圓的臉變得有些蒼白,「洛因,我貪婪但我並不卑鄙,何況在那個時候,我沒有卑鄙的資本。我連軍區大院都進不去,你覺得我有本事去傷害一個重兵護衛的軍嫂麼?姑且不論她這個少將夫人的身分,光是她個人的身家背景,十個我加起來都抗衡不了。」

白洛因站起身，朝樓上走去。

這是白洛因第一次看到顧夫人房間的全景，上次顧海開門進去的時候，他只瞥到了一角。和他想像中的逝者房間不太一樣，沒有擺大幅照片和鮮花，也沒有任何祭祀的氛圍，好像就是一個普通人的臥室。甚至連梳妝檯上的護膚品和化妝品都還在，只不過瓶口已經泛黃了，白洛因拿起來看了看，日期是三年前的了。

不知道在這三年的時間裡，顧海有多少次走進這個房間，又有多少次像他一樣，拿著這些東西在端詳。

屋子裡的一切擺設和裝飾品都是高貴素雅的，飄著一股淡淡的馨香之氣，白洛因就是不看顧夫人的照片，都能想像到這是怎樣一個女子，坐在梳妝檯前，渾身上下散發著大家閨秀的氣質和知書達禮的品質。

書櫃上方擺放著一個相框，相框裡的照片就是白洛因在顧海相冊裡看到的那張，顧夫人抱著年幼的顧海，笑得一臉幸福。

白洛因把相框放回去的時候，突然一個東西掉到了他的腳邊。

撿起來一看，是一條項鍊，很細的項鍊，中間鑲嵌著一顆璀璨奪目的鑽石。

本來在顧夫人的房間裡發現首飾並不是什麼新奇事，像她這種女人，珠寶首飾可以裝滿一箱子，但就是這條不起眼的項鍊，突然引起了白洛因的注意。

因為它與顧夫人的品味太不符合了，白洛因仔細觀察了一下顧夫人的首飾，基本都是做工精巧、古樸典雅的風格，這條過於奢華張揚，尤其是中間的紅鑽石，鑽石中的珍稀品，一克拉上百萬元美元。

顧夫人怎麼會有這樣一條項鍊？

而且沒有放在錦盒裡，沒有小心翼翼地收藏，就這麼撇在書櫃的一個不起眼的角落裡。

白洛因拿著這條項鍊走了出去，正巧姜圓站在外面，手裡拿著抹布。

「你還進去麼？不進去的話我去裡面打掃了。」

白洛因搖搖頭，站在門口往裡看，發現姜圓正細緻地擦拭著梳妝檯的每個角落。

「這是妳的項鍊麼？」白洛因突然開口問。

姜圓看了兩眼，說道：「不是我的，是她的。」

白洛因拿著項鍊要走，姜圓追了上去，「你要把她的東西拿走？你和顧海打招呼了麼？他每次回來，都要檢查一遍他母親的遺物，別說東西丟了，就是東西換一個位置，他都會發脾氣的。」

「放心吧，我很快就會還回來的。」

白洛因走出別墅的那一刻突然想到，既然姜圓每次打掃顧夫人的房間，都把她的東西完好無損地放回原位，那就證明這條項鍊一開始就被撇在那裡唄？

有點兒想不通為什麼顧夫人會把那麼珍貴的東西隨便撇在書櫃裡，以她的性格，就算不喜歡這枚首飾，也會安善地保存起來吧？

晚上是在白洛因家裡吃的，回去的路上，白洛因把口袋裡的項鍊拿了出來，放在顧海的眼前晃了晃。

兩個人正巧路過一個大型商場，門口亮如白晝，鑽石在燈光的照耀下，更加亮眼奪目。

顧海突然站住了，眼神凝滯了片刻，拿過項鍊放在手上端詳。

白洛因仔細觀察著顧海的反應，心裡有些緊張。

下一刻，顧海突然一樂。

「送我的？」

白洛因猛地頓住，頭皮發麻。

顧海用手擰了白洛因的臉頰一下，戲謔道：「這是獎勵我每天把你伺候得那麼舒服麼？」

顧海不認識這條項鍊！他竟然不認識？！他不是對顧夫人的所有遺物都熟記在心麼？白洛因不可置信地看著顧海，看著他眉眼間的輕鬆和愉悅，心裡陣陣發涼。

「不是送你的，是我剛才在路上撿的。」

白洛因說著又拿了回來。

「哪那麼好撿啊？你再給我撿一個。」顧海打趣道，「你就承認了吧，想送我禮物還不好意思。」

白洛因死死攥著那串項鍊不撒手，又快走幾步，離開商場門口那片明亮區，悶頭步入黑暗，他怕顧海看出項鍊的材質。

第二天，白洛因去了部隊。

「你找誰？」門衛處的士兵一張冷峻的面孔。

「找顧威霆。」

士兵一副驚訝的表情，「找顧首長？你……你是誰？」

為了讓自己成功進去，白洛因只好硬著頭皮說：「我是他兒子。」

「他兒子？」士兵嗤笑一聲，「他兒子長什麼樣兒我還不知道麼？膽兒夠肥的，還敢冒充顧首長的兒子？」

白洛因表情鎮定，「我說是就是。」

「嘿！小子你夠能耐的！冒充首長家屬，還敢跟我犯橫，不想活了吧？」說著，把槍口抵在白洛因的胸口，一臉威懾的表情。

門衛處裡面還坐著一個士兵，這會兒正悶頭吃飯，聽到外面的動靜，抬起頭瞅了一眼，嚼東西的動作停了停，趕緊把腦袋伸出窗外。

「嘿，我說，小冬子，把人放進去吧。」

被喚作小冬子的士兵把槍放下來，朝窗口的士兵問：「他誰啊？」

「首長的兒子啊！」

「首長的兒子不是顧海麼？」

「咳咳……他是首長的二兒子。」

這位士兵故意把「二」字咬得很重，還朝小冬子擠眉弄眼的，小冬子一臉會意的笑容，腳往旁邊一撤，做了一個請的姿勢。白洛因刻意回避了他笑容裡的嘲諷，既然打算獨自前來，就已經做好了吃白眼的準備。

經過重重困難和阻撓，白洛因終於見到了顧威霆。

這會兒天已經黑了，顧威霆打算讓白洛因和自己一同去吃晚飯。

白洛因拒絕了，從包裡拿出那條項鍊，放到顧威霆面前。

顧威霆看了看那條項鍊，有些不明所以。

「這是什麼意思？」

白洛因反問，「您不覺得很眼熟麼？」

既然是顧夫人的首飾，她必然戴過，亦或是拿出來過，即便這兩樣都沒有，在她去世後，家人替她整理遺物的時候，也應該見過這條項鍊，不可能一點兒印象都沒有。

然而，顧威霆的反應再一次震驚了白洛因。

「我沒見過。」

顧威霆很明確地告訴白洛因。

腦洞開到最大的極致妄想，浪漫得教人上癮！

占星專家／唐立淇

感人肺腑推薦——

相信很多對BL有興趣的人都跟我一樣，因為追了網路劇的關係，開始回頭尋小說來看，畢竟，劇裡很多細節沒顧到，看得人一頭霧水。好比顧海對白洛因產生興趣的開始與原因，怎麼沒頭沒腦被罵幾句後就「眼裡只有他」了？讀了小說，才知原來白洛因字寫得好看，而顧海是個字控，這才恍然大悟。

讀《上癮》小說也讓我終於大大滿足，從等劇的焦慮中被拯救，雖然第二季遙遙無期，但反正已看過第一季了，知道後面的劇情，所有畫面都可以自動腦補，誰叫我們是有特異功能又擅長妄想的腐女呢？

唯一要敬告「圈外人」的是，請勿以文學的標準看待BL創作，若以此為準，《上癮》絕對有許多值得吐槽之處：好比父親把兒子關在地洞八天不吃不喝，這真的很不實際啊！照說到第三天，人就會死了吧，哪有父親還能無動於衷？或墜機在全世界都尋不到的地方，愛人卻能第一時間自帶GPS般搜尋而至，成就分離八年後，終能「綁在一起，哪都別想去」的夢幻療癒場景（當然是療癒腐女）……

通篇之中，諸如此類「不合理但腐女能接受且釋然」的安排比比皆是，因為那都是超受歡迎的老哏，而能成老哏，就因為管用、受歡迎啊！因此要問的並非劇情合不合理，而是老哏運用巧不巧妙，不用老哏，腐女才悶呢。

所謂老哏，就是用不可思議的阻礙來凸顯熱戀忠貞；面臨死亡才知道愛有多濃烈（只能瀕死不能真死）；集優點於一身，卻對愛虐待他的人死纏爛打，才顯得出專情至極……是的，我們終生都在期待這種不切實際能發生在自己身上吧，否則怎會被這些不合理吸引？（是的，我們自己知道）。那，既然都不切實際了就不切到底吧……畢竟我們知道老哏的作用是什麼，畢竟尋常強度已不能動搖心旌，腦洞只能一開再開，才能得到我們的笑容。

這也是許多腐女親自下海動手創作的原因，靠人不如靠己，乾脆當起自耕農，妄想自己來，腦洞沒有最大只有更大，能寫出妄想本身就很幸福、很過癮了，若能得到他人共鳴更棒。柴雞蛋絕對是箇中翹楚，《上癮》劇情蜿蜒曲折，內心鋪陳到位、細膩，毫不打折，主角個性夠鮮明，俊美的強攻ＶＳ強受又更增添風味，難怪讓人一吃上癮。

嗯，這是部能滿足腐女妄想的ＢＬ創作無誤，也能勾起「有為者亦若是」的雄心，是否該把高中時寫的ＢＬ小說再拿出來瞧瞧、繼續寫下去呢？

STORY 系列 010
上癮2
作　者—柴雞蛋
主　編—陳信宏
責任編輯—王瓊苹
責任企畫—曾睦涵
美術設計—黃庭祥
校　對—尹蘊雯
董 事 長—趙政岷
總 編 輯—李采洪
出 版 者—時報文化出版企業股份有限公司
一〇八〇一九臺北市和平西路三段二四〇號三樓
發行專線—（〇二）二三〇六六八四二
讀者服務專線—〇八〇〇二三一七〇五
三
讀者服務傳真—（〇二）二三〇四六八五八
郵撥—一九三四四七二四 時報文化出版公司
信箱—一〇八九九臺北華江橋郵局第九九信箱
時報悅讀網—http://www.readingtimes.com.tw
電子郵件信箱—newlife@readingtimes.com.tw
時報出版愛讀者粉絲團— http://www.facebook.com/readingtimes.2
法律顧問—理律法律事務所 陳長文律師、李念祖律師
印　刷—紘億印刷有限公司
初版一刷—二〇一六年六月三日
初版三刷—二〇二一年五月十七日
定　價—新臺幣二九九元

上癮2 / 柴雞蛋著. -- 初版. -- 臺北市：時報文化, 2016.06
冊；　公分. --（STORY系列；10）
ISBN 978-957-13-6639-5（平裝）

857.7　　105007545

ISBN 978-957-13-6639-5
Printed in Taiwan